U0750714

本书是以下项目的阶段性成果：

广东省本科高校教学质量与教学改革工程建设项目——特色专业"汉语言文学"（粤教高函〔2020〕19号）

省级一流专业建设点"汉语言文学"（教高厅函〔2021〕7号）

广东海洋大学2018年创新强校工程项目"湛江地方特色文化研究平台"（Q18303）

2020年创新强校工程项目"广东海洋大学海上丝绸之路文化研究院平台"（230420026）

编委会

主　编：孙长军

副主编：邓　建　刘　刚　裴梦苏

编　委（按姓氏音序排列）：

安华林　陈虹虹　邓　建　董国华

刘　刚　毛家武　裴梦苏　阮彭林

孙长军　汪东发　阎怀兰　张　伟

扬帆文丛

海汫集

广东海洋大学
文学与新闻传播学院
优秀毕业论文集

（四）

孙长军　主编

暨南大学出版社
JINAN UNIVERSITY PRESS

中国·广州

图书在版编目（CIP）数据

海洋集：广东海洋大学文学与新闻传播学院优秀毕业论文集（四）／孙长军主编. —广州：暨南大学出版社，2022.5
（扬帆文丛）
ISBN 978 - 7 - 5668 - 3288 - 7

Ⅰ. ①海…　Ⅱ. ①孙…　Ⅲ. ①文学研究—文集②新闻学—传播学—文集　Ⅳ. ①I0 - 53②G210 - 53

中国版本图书馆 CIP 数据核字（2021）第 236608 号

海泮集：广东海洋大学文学与新闻传播学院优秀毕业论文集（四）
HAIPANJI：GUAGNDONG HAIYANG DAXUE WENXUE YU XINWEN CHUANBO XUEYUAN YOUXIU BIYE LUWENJI（SI）
主　编：孙长军

出 版 人：张晋升
策划编辑：杜小陆
责任编辑：潘江曼　梁念慈
责任校对：周海燕　陈皓琳　林玉翠
责任印制：周一丹　郑玉婷

出版发行：暨南大学出版社（511443）
电　　话：总编室（8620）37332601
　　　　　营销部（8620）37332680　37332681　37332682　37332683
传　　真：（8620）37332661（办公室）　37332684（营销部）
网　　址：http://www.jnupress.com
排　　版：广州良弓广告有限公司
印　　刷：佛山市浩文彩色印刷有限公司
开　　本：787mm×1092mm　1/16
印　　张：18
字　　数：300 千
版　　次：2022 年 5 月第 1 版
印　　次：2022 年 5 月第 1 次
定　　价：69.80 元

（暨大版图书如有印装质量问题，请与出版社总编室联系调换）

序

　　本书是广东海洋大学文学与新闻传播学院2020届毕业学子的优秀毕业论文的结集，定名为"海浒集"。广东海洋大学，位于中国大陆最南端的城市——湛江，面朝大海，春暖花开，故名"海"。文学与新闻传播学院，因为所涉专业多与人文社科相关，如古代的学宫，故名"浒"。学子们在此度过了最美好的青葱岁月，"海浒"也见证了他们的成长与成才。故将本集命名为"海浒集"，以此来记录、纪念广东海洋大学文学与新闻传播学院2020届毕业学子们的学术成果。

　　本书共收论文26篇，涉及我院中文、新闻两系五个专业，涵盖中外文学、语言学、秘书学、新闻学、编辑出版学学科。在评审过程中，所有论文都由指导老师、评阅老师、答辩小组分别给出成绩并按比例相加，再经教授委员会多次讨论，优中取优。可以说，这最终脱颖而出的26篇论文，反映了2020届毕业生专业素养所达到的高度。

　　撰写毕业论文既是学生对四年所学专业知识投入应用的一次学术实践，也是对自身学术素养与学术思维能力的一次提升。将四年中所学的专业知识应用于学术实践，在实践中不断巩固所学是我院对本科毕业论文的指导原则。绝大多数毕业生和他们的指导老师都做到了这两点，入选这部《海浒集》的更是其中的佼佼者。综观这26篇论文，皆选题富有巧思，论述严谨充分，结构合理清晰，行文流畅自然，表现出了同学们较强的发现问题和解决问题的能力，具有一定的学术价值和创新意义。这些文章经过一次次修改完善，最终定稿成文。作为指导教师，看到学生的进步与成长，也深感欣慰。

　　《海浒集》非常让人值得肯定的，是其选题的前沿性与创新性。入选的论文，多紧扣时代脉搏，关注学术动态。值得一提的是，很多入选的论文开始将关注点投入到地域文化、海洋文化上,更突出了我校"生自粤西,向海发展"的学术特色。如《论张炜作品中的海洋书写——以小说集〈采树鏢〉〈狐狸和酒〉〈海边的风〉为例》一文,从文学研究的新视角关注作家作品中的"海洋元素",从另一个角度突出了我校的海洋文化特色教育。而论文《四会民间故事类型研究》《台山木鱼歌语言特色和文化价值研究》则是将研究的视角转向区域文化、地域文化,对地方民间文化、文学进行深入探究。

规范性同样是《海泮集》的一个特点。这里所指的规范,不仅是成文的规范,还包括写作过程的规范。我们认为学术思维的养成与学术论文规范性的训练是密不可分的。由于个体能力的差异,有些毕业论文在学术价值上有欠缺,但通过教师有意识、手把手地教学生们撰写学术论文,从选题到查资料,再到研究综述进而开题报告的撰写,直至论述的展开、材料的运用,甚至摘要、注释的要求乃至最后格式的调整,都务求让同学们做到心中有数。这样做的目的,除了保证论文质量,也为他们继续深造打下了基础,更让他们对学术、知识怀有敬畏之心。功夫不负有心人,我院学生的毕业论文获得了一致的认可,如《对外汉语教学视角下的现代汉语书面语词探究》《改革、创新、定制:浅论曹操公文写作》等,在结构、行文方面表现得十分出色,而形式的规范也进一步提升了论文内容的品质,这对相关专业本科生进行学术研究和论文写作都具有示范意义。

我院 2019 级编辑出版学专业的杜燕雪、欧阳虹芳、陈雪敏、盘秀群、覃椅婷、陈卓文等同学负责论文集初稿的编校工作,在此对同学们的辛勤付出表示由衷感谢。

2020 届毕业生如今已迎着海风,沐浴着朝阳,在各自的海域起航。作为教师,每每到了与学生相别的时刻,心中有欣慰,有挂念,有不舍。我们祝愿远航的学子们前程似锦。广东海洋大学文学与传播学院,这座面朝大海、春暖花开的"海洋",期待游子们的凯旋。我们编写这部论文集,作为毕业礼物送给 2020 届毕业生。同样,这部论文集也是他们为母校留下的最珍贵的纪念。

《海泮集》编委会

2021 年冬于湛江

目　录

语言文字学

秘书理论与实践

新闻·传媒·出版

海洋文化、地域文化与美学

论张炜作品中的海洋书写

——以小说集《采树鳔》《狐狸和酒》《海边的风》为例

朱志霖①　卢月风②

摘　要： 随着海洋文化研究的繁荣，文学作品中的海洋元素也受到人们的关注，并形成当下文学研究的新视角，当代作家张炜的海洋书写同样引起了学界的注意。本文将以张炜小说集《采树鳔》《狐狸和酒》《海边的风》为例，以海洋意象为中心探究其中的自由与生态主题、海洋风物的呈现以及富有海洋精神的人物形象，进而思考作家张炜海洋意识的精神成因和海洋书写的现代意义。

关键词： 张炜；海洋书写；生态忧思；精神家园

目前有关张炜"大地书写""高原书写"的研究已趋于成熟，但是在关注张炜"大地守夜人"的身份之外，我们还应对他的海洋意识做更深入的了解。与西方海洋文学不同，张炜的海洋书写是"在地性"的"从半岛观望海洋"，他的涉海作品多追溯海洋历史、描写海洋神话与传说、描绘沿海图景和呈现人海关系。海洋书写是研究张炜创作的新视角，是从新的角度去理解张炜深远的思想及其根源。

改革开放以来，面对先进的西方蓝色文明的冲击，社会上不禁产生了一种文化自卑意识与文化焦虑：大河文明是否真的不如海洋文明？这也使得人们看待世界的视角和思考问题的方式发生了深刻转变，将关注的焦点由陆地转向海洋。随着"海洋强国"战略的提出，发展海洋对于国家的重

---

① 朱志霖，广东海洋大学文学与新闻传播学院汉语言文学专业 2016 级本科生。
② 卢月风，广东海洋大学文学与新闻传播学院讲师。

要意义显得更加深远。海洋不仅作为一种地理资源，而且是一种独特的精神资源和文化资源。在此时代背景下，当代作家应从文学作品的海洋书写中挖掘出独特的文化风土，并为"海洋强国"战略建立文化自信。

一、张炜小说中的海洋主题

（一）寻求自由的海洋精神

陆地生活的局限性往往在于将人束缚在一方土地上，即便是从一处奔走到另一处，也只是从这个格子跳到那个格子。这将磨灭人的激情，让人的思想、行为、精神都被禁锢，变得保守、思维僵化。与之相对的，是广阔的海洋生活，人的身心都在这里得到解放。

张炜在《海边的风》中将物产丰富的海洋同陆地进行对比，通过描写奇幻的海洋生活，突出陆地生活的保守，表达了人们对自由的追求。村庄就像一台巨大的机器，而人就是机器上的零件，机器的每一次运转，都要耗损零件。人的生命热力就这样慢慢地被消耗，渐渐变得形容枯槁。老筋头反复念叨"三山六水一分田"，人偏偏要挤在这一分田里，那是行不通的。然而村民们宁愿忍受饥饿也要固守村庄，执行着"把海蛎皮煮成酱油"的命令，长久地根植在土地上。他们对土地的忠诚已经到了固执僵化的地步，他们没有去思考如此荒唐的事情能否成功。固执的村民们认为离开群体就是无情的背叛，为了站住"道义"的阵脚，他们害怕离群。而离群索居的老筋头用鲜鱼满足了细长物、千年龟、四方等旧友饥饿的身体，还用自由的海边生活拯救了他们干涸的灵魂。

《海边的风》是双线叙事，中间插入了壮男与小红孩乘船逃离城市与荒野的故事。壮男带着小红孩乘着船逃离了城市，在荒野里搭起窝棚，但荒野不断用瘟疫和野兽"驱赶"他们。他们不得不再次出海，继续寻找自由的新天地。窝棚就像茫茫荒野里的一个标记，它会繁衍出一个屯子、一个村子、一个城市。只有船，随时可以停泊又随时可以远航。老筋头、壮男和小红孩都向往这样一艘船，可以载着他们远离保守僵化的现实生活，往自由的方向航行。在这里，海洋已经从地理范畴转为精神范畴，成为自由的象征。"三山六水一分田"，广阔的海洋就是人的自由家园，让人远离保守的陆地生活，去找寻自由生活的希望。老筋头将自己的半条性命留在船上，当小船被海浪打碎的那一天，也是他生命的最后时刻。在海里，小船可以自由航行到任何角落，包括老筋头梦里那个最遥远最美丽的海底乌托邦。壮男的船让他有更多的选择，帮他逃离蜂巢般的城市，尽管他体验着非凡的孤独。这样，船与人的命运相维系，使得孤独的精神、自由的品质成为船的象征，这也是人的生命价值所在。

陆地生活的局限性将人挤向了海边，海洋的深广催生了生命对自由的追求。在海洋的影响下，张炜的自由欲望形成了"寻求自由的海洋精神"①，于是老筋头、壮男这样的人物以海洋为依托、以船为载体，向着自由的方向进发。张炜把现实意义的海洋抽象化，使它成为引导生命追求自由的精神之海，给人以勇气与力量，以超越土地、超越僵化意识、超越保守枯燥的生活。人的生命价值就在超越的过程中得到了充分的体现，展现了张炜对人的关注与期望。

（二）海洋视角下的生态忧思

在张炜的创作里，我们可以看到他对生命、对大自然的一再思考，以及对文学与自然关系的一再追问，表现出一种积极的生态责任感。他用空灵诗意的语言描写了充满生命活力的大自然，表达了一种动人的、充满诗意的生态理想，用或思辨式或寓言式的故事，表达了一种迫在眉睫的生态忧思。

《怀念黑潭中的黑鱼》中描写了不断膨胀的欲望使得老夫妇出卖了黑鱼，从而不得善终的故事。张炜借此暴露出人性的缺陷，谴责自私自利的人类，上升的欲望最终带走了人与人之间的信任与依赖。同时，他将对大自然的破坏同人性的异化联系在一起，将人类幸福与自然生态联系在一起，这体现了人类与自然共生共荣的状态。张炜的生态观强调生态整体利益，"人类与生态圈里的其他生物是共生关系，共同享有获取自然资源的权利；而人类不断改善自身的生存状态与生存环境，也会优化周边的自然

---

① 史胜英. 张炜创作中的海洋书写研究［D］. 济南：山东师范大学，2016：36-38.

生态，这便是共荣"①。张炜的生态观念向我们揭示了人与自然休戚与共的深层关系，人类的生存发展并非必须破坏自然，维持自然生态平衡也不会损害人类自身的利益。所以，当人类能在任何时候自觉地从人与自然的共同立场出发，去维护两者利益的时候，则双方都能获得更好发展。在当前海洋生态保护的严峻形势下，习近平主席在中国海军建军 70 周年庆典的重要讲话上首次提出"海洋命运共同体"②，表示保护海洋是全人类的共同事业。张炜海洋书写体现的人海共生共荣理念与"海洋命运共同体"的最终目标相契合，具有传播海洋保护理念的现实意义。

在实践越来越深刻的前提下，人与自然的关系发生异化，人由被动走向主动。不断发展的生产方式加速了人与自然的分离，人对物质的需求超出了自然的承受范围，两者的关系从从属关系走向对立关系。张炜忧虑着处在现代化进程中的人类头脑昏沉、心态膨胀，只看到眼前的利益而不顾千百年来先人与自然的共生共荣关系，失去了对自然应有的敬畏。张炜敏锐地体察到了现代社会的流弊，所以他愤怒地控诉此等行为，希望人们能深刻地认识到两者是利益一致的共体，人与自然应和谐共处、共生共荣。

二、张炜小说中对海洋风物与海洋人物的塑造

（一）海洋风物的塑造

1. 生命的海

张炜笔下的海是生命的海、慷慨的海。在大地贫瘠、粮食紧缺的时期，大海仍然物产丰足。在《鱼的故事》中，"我"家有时一个月都吃不上一次玉米饼，鱼却应有尽有。《海边的风》里，村庄缺少粮食，许多人都饿脱了形，脸色憔悴。老筋头靠着大海的惠泽，将饱受饥饿的细长物、千年龟、四方等人救了下来。海水滋润了他们干瘪的躯体，海风抖擞了他们痛苦的精神。在《黑鲨洋》里，老七叔的船开在海上，带回了新鲜肥美的各类海产。人们仅凭在陆地上获取的有限的粮食，若没有了海洋的支

① 单良. 大自然的歌者：张炜小说生态思想研究 [D]. 徐州：中国矿业大学，2015：35-36.
② 朱雄. "海洋命运共同体"建设理念与路径思考 [J]. 浙江海洋大学学报（人文科学版），2019，36（5）：23-27.

持，可能会饿死在这片土地上。因为海洋不会干旱、不会闹蝗灾，它养育着千千万万的海洋生物，也对人这样的陆地生灵留有惠泽，无私而慷慨。

2. 自由的船

船是人在海上的立足之地，不仅承载着躯体，还承载着希望。《黑鲨洋》里，老七叔斥巨资弄来一条新船，成为村里十几年来第一条闯进海洋里的船，它带着无与伦比的气势冲破了人们多年来对海洋的恐惧。《海边的风》里，壮男和小红孩乘船逃离城市与荒野，去寻找生活的自由天地。《造船》里，秦王役使老七为他造三百条楼船，希望借此寻到海外仙药，超脱生老病死。这些船是希望之船，也是被染尽鲜血的船：曹莽浑身是伤、断了脚趾，小红孩死在了海上，老七和修船工匠们被秦王沉入海底。同"水能载舟，亦能覆舟"的道理一样，船帮助人类寻找人世间的自由，同时也承载着大海给予人类的风险与苦难，祸福相生的宿命在那蔚蓝深邃的海水中不断浮沉。

3. 奇幻的鱼

张炜笔下的鱼无奇不有，有些甚至超出了鱼的生物形态范畴。在《鱼的故事》中，"我"在吃毒鱼之后梦见美人鱼姑娘，她给滥捕滥捞的渔民扎上了红头绳，使得出海的五个渔民被突发的风暴吞噬。《海边的风》里，老筋头的棋友老黑便是鱼人，海里的事他懂得极多。小孩子"细长物"像鳗鱼一样，体形又细又长，平展在沙土上能比站立时多出小半尺。滑溜溜的还有《一潭清水》里的"瓜魔"，他身子乌黑，体形也如鳝鱼一般细长，弯曲起来又很轻软。"张炜在写鱼的时候经常模糊人鱼之间的界限，借鱼写人，将鱼的某些特质杂糅进人里，使得鱼的意象更加丰满且奇幻，人的个性更加突出。"①

张炜笔下的意象常常带着某种象喻色彩，赋予这些事物更深层次的内涵。海是生命的海，船是自由的船，鱼是奇幻的鱼，这三者放在一起就构成了一个简单的海洋世界。不仅是物象范畴的海洋，而且是组成了审美层面的海洋世界。他用独特的创作手法将意象的现实意义抽离，之后又赋予意象海洋特质，使得存于其心中的海洋呈现在读者眼前：大海无边辽阔，

---

① 赵月斌. 张炜野物志——释鱼 [J]. 文艺争鸣，2019 (1)：113 – 146.

包容各种生命的存在，催生奇异的事物，唤起生物对自由的向往。

（二）海洋人物的塑造

1. 硬汉

海洋波涛汹涌、凶险万分，但是有着这样的赶海人，不惧风浪，偏要向大海发起挑战。《黑鲨洋》中的曹莽决定成为除父亲、老船长之外的第三条硬汉，最终以自己的胆量、韧性与力量赢得了大家的敬佩。孙犇翔小说《金边马蹄螺》中的主人公同样继承了父亲的遗志，舍弃了安逸平稳的人生，选择了当一个"闹海猛子"。《海蜓鱼酒馆》中的主人公"笔管蛏"为了维护自己的尊严和爱情孤身入海。后来恋人指出了他眼光的局限性，觉醒后的"笔管蛏"无私地舍己救人。这两者同曹莽一样，"在外在行为上表现出无畏精神，在内在价值选择上表现出积极进取的向上原则"①。他们追求自我价值的实现，即使投身危险的大海也要坚守自我，超越保守世俗，最终成为海上硬汉。

2. 海边老人

除了勇敢年轻的赶海人，张炜的小说里还描写了很多海边老人，他们自由淳朴、无私善良。《海边的雪》里讲述了"铺老"金豹、老刚的看海生活和拯救落难者的故事。金豹放弃自己盖房子的积蓄和社里的生产资料，点燃了鱼铺，为海里飘荡的小峰兄弟指引方向，为岸上被风雪迷了眼的工程师指引道路。《一潭清水》里，海滩上的看瓜人徐宝册和老六哥因为瓜魔吃瓜的事起了争执。老六哥承包了瓜田后，为了利益挤兑瓜魔。徐宝册承受不住心里的折磨，找上瓜魔，在另一个葡萄园子里过上了快活日子。徐宝册和瓜魔纯真的情谊弥足珍贵，是海边老人淳朴真挚的情感表现。时间朽化了海边老人的身体，但是他们的精神和情感也因此历久弥坚。

3. 异能人物

张炜在成长的过程中接触到了许多海洋仙话、民间传说，这为他的文

---

① 贾小瑞. 沧海浪尖上的风采——论20世纪山东海洋文学中的世俗硬汉 ［J］. 鲁东大学学报（哲学社会科学版），2016，33（5）：51-55.

学底本增添了魔幻色彩，作品中出现了形形色色的异能人物。如《一潭清水》的"鳝鱼"瓜魔以及《海边的风》的"鳗鱼"细长物、"老鱼"老筋头、"鱼人"老黑等。他通过人与海洋生物特质的融合，将怪力赋予小说人物，表露出深刻的思想：社会的物欲横流使得人的生存空间变得紧凑，逐渐让人远离了自然；而自然容纳丰富的生命形态，原始、野性的生命在这里野蛮生长。这些异能人物体现了张炜创作的魔幻手法，以夸张怪诞的形式将生命本质直接表现出来，这些非理性的想象造就了丰满立体的人物群像。

张炜用大海来为他笔下的人物塑型，无边的狂浪打磨出了不惧危险的硬汉，冲击了海边老人的半生；单纯的海边生活培养了海边老人的淳朴气质，其中的孤独寂寞磨炼出了海边老人坚强的内心；深海的诡秘赋予了异能人物无穷的潜力，使这些人物获得了非人的能力。硬汉、海边老人存在于张炜的经历当中，带着朴素的生命张力，体现了张炜对人的自我价值的关注；异能人物的塑造是张炜海洋书写的一次实验，将人与野物合一，赋予人物别样的色彩。海洋对张炜创作的影响可见一斑，使得张炜在塑造人物的时候跳出人的框架，自由地往人身上融合非人的特质，表现出了他回归自然、融入大海的愿望。

生长在山东半岛的张炜从树海林子里学会了与自然万物交流的语言，从大海那获得了自由浪漫的性情，从齐地海洋文化里汲取了营养。这些积累使得他形成了独特的海洋精神理念，并表现在海洋书写之中。我们可以从他的海洋书写中感受到他对自由的追求，对生态环境的忧虑，对人的精神困境的思考，以及对道德理想的坚守。《采树鳔》《狐狸和酒》《海边的风》等小说集中海洋书写的文学价值与现实意义，都确认了张炜在当代文学中"庞然大物"的地位，以及在当代作家中的不可替代。

四会民间故事类型研究

张国强① 李雄飞②

摘 要：在《四会县资料本》《四会民间故事选》《肇庆民间故事》《中国民间故事集成·广东卷》4 本民间作品集中，四会的民间故事共有 52 个。这 52 个民间故事由 5 个动物故事，31 个包括幻想故事、生活故事、宗教故事的人物故事，以及 16 个笑话组成。这些民间故事分别出自魏晋南北朝、隋唐五代、宋元和清代，说明四会民间故事是历史沉积的产物。

关键词：四会；民间故事；故事类型；分类

四会是肇庆市下辖的县级市，位于广东中部，地处西江、北江、绥江下游。20 世纪 90 年代，四会文化部门积极响应中国"民间文学三套集成"的普查号召，收集了笑话、生活故事、神话等广义民间故事。严格意义上的"民间故事"是指"民众口头创作的内容具有泛指性、虚构性与生活化特征的散文叙事作品"③，指"神话、传说之外的口头叙事，包括幻想故事、生活故事、民间笑话、民间寓言等"④。当今，民间故事的类型学研究普遍运用 AT 分类法，从广义故事到狭义故事的剥离是运用此法必不可少的前提。本文以整理入手，划分并分析四会民间故事类型，力求为四会及其他县的民间故事研究提供一点借鉴，以点带面，推动"三江"流域的民间文学研究向前发展。

---

① 张国强，广东海洋大学文学与新闻传播学院汉语言文学专业 2016 级本科生。
② 李雄飞，广东海洋大学文学与新闻传播学院教授。
③ 黄涛. 中国民间文学概论［M］. 2 版. 北京：中国人民大学出版社，2013：156.
④ 刘守华，陈建宪. 民间文学教程［M］. 武汉：华中师范大学出版社，2002：64.

一、四会民间故事的整理

（一）四会地理沿革

"四会"因"西有绥江水，又有漆、浈、洭水为北江，浪、郁水为西江，四方来会，故名"①。四会建县悠久，秦代就归入中原王朝，《汉书·地理志》有载："南海郡，秦置……县六：番禺、博罗、中宿、龙川、四会、揭阳……"② 黄武五年（226），四会划出县东南设平夷县③，即今江门、鹤山、新会、开平、斗门、台山、三水等县市部分地区④。南朝元嘉十三年（436），从四会划出新招、化蒙、怀集、化穆、化注、绥南六县。同期，划四会北境置乐昌、始昌、宋元、乐山、义立、安乐六县。隋朝，新招、化注、化穆和始昌四县并入四会。唐朝武德五年（622），复置新招、化注、化穆三县，而新招县和化穆县于贞观年间并入四会。北宋开宝六年（973），化蒙县并入四会。明嘉靖十三年（1534），四会"割太平都，析大圃、橄榄都地，置广宁县"，此时四会的地域大小与今相近。⑤ 中华人民共和国成立后，四会、广宁两次合并，两次分设，1954 年分设时将原属广宁县的石狗、黄田、江林、江谷等乡划归四会。⑥

由上可知，今四会与附近县市由古代四会分割而成。因此，在收集四会民间故事时，学者们在关注本市整理或出版的民间故事集的同时，还应留意邻县整理或出版的民间故事集。

（二）四会民间故事的记录

在中国民间文学三套集成普查前，我国民间故事的传播与传承以口头为主，书面为辅。普查后，大量民间故事用文字保存下来，四会民间故事

---

① 王先谦. 汉书补注·地理志 [M]. 北京：商务印书馆，1959：2948.
② 班固. 汉书 [M]. 杭州：浙江古籍出版社，2000：565.
③ 陈志喆等修，吴大猷纂. 四会县志 [M]. 台北：成文出版社有限公司，1967：18.
④ 四会县地方志编纂委员会. 四会县志 [M]. 广州：广东人民出版社，1996：78.
⑤ 陈志喆等修，吴大猷纂. 四会县志 [M]. 台北：成文出版社有限公司，1967：19.
⑥ 四会县地方志编纂委员会. 四会县志 [M]. 广州：广东人民出版社，1996：79.

也如此。笔者收集的资料本有：馆藏手抄本《四会县资料本》①《四会民间故事选》②《肇庆民间故事》③《中国民间故事集成·广东卷》④《广宁县资料本》⑤《广东民间故事全书·肇庆·高要卷》⑥《清远民间故事》⑦，后 5本作佐证、查补使用。《四会县资料本》有 8 个故事出现在《四会民间故事选》里，9 个故事出现在《肇庆民间故事》里，1 个故事出现在《中国民间故事集成·广东卷》中。对于完全相同的故事，笔者只看作一个故事处理。对于前 4 个资料本的记录情况如表 1 所示。

表 1　四会民间故事记录情况表

资料本	收录地区	基本情况		
		民间故事总数（狭义）	四会民间故事数量（含重复）	相同故事数
《四会县资料本》	四会	43	43	0
《四会民间故事选》	四会	15	15	8
《肇庆民间故事》	肇庆	121	10	9
《中国民间故事集成·广东卷》	广东	345	2	1
总计		524	70	18

由表 1 可知，4 本资料本记载的四会民间故事共有 70 个：《四会县资料本》有 43 个，《四会民间故事选》有 15 个，《肇庆民间故事》有 10 个，《中国民间故事集成·广东卷》有 2 个。排除重复的，收集的有 52 个，比

---

① 四会县三套集成办公室. 四会县资料本［M］. 肇庆：内部刊印，1985.

② 冼鸿雄，梁觉才. 四会民间故事选［M］. 肇庆：内部刊印，1995.

③ 丘均. 肇庆民间故事［M］. 广州：广东人民出版社，1989.

④ 《中国民间故事集成》全国编辑委员会，《中国民间故事集成·广东卷》编辑委员会. 中国民间故事集成·广东卷［M］. 北京：中国 ISBN 中心，2006.

⑤ 广宁县三套集成办公室. 广宁县资料本［M］. 肇庆：内部刊印，1985.

⑥ 广东省文学艺术界联合会，广东省民间文艺家协会. 广东民间故事全书·肇庆·高要卷［M］. 广州：岭南美术出版社，2010.

⑦ 清远县民间文艺研究会，清远县文化馆. 清远民间故事［M］. 清远：内部刊印，1984.

《广东民间故事全书·肇庆·高要卷》的 77 个少，比同期《广宁县资料本》的 31 个、《清远民间故事》的 24 个要多。实际上，四会民间故事数量远不止 52 个，民间故事载体有很多种，除了口头和书面文本，还有碑刻和壁画等，另外还有一些被收集上来了，却没被资料本或普及本收录进去，但这 52 个四会民间故事足以反映出四会民间故事的基本情况。

二、四会民间故事的类型

民间故事的类型是指一则民间故事在相当长的时间内，在相当广阔的地区流传、扩展，产生不同变化，形成各种不同的异文。① 运用 AT 分类法，52 个四会民间故事分类情况如表 2 所示。

表 2　四会民间故事分类表

类别			基本情况	
			数量	百分比
故事		动物故事	5	9.60%
	人物故事	幻想故事	4	7.70%
		生活故事	21	40.40%
		宗教故事	6	11.50%
	笑话		16	30.80%
	总计		52	100%

（一）动物故事

动物故事是以人格化的动物、植物或其他自然物为主人公编织的故事②，如《牛为何吃禾秆》③《蚊子和黄蜞本是同母所生》④《雄蚣出洞》⑤

---

① 祁连休. 中国古代民间故事类型研究 [M]. 石家庄：河北教育出版社，2007：3.
② 刘守华，陈建宪. 民间文学教程 [M]. 武汉：华中师范大学出版社，2002：146.
③ 冼鸿雄，梁觉才. 四会民间故事选 [M]. 肇庆：内部刊印，1995：172.
④ 冼鸿雄，梁觉才. 四会民间故事选 [M]. 肇庆：内部刊印，1995：174.
⑤ 冼鸿雄，梁觉才. 四会民间故事选 [M]. 肇庆：内部刊印，1995：211.

《青薴龟的传说》①《审了哥》②。《审了哥》可在《中国民间故事类型索引》（以下简称《索引》）中找到粘连、复合处③，其余 4 个独自构成一个类型。

《审了哥》情节提要：

I. 了哥与穷人相依为命。

II. 穷人生病，它从地主处偷钱给穷人看病。

III. 它被地主抓住，被县官拔毛。

IV. 它偷听到县官要去拜菩萨。

V. 它假扮菩萨，让人拔了县官的胡子。

VI. 它显露真身，县官气急败坏。

依此，其为《索引》AT243《鹦鹉装上帝》的异文。④

（二）人物故事

1. 幻想故事

幻想故事是一种用"超人间"的形式来表现人间生活，具有浓厚幻想色彩的故事⑤。《六文钱利市》和《姥姥的牙齿哪里去了》各自独立构成一个类型⑥；《假外婆》为《索引》AT333C《老虎外婆》的异文⑦，《恶有恶报》为《索引》AT510A《灰姑娘》的异文⑧。《假外婆》情节提要：

I.〔母亲离家〕（a）母亲告诉孩子们外婆来陪他们及外婆的特征。（b）女妖偷听了对话。

II.〔女妖进门〕（a）女妖化身外婆，叫孩子开门。（b）哥哥辨析外婆特征。

III.〔女妖在屋〕（a）哥哥点灯，女妖制止。（b）女妖催促孩子睡

① 冼鸿雄，梁觉才. 四会民间故事选［M］. 肇庆：内部刊印，1995：213.
② 冼鸿雄，梁觉才. 四会民间故事选［M］. 肇庆：内部刊印，1995：214.
③ 丁乃通. 中国民间故事类型索引［M］. 武汉：华中师范大学出版社，2008.
④ 丁乃通. 中国民间故事类型索引［M］. 武汉：华中师范大学出版社，2008：33.
⑤ 黄涛. 中国民间文学概论［M］. 第 2 版. 北京：中国人民大学出版社，2013：162.
⑥ 冼鸿雄，梁觉才. 四会民间故事选［M］. 肇庆：内部刊印，1995：216，212.
⑦ 冼鸿雄，梁觉才. 四会民间故事选［M］. 肇庆：内部刊印，1995：199.
⑧ 丁乃通. 中国民间故事类型索引［M］. 武汉：华中师范大学出版社，2008：64，114.

觉。（c）吃了弟弟。

IV.〔幸存者惧极而逃〕（a）哥哥被咀嚼声吵醒。（b）向女妖要吃的，被拒。（c）问床铺为何湿了，女妖说是弟弟尿床。（d）问弟弟去哪了，女妖说去撒尿。（e）女妖被问得烦躁，暴露身份。（f）哥哥找借口逃走。

V.〔幸存者获得帮助〕（a）女妖发觉后找哥哥。（b）被阳光吓走，扬言晚上再来。（c）哥哥在门口哭泣，路人询问，哥哥解释。（d）路人给出救命物品和方法。（e）哥哥一一照做。

VI.〔女妖受罚〕（a）女妖被门上的针戳痛。（b）被油滑倒。（c）被螃蟹钳痛脚。（d）被火炉里的鸡蛋炸瞎眼。（e）爬甘蔗跌倒。（f）坐纸凳子掉井里。（g）被重物压死。

《恶有恶报》情节提要：

I. 漂亮的继女受到继母的虐待。

II.（a）继女想参加选美。（b）继母允诺完成任务就可去。（c）死去的母亲帮忙完成。（d）并帮继女找到新衣饰。

III.（a）继女看选美。（b）被邀上台。（c）惊恐逃走。（d）落下一只鞋。（e）鞋被差使捡到。

IV.（a）继母问任务如何完成。（b）衣服何处得，继女一一回答。（c）在拿衣饰时被毒蛇咬。（e）割掉自己的手。

V. 继女被差使找到，入宫当皇妃。

VI.（a）继母跟随进宫。（b）想用毒茶毒害继女。（c）自己喝毒茶死去。

2. 生活故事

生活故事是以民众的日常生活为题材，以现实中的人物为主角的故事。[①] 由表2可知，21个生活故事占据四会民间故事总数的40.4%，其分类情况如表3所示。

---

① 黄涛. 中国民间文学概论［M］. 第2版. 北京：中国人民大学出版社，2013：169.

表3　四会生活故事分类表

系列总量	类型	故事数（含异文）	异文数	异文类型举例
聪明言行故事7个	A. 问秀才型	3	2	难倒秀才型
	B. 祝寿型	2	2	三女婿型
	C. 救人型	1	0	—
	D. 买东西型	1	0	—
因果故事7个	A. 善有善报型	1	0	—
	B. 恶有恶报型	3	0	—
	C. 孝道型	3	2	不孝子女型
婚配故事3个	A. 选夫型	1	0	—
	B. 拒婚型	2	0	—
斗争故事4个	A. 智斗型	2	0	—
	B. 巧解难题型	2	0	—

　　由表3可得知，21个生活故事可归为4个系列11个类型，异质性较高。表现聪明言行的故事：《因一字主编访友》[①]《审屠夫》[②]《穷书生买鱼不使钱》[③]；表现因果报应的故事：《好心终得好报》[④]《美姑娘巧打花和尚》[⑤]《驳古输牛牯》[⑥]《灵牌的来由》[⑦]《人为财死，鸟为食亡》[⑧]；表现婚配的故事：《糊涂爹娘乱许女婿》[⑨]《嫁女歌》[⑩]《烈女祠的传说》[⑪]；表现

①　四会县三套集成办公室. 四会县资料本［M］. 肇庆：内部刊印，1985：209.
②　冼鸿雄，梁觉才. 四会民间故事选［M］. 肇庆：内部刊印，1995：195.
③　四会县三套集成办公室. 四会县资料本［M］. 肇庆：内部刊印，1985：207.
④　四会县三套集成办公室. 四会县资料本［M］. 肇庆：内部刊印，1985：183.
⑤　丘均. 肇庆民间故事［M］. 广州：广东人民出版社，1989：705.
⑥　四会县三套集成办公室. 四会县资料本［M］. 肇庆：内部刊印，1985：204.
⑦　四会县三套集成办公室. 四会县资料本［M］. 肇庆：内部刊印，1985：178.
⑧　冼鸿雄，梁觉才. 四会民间故事选［M］. 肇庆：内部刊印，1995：156.
⑨　四会县三套集成办公室. 四会县资料本［M］. 肇庆：内部刊印，1985：173.
⑩　四会县三套集成办公室. 四会县资料本［M］. 肇庆：内部刊印，1985：196.
⑪　四会县三套集成办公室. 四会县资料本［M］. 肇庆：内部刊印，1985：176.

斗争的故事:《勇船夫智斗水怪》①《砧板油吓走"保四师"》②《笑眯眯梳头》③《驼背丈夫》④。其中,《糊涂爹娘乱许女婿》为《索引》AT851C《赛诗求婚》的异文⑤,其情节提要:

I.〔求婚者〕多人向一个女孩求婚。

II.〔以歌选夫〕(a)一求婚者(通常是书生)提议让女孩自己选择。(b)女孩通过唱歌表明选择。

III.〔结局〕提议者被选上(通常提议者与女孩有恋情)。

《人为财死,鸟为食亡》与《索引》AT763《寻宝者互相谋害》的情节相似⑥,但缺少宗教元素。参照相关资料,可将其归为《索引》AT969《得宝者互谋俱丧命》的异文⑦,情节提要:

I.(a)酒鬼、赌鬼、色鬼偷得一大笔钱财。(b)都想独吞。(c)打算吃完午饭再分赃。

II.(a)酒鬼买酒,在酒里下毒。(b)赌鬼买荤食,在荤食中下毒。(c)色鬼煮饭,在饭里下毒。

III.(a)酒鬼吃饭被毒死。(b)色鬼吃肉被毒死。(c)赌鬼喝酒被毒死。

IV.鸟被香气吸引,吃了有毒食物死去。

另外,难倒秀才型的故事有:《渔夫与秀才》⑧《农妇与秀才》⑨;三女婿型的故事有:《三女婿祝寿》⑩《四个女婿》⑪;不孝子女型的故事有:《九子团圆父抵饥》⑫《鹅掌洲》⑬。难倒秀才型故事的情节提要:

① 四会县三套集成办公室.四会县资料本[M].肇庆:内部刊印,1985:200.
② 四会县三套集成办公室.四会县资料本[M].肇庆:内部刊印,1985:202.
③ 四会县三套集成办公室.四会县资料本[M].肇庆:内部刊印,1985:198.
④ 四会县三套集成办公室.四会县资料本[M].肇庆:内部刊印,1985:198.
⑤ 丁乃通.中国民间故事类型索引[M].武汉:华中师范大学出版社,2008:173.
⑥ 丁乃通.中国民间故事类型索引[M].武汉:华中师范大学出版社,2008:163.
⑦ 金荣华.中国民间故事集成类型索引:一[M].台湾:中国口传文学学会,2000:82.
⑧ 冼鸿雄,梁觉才.四会民间故事选[M].肇庆:内部刊印,1995:190.
⑨ 冼鸿雄,梁觉才.四会民间故事选[M].肇庆:内部刊印,1995:185.
⑩ 四会县三套集成办公室.四会县资料本[M].肇庆:内部刊印,1985:193.
⑪ 四会县三套集成办公室.四会县资料本[M].肇庆:内部刊印,1985:194.
⑫ 四会县三套集成办公室.四会县资料本[M].肇庆:内部刊印,1985:180.
⑬ 四会县三套集成办公室.四会县资料本[M].肇庆:内部刊印,1985:179.

Ⅰ. 秀才（a）进京赶考或（a1）出门游玩。

Ⅱ. 秀才遇到（a）渔夫或（a1）农妇，要（b）渔夫载其过河或（b1）农妇移开挡路的秧苗。

Ⅲ.（a）渔夫或（a1）农妇要秀才答对问题才照做。

Ⅳ. 秀才回答不了打道回府。

Ⅴ. 秀才某日看到（a）某物或（a1）通过出题人知道答案。

《肇庆民间故事》和《广宁县资料本》亦有此类故事。三女婿型故事的情节提要：

Ⅰ. 财主生日，穷女婿送寒酸礼物，富豪女婿送贵重礼物。

Ⅱ.（a）财主嫌弃穷女婿，称赞富豪女婿。（b）穷女婿巧言赋予礼品的特殊意义。(c) 满座大笑或（c1）赞许。

Ⅲ. 财主（a）依旧嫌弃穷女婿或（a1）改变看法，认可穷女婿。

不孝子女型的故事通常劝诫人们要孝顺父母，情节提要：

Ⅰ. 儿子不接老人去吃年夜饭。

Ⅱ. 老人（a）设计拿回在儿子处的财产或（a1）在门口感叹。

Ⅲ.（a）女儿来送饭。（a1）孙子把自己的饭给老人。

Ⅳ. 老人把财产给了（a）女儿或（a1）孙子。

3. 宗教故事

《黑心哥嫂》①《报应》②《橄榄树和悲喜大仙》③《屠龙记》④《陈癫子的故事》和《盲公戏县官》为宗教故事⑤。《黑心哥嫂》为广东常见的两兄弟型故事⑥，其情节提要如下：

Ⅰ. 哥哥娶妻后性情大变。

Ⅱ.（a）哥嫂要弟弟做繁重的工作。（b）弟弟完成不了在山上哭。

① 冼鸿雄，梁觉才. 四会民间故事选［M］. 肇庆：内部刊印，1995：145.

② 四会县三套集成办公室. 四会县资料本［M］. 肇庆：内部刊印，1985：179.

③ 《中国民间故事集成》全国编辑委员会，《中国民间故事集成·广东卷》编辑委员会. 中国民间故事集成·广东卷［M］. 北京：中国 ISBN 中心，2006：776.

④ 冼鸿雄，梁觉才. 四会民间故事选［M］. 肇庆：内部刊印，1995：159.

⑤ 冼鸿雄，梁觉才. 四会民间故事选［M］. 肇庆：内部刊印，1995：178，181.

⑥ 《中国民间故事集成》全国编辑委员会，《中国民间故事集成·广东卷》编辑委员会［M］. 北京：中国 ISBN 中心，2006：1233.

（c）山神可怜他，帮他完成。

III．（a）哥嫂变本加厉压榨弟弟。（b）神仙见状，给弟弟宝葫芦，助其完成工作。

IV．哥嫂抢走宝葫芦。

V．哥嫂（a）拿着宝葫芦来到沙漠。（b）宝葫芦失灵渴死。

《报应》情节提要如下：

I．妹妹嫁给好男人，姐姐嫉妒。

II．姐姐（a）骗妹妹父亲生病，引其回家。（b）半路推其落水。

III．妹妹被好心女鬼救起。

IV．姐姐（a）见妹妹回来后溜走。（b）被女鬼推下河。

《报应》情节与《索引》AT433D《蛇郎》相似①，但后者为异类婚配故事，前者为因果报应故事，有鬼的元素出现，是《蛇郎》在"宗教故事"中的亚型。《橄榄树和悲喜大仙》为 AT750A《愿望》的异文②，剩下的故事各自独立构成一个类型。

《橄榄树和悲喜大仙》情节提要：

I．一穷人偶得神仙的许诺而富裕。

II．地主想模仿穷人但没有成功。

III．地主再次模仿，机缘巧合下成功。

IV．地主回家途中因生理需求把许诺用掉。

V．地主只获得一颗橄榄。

（三）笑话

民间笑话是一种将嘲讽与训诫蕴含于谈笑娱乐之中的短小故事。③ 52个故事里有 16 则是笑话，占了总数的 30.8%，仅次于人物故事。参照《索引》，16 则笑话可以分为四类，具体分类如表 4 所示。

---

① 丁乃通. 中国民间故事类型索引［M］. 武汉：华中师范大学出版社，2008：84.
② 丁乃通. 中国民间故事类型索引［M］. 武汉：华中师范大学出版社，2008：162.
③ 刘守华，陈建宪. 民间文学教程［M］. 武汉：华中师范大学出版社，2002：150.

表4　四会笑话分类表

类型/索引号	故事数量	占据笑话百分比
笨人故事/1200－1349	4	25.00%
夫妻故事/1350－1439	3	18.75%
女人（姑娘）故事/1440－1524	2	12.50%
男人（少年）故事/1525－1874	7	43.75%

　　笨人故事有《无毛雀易洗澡》①《打黄猄》②《绑黄猄》③《原来只只船都疴水》④；夫妻故事有《柴米油盐足，饿死老婆熏臭屋》⑤《痰盂作帽》⑥《打山鸡》⑦；女人（姑娘）故事有《会错意》⑧《斗谷三升米》⑨；为男人（少年）故事有《两兄弟分家》⑩《两兄弟》⑪《师傅和徒弟》⑫《学懒》⑬《酒鬼父子》⑭《三个流浪儿》⑮《孤寒财主请教师》⑯。《三个流浪儿》为《索引》AT1526《偷窃狗、马、被单或戒指》的异文⑰，其情节提要如下：

　　Ⅰ.（a）财主请三个流浪儿干活却不支付酬劳。（b）三人合计教训财主。

　　Ⅱ. 三人（a）模仿猫狗叫，调虎离山，偷吃饭菜。（b）被财主发现。（c）被捕入狱。

① 四会县三套集成办公室. 四会县资料本［M］. 肇庆：内部刊印，1985：226.
② 四会县三套集成办公室. 四会县资料本［M］. 肇庆：内部刊印，1985：228.
③ 四会县三套集成办公室. 四会县资料本［M］. 肇庆：内部刊印，1985：228.
④ 四会县三套集成办公室. 四会县资料本［M］. 肇庆：内部刊印，1985：230.
⑤ 四会县三套集成办公室. 四会县资料本［M］. 肇庆：内部刊印，1985：197.
⑥ 四会县三套集成办公室. 四会县资料本［M］. 肇庆：内部刊印，1985：236.
⑦ 四会县三套集成办公室. 四会县资料本［M］. 肇庆：内部刊印，1985：229.
⑧ 冼鸿雄，梁觉才. 四会民间故事选［M］. 肇庆：内部刊印，1995：153.
⑨ 四会县三套集成办公室. 四会县资料本［M］. 肇庆：内部刊印，1985：193.
⑩ 四会县三套集成办公室. 四会县资料本［M］. 肇庆：内部刊印，1985：234.
⑪ 四会县三套集成办公室. 四会县资料本［M］. 肇庆：内部刊印，1985：227.
⑫ 四会县三套集成办公室. 四会县资料本［M］. 肇庆：内部刊印，1985：225.
⑬ 四会县三套集成办公室. 四会县资料本［M］. 肇庆：内部刊印，1985：232.
⑭ 四会县三套集成办公室. 四会县资料本［M］. 肇庆：内部刊印，1985：233.
⑮ 冼鸿雄，梁觉才. 四会民间故事选［M］. 肇庆：内部刊印，1995：202.
⑯ 四会县三套集成办公室. 四会县资料本［M］. 肇庆：内部刊印，1985：206.
⑰ 丁乃通. 中国民间故事类型索引［M］. 武汉：华中师范大学出版社，2008：267.

III. 县官出难题"偷打更锣",考验他们的偷窃手法。

IV. 三人大喊"着火",引起混乱,偷走"打更锣"。

V. 县官再出难题"偷裤衩",许诺事成后释放他们。

VI. 三人用计让县官太太以为失禁而换裤衩,从而偷走裤衩。

VII. (a)县官释放他们并供他们读书。(b)三个流浪儿学有所成。

《孤寒财主请教师》故事类型与《索引》AT1699C《读错没有标点的文句》相似①,情节提要如下:

I. 孤寒财主出难题来考前来应聘的教书先生。

II. 一名先生巧妙解答难题,成功应聘。

III. 两人立了没有标点符号的字据,先生意为高待遇,财主理解为低待遇。

IV. 先生拒绝低待遇,为字据添标点符号,表明要的是高待遇。

V. 财主自认倒霉。

其余笑话各自独立构成一个故事类型。

三、四会民间故事的渊源

实际上,大多数民间故事出现时间早于文本记载时间,在考究四会民间故事的渊源时,笔者以文本记载为准。52个四会民间故事构成49个故事类型,其中,《假外婆》《恶有恶报》《审屠夫》《美姑娘巧打花和尚》《人为财死,鸟为食亡》《报应》和《糊涂爹娘乱许女婿》7个故事类型可在祁连休的《中国古代民间故事类型研究》(以下简称《类型研究》)中找到最早的文本记载,剩下的42个故事类型的出处目前还不清楚。

(一)魏晋南北朝

《报应》情节类似《索引》中AT433D《蛇郎》,为蛇郎娶妻型故事,文本雏形是东晋陶潜撰写的《搜神后记》中的《女嫁蛇》②。《女嫁蛇》与《蛇郎》情节相差较大,但皆为人蛇婚配。宋人的《太平广记·太元士人》

---

① 丁乃通. 中国民间故事类型索引 [M]. 武汉:华中师范大学出版社,2008:334.

② 祁连休. 中国古代民间故事类型研究 [M]. 石家庄:河北教育出版社,2007:356.

与《女嫁蛇》出入微小①，前者是后者的衍生。藏族《尸语故事》第十一章"自讨苦吃的姑娘"后半部分与《女嫁蛇》主题一致②，可以把它归为蛇郎娶妻型故事的异文。现今大多数《蛇郎》是《女嫁蛇》在流传中产生的亚型，《报应》是《蛇郎》故事的亚型。

（二）隋唐五代

《假外婆》属于狼外婆型故事，最早出现于印度的《僵尸鬼故事》25则，后传入西藏，于第八代藏王止贡赞普时衍生为35则故事，然后持续衍生为《尸语故事》③。我国该类故事的最早文本见于成文于7世纪至9世纪的唐朝的敦煌古藏文写卷《白噶白喜和金波聂基》和《金波聂基兄弟俩和增巴辛姐妹仨》。④清人黄之隽的《虎媪传》也归于"狼外婆型故事"。⑤此类故事的文字记载比德国格林兄弟的《小红帽》还要早八九百年⑥。《恶有恶报》是灰姑娘型故事的异文，中国该类故事最早见于段成式写于9世纪的《酉阳杂俎》续集卷一《支诺皋上》中的《叶限》，出现时间比法国早八九百年⑦，唐朝之后，有关它的记载仅有藏文《尸语故事》第十一章"自讨苦吃的姑娘"的前半部分。⑧

（三）宋元

《索引》AT763《寻宝者互相谋害》在《故事类型》中为互相暗算型故事，最早见于南宋张知甫的《可书·三道人》。⑨之后，明人王同轨的《耳谈》和明人冯梦龙的《古今谭概》都记载有此类型的故事⑩。所以

① 祁连休. 中国古代民间故事类型研究［M］. 石家庄：河北教育出版社，2007：356.
② 祁连休. 中国古代民间故事类型研究［M］. 石家庄：河北教育出版社，2007：357.
③ 刘守华. 中国民间故事类型研究［M］. 武汉：华中师范大学出版社，2002：105－112.
④ 祁连休. 中国古代民间故事类型研究［M］. 石家庄：河北教育出版社，2007：539.
⑤ 祁连休. 中国古代民间故事类型研究［M］. 石家庄：河北教育出版社，2007：540.
⑥ 艾伯华. 中国民间故事类型［M］. 王燕生，周祖生，译. 修订版. 北京：商务印书馆，2017：16.
⑦ 祁连休. 中国古代民间故事类型研究［M］. 石家庄：河北教育出版社，2007：597.
⑧ 祁连休. 中国古代民间故事类型研究［M］. 石家庄：河北教育出版社，2007：598.
⑨ 祁连休. 中国古代民间故事类型研究［M］. 石家庄：河北教育出版社，2007：707.
⑩ 祁连休. 中国古代民间故事类型研究［M］. 石家庄：河北教育出版社，2007：707，708.

《人为财死，鸟为食亡》类型的始见文本为《可书·三道人》。抄斩淫僧型故事说的是某地官府因淫僧以拜佛求子骗奸良家妇女而抄斩淫僧毁其寺的事，最早记录见于宋代杨和甫的《行都纪事》和赵葵的《行营杂录》①。《美姑娘巧打花和尚》与《行都纪事》在主题和情节上类似，只是前者和尚罪行与受罚程度与后者相比较轻，所以《美姑娘巧打花和尚》类型的始见文本为《行都纪事》。

（四）清代

《审屠夫》讲的是奸夫淫妇设计谋杀亲夫，而奸夫错杀淫妇的故事，是误杀奇案型故事，始见于乾隆后期成书的袁枚《子不语》中的《徐四葬女子》②《驴雪奇冤》③，以及乐钧《耳食录》中的《书吏》④。一女三配型故事初见于清人李伯元《南亭笔记》中的《一女许三家》⑤，清人吴趼人的《中国侦探案》中的《三夫一妻》为此类故事的异文⑥，清末民初天台野叟的《大清见闻录》载有异文《一女三婚案》⑦。该类故事主要有三个情节：

I. 把一女许配多家。

II. 多家争执，官府设法选真心者。

III. 真心男与女结为夫妇。

《糊涂爹娘乱许女婿》的具体内容与《一女许三家》有异，但两者都为三段式结构，主题相似，可见后者为前者的原始文本。

四、结语

从四会民间故事的分类来看，52 个故事中有 5 个为动物故事，31 个为人物故事，16 个为笑话。而在这 31 个人物故事中，生活故事有 21 个，占

---

① 祁连休. 中国古代民间故事类型研究 [M]. 石家庄：河北教育出版社，2007：789，790.
② 祁连休. 中国古代民间故事类型研究 [M]. 石家庄：河北教育出版社，2007：1207.
③ 祁连休. 中国古代民间故事类型研究 [M]. 石家庄：河北教育出版社，2007：1207.
④ 祁连休. 中国古代民间故事类型研究 [M]. 石家庄：河北教育出版社，2007：1209.
⑤ 祁连休. 中国古代民间故事类型研究 [M]. 石家庄：河北教育出版社，2007：1379.
⑥ 祁连休. 中国古代民间故事类型研究 [M]. 石家庄：河北教育出版社，2007：1379.
⑦ 祁连休. 中国古代民间故事类型研究 [M]. 石家庄：河北教育出版社，2007：1381.

总数40.40%，与笑话合起来占总数71.20%。宗教故事仅有6个，占总数11.50%，且其他故事的有些异文剔除了宗教色彩，可见四会人民在有关民间故事的类型选择上注重现实，更加关注社会现实。多数故事主题相对集中，训诫意味较浓，可见四会人民颇为重视民间故事的教育功能。31个人物故事中，有些故事可追溯到魏晋时期，如《报应》；有些故事于近代出现，如《砧板油吓走"保四师"》，可见在两千多年的历史里，四会的民间故事既有保存，也有出新，具有非凡的生命力。

台山木鱼歌语言特色和文化价值研究

吴瑞彬① 董国华②

摘 要：台山木鱼歌，又称台山木鱼，起源于唐宋，发展于元明清，兴盛于清末民国，"文革"后逐渐式微。台山木鱼是外来的变文俗讲与本地的民间歌谣融合造就的杰作，在唱腔韵调和方言俗语上有着鲜明的台山特色，在文化传播上，台山木鱼随着侨胞漂洋过海，成为海外中国民间曲艺的代表。台山木鱼歌不仅是人们日常的娱乐方式之一，同时还肩负着民间伦理教化的责任，在传统曲艺中更是有着重要的地位，深刻影响着岭南民乐的发展。笔者通过走访民间艺人和收集、整理并分析相关文献资料，以期为台山木鱼歌的研究和发展尽绵薄之力。

关键词：台山木鱼歌；方言；韵调；海外传播；文化价值

方言与地域文化研究是现代汉语研究中非常重要的一环，民谣歌曲是方言的重要载体，现代意义上的汉语方言研究，在一定程度上最早是从研究地方歌谣入手的。1917 年，北京大学周作人、郑振铎等人发起歌谣研究运动。1927 年，顾颉刚、钟敬文来到中山大学，成立民俗学会，收集整理民间歌谣。在搜集工作中，人们遇到难以解决的方音描写、词义解释以及民俗文化等问题，由此引发学界研究方言的兴趣，台山木鱼歌和台山方言也是在这个时期开始受到人们关注的。

台山木鱼歌是使用台山方言演唱的汉语方言民歌。台山市属于五邑地

---

① 吴瑞彬，广东海洋大学文学与新闻传播学院汉语国际教育专业 2016 级本科生。
② 董国华，广东海洋大学文学与新闻传播学院副教授。

区，五邑右靠广州地区，左邻粤西地区，是一个相对独立又兼容开放的文化地区，有着自己独特的方言——五邑方言。其中，台山方言因使用人数众多，覆盖范围广阔，研究历史悠久，被学界广泛认为是五邑方言的代表。

木鱼歌是一种土生土长于岭南地区、用广府方言演唱的民间曲艺，它与苏浙的弹词、福建的评话同源，都是从唐宋时的变文话本演变而来的，属于诗赞系的说唱类文学。正所谓"十里不同音，百里不同俗"，在粤地里，不同方言片区有着不同风格的木鱼歌。比如，粤海片有"广州木鱼"，莞宝片有"东莞木鱼"，高阳片有"吴川木鱼"，桂南片的"白话木鱼"和"客家话木鱼"同属"广西木鱼"，五邑片则有"台山木鱼"。"台山木鱼"使用五邑地区代表方言——台山话演唱，承载着浓厚的地方文化，是岭南民乐的杰出代表。

台山木鱼歌最大的特点是雅俗共赏。"雅"指的是台山木鱼歌在韵调、格律上极为考究，体现在令人沉醉的唱腔韵调上；"俗"指的是歌词富有本土韵味，体现在独具特色的方言俗语上。旋律悠扬，歌词易唱，是台山木鱼歌深受群众喜爱的根本原因。

一、声调丰富，唱腔抑扬

音韵学上将声调分为"平""上""去""入"四声，用来表示声音高低升降的变化。台山方言的声调比较丰富，根据邓钧《台山方音字典》[①]以及甘于恩《广东四邑方言语法研究》[②]等统计，台山方言共有九个声调，如表1所示[③]。

---

① 邓钧. 台山方音字典［M］. 长沙：湖南教育出版社，2006：197.
② 甘于恩. 广东四邑方言语法研究［M］. 广州：暨南大学出版社，2010：30.
③ 甘于恩《广东四邑方言语法研究》认为，台山方言只有八个音调（阳上与新入）合并，是考虑到两者的区别不大，可以用变调来解释两者的不同。但严谨起见，本文采用邓钧的意见。因为，在同属于粤方言的广州话与台山话中，广州话中的"百"与"伯"是同音同调的，但是在台山话中两者并不相同。这个是区分同一片方言大区中不同类别的小方言区的重要依据，因此区分开为宜。

表1　台山方言声调表

调类	1	2	3	4	5	6	7	8	9
名称	阴平、阴去	阳平	阴上	阳上	阳去	中入	阴入	新入	阳入
调型	中平	低平	高平	低降	中降	中促	高促	低降促	中降促
调值	33	22	55	11	31	3	5	21	2
举例	衣、意	移	椅	以	易	百	北	伯	白
音标	ji^{33}	ji^{22}	ji^{55}	ji^{11}	ji^{31}	pak^3	pak^5	pak^{21}	pak^2

此外，台山方言还有三个变调形式，分别是低调、升调和高调。比如"长沙"① 的"沙"，读音应为 [sa^{33}]，但在单独使用，表达"沙子"的意思时，应读为 [sa^{21}]。这属于低调变调，在台山方言中，低调变调主要用于名词性词语，特别是为了突出日常生活中经常使用的名词。又如"包"在表达"收纳工具"的意思时，读音应为 [pau^{33}]，在表达"食品"的意思时，读音应为 [pau^{35}]，升调也只用于名词性词语，有着辨明词义的作用。再如"妈妈"，拆开两个字单独的读音为 [ma^{33}]，但是一起读时，"妈妈"的第二个音节为 [ma^{55}]。高调主要是用来标记外来名词的，同理还有"爸爸"。

台山方言有九个音调和三个基本变调形式，其中，阳平和阴平属于平声，剩余的七个音调都是仄声。在演唱时变化较多，唱腔丰富，更加抑扬顿挫、悦耳动听。

二、讲求平仄，格律严谨

台山木鱼歌讲究韵律格式，如同七言律诗，严格规定平仄，整齐有序。一般情况下，木鱼歌句子基本是以七字对偶句为主，以两句为一对，每四句为一段。每一句的句尾以平仄声分为上句和下句。逢单句尾字要用

---

① 长沙：台山地方名。

仄声字（第一句除外，可用上平声字，可押韵可不押韵，为了音律和谐尽可能押韵）；逢双句则用平声字（尽可能阴平和阳平交替出现，间隔运用，避免枯燥，增添变化。这样叫作"梅花间竹"，演唱时音调有起有伏，更为动听），且双句的尾字必须押韵。台山木鱼歌就按照这样的规律，上下句循环往复歌唱下去，不能出现只有上句，没有下句，唱到一半就戛然而止的情况。一段木鱼歌必须以下句为结尾，须以阳平字结束，如同下面经典的木鱼歌《花笺记》[1]：

> 不提公子花间事，（上句，尾字须是阴平或仄声，"事"是仄声。尾字可押韵可不押韵，此处未押）
> 又谈闺内一瑶仙。（下句，尾字须是平声，"仙"是阴平。尾字必须押韵）
> 时遇初秋明月好，（上句，尾字须是仄声，"好"是阴入。尾字可押韵可不押韵，此处未押）
> 吩咐芸香卷画帘。（下句，尾字须是平声，"帘"是阳平。尾字必须押韵）

台山木鱼歌常以七字句为主，间或有用三、五、九字句，甚至十多字的句子，不足为奇。根据具体的情况，有时增删几个字也是正常的情况，充分体现了民歌的自由性和通俗性。此外，前文曾说到，木鱼歌与苏浙流传的弹词和福建流传的评话同属于诗赞系的民间说唱歌体。最初的木鱼歌跟弹词和评话一样，分为起式、正文、结尾三部分，后来因为演唱的方便和内容的需要，人们逐渐摒弃了烦琐的形式，只要正文。有少数古老的木鱼歌还保留着完整的形式，如《倒卷珠帘》：

> 弦索响，响喧天，我来唱唱倒卷珠帘。
> （按：以上是起式，以下为正文）
> 麻骨装船沉大海（哩），大石浮起在江边。

---

① 薛汕校订. 花笺记 ［M］. 北京：文化艺术出版社，1985：21.

麻绳穿过针鼻眼，盲眼睇见笑连连。①

三、节奏舒缓，唱腔悠扬

在音阶调式上，大部分五邑民歌包括木鱼歌在内，都是遵循古代音律"五音"的。"五音"就是五声音阶，分别是宫、商、角、徵、羽，在唐代时称为合、四、乙、尺、工，用简谱表示即为1、2、3、5、6，虽然简单，但是也更为容易传唱。有的时候，为了适应现代音乐的发展和审美需求，台山民歌也会以七声音阶进行，七声音阶比五声音阶多了两个音，即"4""7"。

在唱腔风格上，由于方言的差异，各地木鱼歌的唱腔具有不同的风格。具体来说，东莞木鱼歌和台山木鱼歌是较具特色的代表。东莞木鱼歌使用莞宝方言演唱，流行于东莞、深圳、香港等地区。根据歌唱的人群与风格不同，又分为妇女腔和盲公腔两类；台山木鱼歌流行于新会、台山、开平、恩平等四邑地区，是使用五邑方言（主要以台山方言为代表）演唱的，主要分为金兰腔、乙反腔与花笺腔三类。图1为东莞木鱼歌代表作曲谱，图2为台山木鱼歌代表作曲谱，通过对比我们可以看到它们的区别。

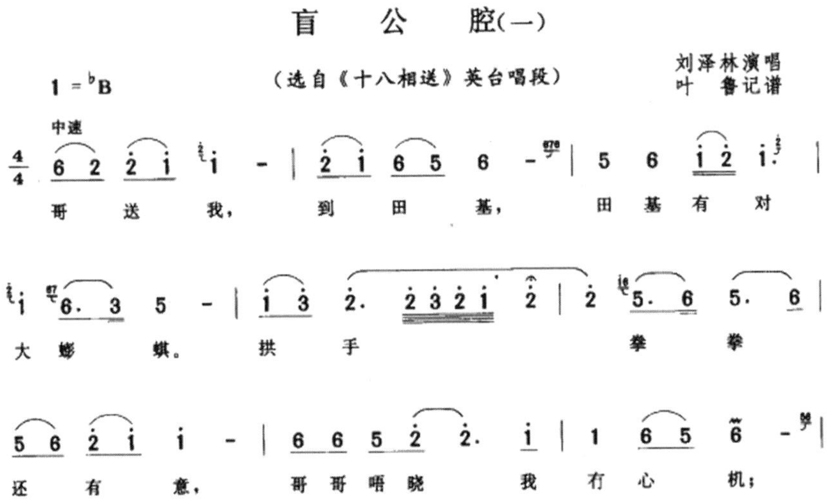

图 1　东莞木鱼歌曲谱

---

① 江门市政协学习文史资料委员会. 江门文史：第39辑［M］. 江门：内部刊印，2002：36.

台山木鱼歌

基 本 调(一)

（选自《十八相送》英台唱段）

梁玉婵演唱
铁　兵记谱

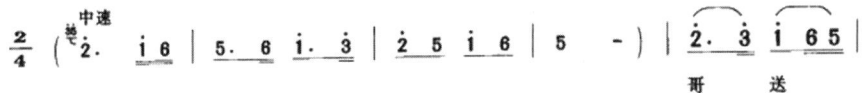

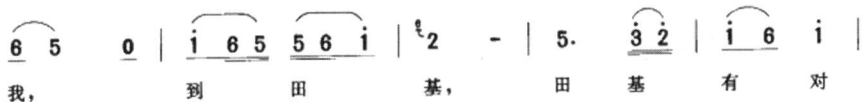

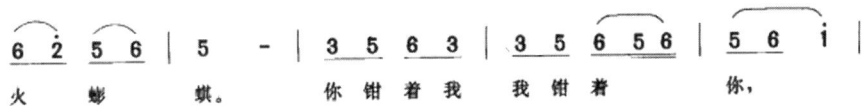

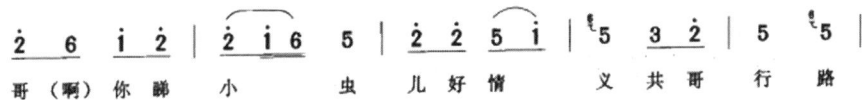

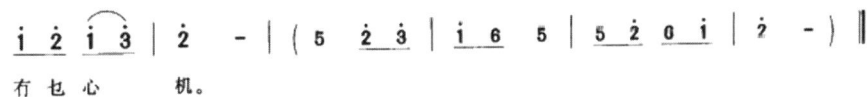

图2　台山木鱼歌曲谱

　　这是一首非常经典的木鱼歌《十八相送》，流行于台山、东莞，但是两地的唱腔和填词稍有不同。通过图1和图2可见，东莞木鱼歌无论是妇女腔还是盲公腔，前面都是没有背景音乐伴奏的，有点像顺口溜；台山木鱼歌则常带有乐器伴奏，节奏比较和缓舒畅。另外，台山木鱼歌经常添有"啊""哩""呀""啦"等拖音，使得音乐更有"绕梁三日"的感觉。

　　传统的木鱼歌词对声韵是非常考究的，台山木鱼歌会根据不同的演唱内容和表演场合，选择不同的唱腔。普通木鱼唱腔是较为通俗常见的，它的旋律单一，变化不大，可分为龙舟腔、金兰腔，以金兰腔为代表。金兰腔收集木鱼歌最经典常见的唱腔，悠扬婉转、易懂易唱。代表作为《情歌对唱》。乙反木鱼唱腔又可称为"苦喉唱腔"，是由正线腔变化而成的。特点是凄婉、悲苦。乙反唱腔含有乙、反两个特征音，代表作有《十相送》；还有因《花笺记》而得名的"花笺腔"；乞巧节请七姐下凡的称为"落仙腔"等。

四、独具特色的方言俗语

无论是听木鱼歌，还是阅读木鱼书，总能感觉到一些特别的方言表述，这正是具有浓厚地方特色的方言俗语。虽然在字面表达上，台山方言与广府方言没有很大的区别，但是，我们仍可以找出一些与众不同的、有着浓郁特色的例子来。如李道强的《耕山曲》：

姑娘本是农家女，一纸大学文凭噹噹响。①

"一纸"是属于修饰纸张的量词，意思是"一张"。用"纸"代替"张"，更具有形象感。"噹噹响"即为"哙哙响"，形容金属落地的清脆声音。本来拨弄一张纸是不会发出如此声音的，此处用了夸张的手法，表现大学文凭的可贵。

唔估我儿唔识想，叹娘好梦付汪洋。②

"唔"就是"不"的意思，"唔估"在粤语中为"估唔到"，意为"想不到"，"唔识"就是"不会"。台山方言中除了"唔"表示"不"之外，"莫"也有表示"不"的意思，如《情歌对唱》里：

---

① 台山市戏剧协会，曲艺协会. 台山演唱 创刊号［M］. 台山：内部刊印，2003：48.
② 台山市戏剧协会，曲艺协会. 台山演唱 创刊号［M］. 台山：内部刊印，2003：49.

男：割草（呀）莫斩槐荫树，能替我两个（嘟）做（个）红娘。①

另外，还有经典木鱼歌《十八相送》：

田基有对火蟛蜞。你钳着我我钳着你，哥（啊）你睇小虫儿好情义共歌行路有乜心机。②

"田基"就是水田边的堤或圩埂，是五邑台山地区特有的称呼；"蟛蜞"学名为相手蟹，是岭南地区的人们喜爱吃的一种河鲜，常出现在田基上。"钳"这里是一字双意，表面上是指蟹的两个钳，实际上指女方暗示男女双方要像螃蟹那样两只钳子紧紧地扣在一起，永不分离。"睇"来自古代楚地方言，意为"看"；"乜"通常是代词，"冇乜"与广州话同音，即"没有什么"的意思。

另外，值得一提的是，台山木鱼歌经常出现唱词词素次序颠倒的情况，比如《花笺记》：

亦沧命薄难偕老，钟情如姐世间稀。③
薄命几乎因姐丧，不沾茶饭梦魂颠。④
早知命薄前缘少，唔遇冤家免挂牵。⑤
亦有贪欢和作乐，冇厘牵挂似神仙。⑥

"薄命"与"命薄"以及"牵挂"与"挂牵"，这两组词的词素次序是颠倒的。从意思上看，这两组词语分别都是近义词，第一组是"命运不好"，第二组是"因放心不下而挂念"。从结构上看，第一组"薄命"和

---

① 台山县地方志编纂委员会. 台山县志［M］. 广州：广东人民出版社，1998：480.
② 《中国曲艺音乐集成》全国编辑委员会，《中国曲艺音乐集成·广东卷》编辑委员会. 中国曲艺音乐集成·广东卷［M］. 北京：中国 ISBN 中心，2007：353.
③ 薛汕校订. 花笺记［M］. 北京：文化艺术出版社，1985：60.
④ 薛汕校订. 花笺记［M］. 北京：文化艺术出版社，1985：18.
⑤ 薛汕校订. 花笺记［M］. 北京：文化艺术出版社，1985：14.
⑥ 薛汕校订. 花笺记［M］. 北京：文化艺术出版社，1985：21.

"命薄"都是形容词，前者是偏正结构，后者则是主谓结构。第二组的"牵挂"是动词，"挂牵"可以是动词也可以是名词。从使用情况上看，第一组的"薄命"是比较常用的，如"红颜薄命"，但是在粤地包括台山，"命薄"多出现在口语中。第二组词的"挂牵"应是由"牵挂"演变而来，本来是不存在的，作者为了上下文押韵才改写成"挂牵"，现在也活跃在台山人民的日常谈话中。

五、流芳海外的域外传播

木鱼歌的题材非常广阔，除了一般的内容外，台山木鱼歌还有一类非常重要且独具特色的题材——涉及海外侨民侨胞的木鱼歌。目前，学术界对木鱼歌以及民间歌曲艺术域外传播的关注比较少。

台山人旅居海外者甚多，分布广阔。据统计，台山市内常住人口约100万，旅居港澳台以及海外的侨胞侨民有近150万，比本地的人数还要多，因此有"中国第一侨乡"的美誉。随着人口的迁出，语言和风俗也跟着人口的流动而迁出，在这些侨民中，不乏优秀的文艺工作者。他们在海外常常思念故乡，通过一起作曲唱歌以消除乡愁。

早在18世纪时，木鱼歌就已在海外传播。德国著名浪漫主义诗人歌德曾在阅读木鱼歌名篇《花笺记》后大为所动，在日记中写道：

中国的小说，都向礼教、德行与礼貌方面努力，但正因为这样严正的调节，所以，中国有数千年的悠久历史。①

歌德花了两天时间潜心阅读《花笺记》，写下了著名的《中德四季晨昏杂咏》，成为中德文化交流的一段佳话。

中华人民共和国成立前比较有代表性的海外木鱼歌的是《金山婆自叹》：

初叹苦。泪汪汪；
为忆夫郎别了妻房，前日有言对过汝讲。

---

① 东莞市政协. 东莞风俗叙述与研究［M］. 广州：广东人民出版社，2008：345.

半年夫妻不用双，无事清闲担吓眼望。

底望高时眼乱慌忙，不久年岁出街坊。①

此外，还有黄荣熙的《竹枝词》②：

金山一去几时回？恼煞狂夫太不才，多少儿女心上事，车夫入庙卜交杯。③

《金山婆自叹》是以一位独守空房的妇人视角来写的，因为丈夫远走海外谋生，留下了仅成亲半年的妻子在家里，妻子无奈，便以时间为线索写下了丈夫离家一年来自己的心境。《竹枝词》也是以妻子的角度来写的一篇思念丈夫的木鱼歌。可以说，男子背井离乡远赴海外求生，不得已留下至亲在家里，是当时社会普遍存在的现象。

现代比较有代表性的伍尚炽先生是著名的旅美民歌艺术家，他结合自己旅居美国的经历，借用"伍伯"的口吻，创作出了脍炙人口的海外版台山木鱼歌：

清闲无事多思想，想起木鱼我就唱，该片木鱼非别样，又来回忆我家乡。

——《伍伯来金山》④

春寒冬冷人受苦，风雨飘落在坑边，霜厚几寸排水面，雪排几寸满山林。

——《金山谣》⑤

---

① 《中国曲艺音乐集成》全国编辑委员会，《中国曲艺音乐集成·广东卷》编辑委员会. 中国曲艺音乐集成·广东卷［M］. 北京：中国 ISBN 中心，2007：593.

② 虽是词，但也可以作为木鱼歌来唱。

③ 人民政策政治协商会议广东省台山县委员会文史组. 台山文史：第 2 辑［M］. 台山：内部刊印，1984：52.

④ 人民政策政治协商会议广东省台山县委员会文史组. 台山文史：第 2 辑［M］. 台山：内部刊印，1984：39.

⑤ 人民政策政治协商会议广东省台山县委员会文史组. 台山文史：第 2 辑［M］. 台山：内部刊印，1984：38.

从歌词可以看出，虽然初到他乡的伍伯比较难融入当地的生活，但他以一种乐观的心态面对新鲜的事物，已非当年第一批移民生离死别的情景了。

台山木鱼歌中蕴含着丰厚的故土人情，对于背井离乡、旅居异国且文化生活异常枯燥单调的游子来说，木鱼歌是陪伴着他们度过那段艰难岁月的重要精神依托。如今，中国国际地位明显提升，人们的本土文化审美意识逐渐回归，台山木鱼歌不仅是游子们思乡的歌谣，而且是对外传播中华民族文化的重要媒介。可以说，这些记录海外生活的台山木鱼歌，就是一部浓缩的华人移民生活简史。

六、台山木鱼歌的文学艺术和文化价值

常言道："一方水土养育一方人，一方水土造就一方文化。"台山木鱼歌是一种艺术性和民俗性兼具的民间艺术形式，在民间艺术中占有非常重要的地位，具有研究文艺和社会文化的双重价值。

（一）文学艺术价值

台山木鱼歌的演唱内容非常丰富，就像社会的百科全书，精细入微地描绘出了当时社会生活的全景。从诞生至今，台山木鱼歌就是为适应大众喜闻乐见的形式而创作发展的，通过研究木鱼歌这个流传于岭南地区三百余年的艺术"活化石"，我们清晰地了解了各个时期的人民生活状态和社会动态。

再者，台山木鱼歌在岭南曲艺中占有重要地位。木鱼歌与南音、龙舟、粤剧合称"广东四大民间曲艺"。木鱼歌是最早诞生的粤语说唱曲种，后三者都是在木鱼歌的基础上发展起来的地方曲艺品种。粤剧作为粤地民间曲艺的集大成者，里面有木鱼的表演器具，而且粤剧的表演曲目里也有很多都是从木鱼剧发展而来的，此外，前文提到的弹词和评话都与木鱼歌颇具渊源。可以说，台山木鱼歌无论在文学文本还是艺术表现形式上，都颇具研究价值，有待学术界深入发掘和整理。

（二）社会文化价值

1. 民俗文化传承

民歌都是风俗歌，方言是民风民俗的载体，音乐是表现方言的重要媒介，研究民俗文化应从音乐开始。从方言中，我们可以了解到许多的独特有趣的文化现象。比如"'木鱼歌'这个名称从何而来""为什么木鱼歌会在台山如此兴盛"这两个问题。我们可以分别从台山的地理和经济层面来解读。从地理层面看，台山濒临南海，河流众多，有很多人以船为居，视水如陆，故称为"疍"，后演变为"木鱼"；从经济层面看，台山有一种特色建筑——骑楼。骑楼的底层是一间间紧密相连的店铺，门口统一面向街道敞开，二层以上是居民的住所，这样的结构设计，方便人们的互相交流，也为民间艺人提供了表演空间。这些地方特色造就了台山木鱼歌丰富多彩的文化内涵，彰显出历史文化积淀。可以说，台山木鱼歌是研究各个时期社会发展和人们生活的珍贵材料。

2. 伦理教化功能

在旧社会，唱木鱼歌不仅是劳动人民日常生活消遣娱乐、消磨时光的绝佳方式，而且在传唱的过程中，木鱼歌还发挥着教人识字读书、灌输伦理纲常以及传承历史文化等的社会教化功能。这从女性视角来观察则更为清晰。

旧社会中的男性可以受到正规的学校教育，而一般家庭的女性很少有机会进行系统学习。"重男轻女""女子无才便是德"等观念，反映了当时女性教育权利的缺失。但是，女性渴望获得知识，因此，简单自由又富有文化涵养的木鱼歌，就成为民间广大妇女喜爱传唱的音乐。清代吴趼人在其《小说丛话》中有如此表述：

　　弹词曲本之类，粤人谓之"木鱼书"。……妇人女子，习看此等书，遂暗受其教育，风俗亦因之以良也。[①]

---

① 谭正璧，谭寻. 评弹通考［M］. 上海：上海古籍出版社，2012：435.

从以上表述，我们可以知道旧社会的教育落后，读书识字的人非常少。但是，木鱼歌有着问字曲音的特点，边听木鱼歌边看木鱼书，以寓教于乐的活动方式认识常用的字，成为民间教育的范本。而且，木鱼歌宣扬的思想也符合封建统治阶级的政治需要，符合儒家倡导的纲常伦理和社会道德。

此外，木鱼歌还可以传承中国历史上脍炙人口的名人轶事和典故。郑振铎的《中国俗文学史》里谈到木鱼书的情况时说：

> 一般妇女们和不大识字的男人们，他们不会知道秦皇、汉武，不会知道魏徵、宋濂，不会知道杜甫、李白，但他们没有不知道方卿、唐伯虎……那些弹词作家们所创造的人物已在民间留极深刻的印象和影响了。[①]

渐渐地，广大女性同胞有了一定的知识和见解，就有了创作的欲望。这时，包括木鱼歌在内的民歌，从启蒙的读物摇身一变成为寄托感情的创作平台。无论是美好的理想，还是苦闷的现实，她们都将情感倾注在木鱼歌的创作中。从民歌的受众到创作的主体，木鱼歌彰显着社会伦理教化功能，成为人民日常生活中不可缺少的一部分。

台山木鱼歌是一种广泛流行于台山方言区的民间说唱艺术，在岭南音乐乃至全国民乐中享有很高的地位。它最大的特点是利用台山方言歌唱、以台山方言入词，体现出浓厚的台山地域文化和侨乡文化。台山木鱼歌凝聚着劳动人民的智慧结晶，是民俗风情的生动写照，是历史发展的真实记录，有着较高的学术价值和社会价值。笔者由于学力、笔力所限，暂未能对台山木鱼歌进行深入研究，希冀本文能抛砖引玉，为后来学者更深入、全面研究台山木鱼歌献绵薄之力。

---

① 郑振铎. 中国俗文学史［M］. 南昌：江西教育出版社，2018：514.

《山海经》中的怪物形象与原始崇高感

张浩聪① 王 丹②

摘 要：在"万物有灵"和"自然崇拜"观念的影响下，原始先民创造了许多形态各异的怪物，记录在《山海经》中。当先民们面对这些怪物形象的画作或者器物时，会有一种复杂的思绪萦绕在心头，这种思绪就是原始崇高感。结合康德关于崇高的解释，以怪物为线索，阐释原始崇高的本质与形成过程，解释原始崇高与丑的区别，可以更好地了解原始社会人们的精神状况。

关键词：《山海经》；怪物；原始崇高感；形式上的丑

《山海经》是包含了历史、神话、宗教、地理等丰富内容的小型百科全书，是最古老的地理人文志。其中，书中各色各样的怪物更是吸引着后代无数人的注意力，有无数的文艺创作者从中获得灵感，塑造出一个个令人印象深刻的怪物形象。比如，东晋时期干宝的《搜神记》中便有妖媚众生的"九尾狐"；清代蒲松龄《聊斋志异》中也有令人毛骨悚然的"画皮"。不过在中国的审美历史中，人们对于"怪物"都是"畏而远之"的，大多数文艺作品中的怪物形象都是丑陋畸形的，遭人唾弃的同时又令人恐惧。怪物既让人害怕，又让人向往，这种矛盾的心理感受便是原始崇高感。

---

① 张浩聪，广东海洋大学文学与新闻传播学院汉语言文学专业2016级本科生。
② 王丹，广东海洋大学文学与新闻传播学院副教授。

一、《山海经》中的怪物

《山海经》全书大约 31 000 字，记载了 40 个方国、550 座山、300 条水道，而如此辽阔的地域孕育了无数的怪物。司马迁在《史记》中写道："至《山海经》所有怪物，余不敢言之也。"怪物不可被准确描述，不知道怪物是否真实存在，也不知道怪物可不可数。事实上，怪物并不是凭空想象的，而是具有一定社会基础的：一方面是生产力和认识水平低下的体现，另一方面则是人自我意识逐渐发展的证据。

（一）怪物的来源

在远古时期，人们的认识和理解力都十分有限。而"万物有灵"和"自然崇拜"的观念促进了人们心中怪物形象的形成。

"万物有灵"是早期人类观察认识客观世界的一种基本观念。在原始社会时期，人们认为灵魂并非只有人类才有，山川河流、花草树木等世间万物都有着独属于自己的灵魂。人们相信，人的灵魂能够与世间万物的灵魂相互融合并且相互转化，人死后也会以另一种存在方式延续自己的灵魂。"万物有灵"的观念使得一些自然现象得以具象化，如在《山海经·东次二经》中写道："有兽焉，其状如牛而虎文，其音如钦，其名曰軨軨，其鸣自叫，见则天下大水。"① 人们把洪灾具象化成"軨軨"这样的怪物，赋予了客观事物一个生命躯体。通过赋予生命，原始人类才能更好地认识客观事物。再如，在《山海经·南山一经》中有写道："有兽焉，其状如马而白首，其文如虎而赤尾，其音如谣，其名曰鹿蜀，佩之宜子孙。"② 虽然马、虎和人各自形体不同，但是灵魂是可以相通和融合的。因为"万物有灵"的观念的存在，人们相信人与世间万物都是共通的，所以才会有形态各异的怪物。

同时，早期的自然崇拜促进了怪物形象的发展。黑格尔认为："……最早的艺术作品都属于神话一类。在宗教里呈现于人类意识的是绝对，尽

---

① 刘向. 山海经 [M]. 北京：中国华侨出版社，2013：139.
② 刘向. 山海经 [M]. 北京：中国华侨出版社，2013：7.

管这绝对是按照它的最抽象最贫乏的意义来了解的。这种绝对最初展现为自然现象。从自然现象中人隐约窥见绝对，于是就用自然事物的形式来把绝对变成可以观照的。"① 在早期的人类社会，大自然既是人赖以生存的家园，又是可怕的天灾的源头。因此，当地动山摇、狂风暴雨、大旱大涝等自然灾害发生的时候，原始人类将这些现象认为是上天的责罚。因为"万物有灵"的观念，先民"认为自然如同人类，具有灵魂和喜怒哀乐的情绪变换，人类要对它们加以敬仰和崇拜，以求得它们的关照和庇护"②。神也有情绪，人类要想尽办法取悦神灵，以求得保佑。

"万物有灵"的观念影响了自然崇拜的观念，抽象的自然力量也被具象化为各种各样的神明和怪物。古人认为天地哺育世间万物，人们想要平稳安定且温饱的生活，就要对天地神灵进行顶礼膜拜，才能祈求来年风调雨顺，五谷丰登。在《山海经》中，每条山脉文字介绍的最后都会提到如何祭祀。如《山海经·北次二经》中写道："凡北次二经之首，自管涔之山至于敦题之山，凡十七山，五千六百九十里。其神皆蛇身人面。其祠：毛用一雄鸡，瘗；用一璧一珪，投而不糈。"③ 书中对祭祀过程和祭祀用品描述详细，可以看得出早期人们对于祭祀是十分重视的，并有着十分严格的祭祀程序和标准。

"万物有灵"和"自然崇拜"的观念构建了早期先民的思维，这种观念投射到客观世界的事物上，把自然万物的力量具象成了与人灵魂"相通"的生命体，从而诞生出了怪物。

（二）怪物的特征

在西方作品中，怪物都有着标志性的特征，如恶魔就有着山羊的角。然而《山海经》中的怪物并没有固定的怪物特征：蛇既可以是怪物，也可以是神灵；人既可以是怪物，也可以是神灵。仅靠外观形象来判断《山海经》中的怪物是十分困难的。总结起来，《山海经》中的怪物具有以下三

---

① 黑格尔. 美学：第 2 卷［M］. 朱光潜，译. 北京：商务印书馆，1979：22.
② 杨浏青青.《山海经》异兽形象与中国传统动物装饰形态研究［D］. 济南：山东艺术学院，2018.
③ 刘向. 山海经［M］. 北京：中国华侨出版社，2013：106.

个特征：

首先，《山海经》中的怪物"异于常世"。书中的怪物形象都异于人类，同时还混杂着一些动物的形态结构。比如《山海经·南山三经》中写道："有鸟焉，其状如枭，人面四目而有耳，其名曰颙，其鸣自号也，见则天下大旱。……其中有鱮鱼，其状如魳而彘毛，其音如豚，见则天下大旱。"① 这透露出《山海经》中怪物的两种组合模式：一种是"物"与"人"的结合，即动物与人的局部器官的拼凑，主要的形象特征还是以动物为基础的。另一种则是"物"与"物"的结合，即以现实某种动物为躯干，在这基础上再加上不同种类动物的肢体部位。这些方式组合出来的怪物既不是人类，也不属于现实之中任何动物种类，是一种异于常世的虚构形象。

其次，《山海经》中的怪物具有"怪力"。这里的怪力不仅指肢体躯干力量强大，还拥有着人类所无法掌控也无法使用的力量。如《山海经·西次三经》中写道："有鸟焉，其状如凫。而一翼一目，相得乃飞，名曰蛮蛮，见则天下大水。"② 这里的"蛮蛮"既可以说是洪灾的化身，也可以说是它带来的洪灾，它有着人类无法企及的强大力量。这些力量不是人类所有的，也不是人类能够操控的。这些怪物是某种抽象概念的具象化。

最后，《山海经》中的怪物是本能的。在书中，有些神的形象像怪物，如女娲人头蛇身，西王母虎齿豹尾，但不能说属于怪物。因为神能够清楚地认识到自己具有什么力量，有着自我认知的能力，具有"人"的属性。而怪物则依靠本能的力量，它们无法理解自身，无法清楚地认识自身，它们不知道自己拥有何种力量，只是本能地存活，缺乏自我认识。

综合上述怪物的特征，怪物是一种由动物或人的多种局部元素拼凑而成的、拥有超人类力量并以本能存活的虚构体。怪物是不具备自我认识功能的，只能像动物般本能地生活，它们不会意识到自身拥有着何种力量。

---

① 刘向. 山海经［M］. 北京：中国华侨出版社，2013：28.
② 刘向. 山海经［M］. 北京：中国华侨出版社，2013：54.

二、怪物与原始崇高感

《山海经》中有些怪物形象狰狞、怪异，令人感到害怕，为什么先人还要将其记载描述呢？这就涉及原始崇高美感，即一种包含着牺牲与失败体验的美感，其审美活动最后的结果一定是人取得了胜利。随着人类自我意识的觉醒与确立，人类已经开始意识到主体与客体自然的不同，人类在物质层面上与自然开始产生对立与抗衡，在精神层面上开始逐步与自然进行分离和意识的独立。在饱受自然所带来的苦难后，原始先民希冀借助和拥有一种强大的力量——这种力量可以帮助人们实现战胜和征服自然的愿望。于是，人们通过祭祀的方式，向神寻求帮助，以期实现对自然的征服，进而为自身生命的存在和发展创造条件。原始崇高感由此产生了。

（一）怪物背后的原始崇高

说到原始崇高，不得不先说近代崇高。在康德看来，崇高的对象主要表现为无形式、无规律和无限制三个特点，具体表现为数学式的崇高与力学式的崇高，也就是体积的无限大和力量的无限大。当审美对象的无限大超过了审美主体所能把握的限度，否定了审美主体时，审美主体感受到了痛感，审美主体的主观意识就会被唤起。通过无限提升自身观念，主体实现对审美对象的胜利，主体的自身价值得到了肯定，快感也随之产生，这就是近代崇高。

虽然原始崇高和近代崇高本质是相似的，但是达到崇高感的媒介不同。近代崇高是人在实践中的本质力量在超越对象后的体现，在精神层面和物质层面都超越了对象。而原始崇高只是在想象状态下，主体在"神力"的帮助下实现对对象在精神上的超越——人们借助天地鬼神的庇佑，实现在主观想象中对自然的战胜和征服。

近代崇高具有个人性质，原始崇高则是一种群体性的美感经验。"这种群体活动作为程式、秩序的规范性、交往性，使参加者的个体在意识上从而在存在上日益被组织在一种超生物族类的文化社会中……"① 人类社

---

① 李泽厚. 华夏美学 [M]. 北京：中外文化出版公司，1989.

会初期，个体面对自然需要集合在一起形成一个"社会"，才能勉强与自然抗衡。而在这样的"社会"中，个体的意识被集合和同化并集中于领导者，领导者成为这个"社会"的主要审美主体，领导者的审美感受成为整个"社会"的审美感受。当进行祭祀活动的时候，领导者的意识就会成为这个"社会"的主要意识，带动着整个集体中个人的意识。当领导者与"神灵"进行沟通，"神灵"适时地给予恩赐，领导者与"神灵"实现"人神合一"，在精神层面超越了怪物，从而肯定了自身，引起原始崇高感。而在这样的"社会"集体的结构中，领导者的审美经验会通过语言的力量"传递"给参与祭祀活动的每个个体。个体与领导者产生共鸣，使得集体中的个体也能够"分享"领导者的审美经验，在精神层面认为能够跟自然相抗衡，共同产生原始崇高感。

怪物的本质就是大自然的力量，其丑陋畸形的外表是人们在早期因认识水平不足而恐惧自然力量的形象化表达。人们通过祭祀取悦神灵以求得神力。人们在借助了"神力"之后，使自己具备战胜自然的强大精神力量，最终实现精神上对自然的战胜和征服。如此，人们的生命需求得到了满足，快感也随之产生。所以原始崇高感并不是由怪物的形象直接带来的，而是借怪物的形式来表现自然力量，在想象中借助虚构的神的力量以征服自然，所表现的是虚幻的神的力量之崇高，进而内化到对人自身的崇拜。

（二）原始崇高的审美特征

在审美心理上，"原始崇高突出的是大自然的威严可怖，是神性的神圣不可侵犯，表现出自然物压倒性地占据主体心灵的态势，从而引发人类的归附意识"[1]。其实崇高的"部分审美力量恰恰就在于我们的脆弱"[2]，这用来解释原始崇高的审美特征显得合情合理。

一是痛感向快感的转化。

① 周德清，郭漱琴. 殷商时代的自然美观念：从"畏威"的自然观到"尚力"的审美图式[J]. 郑州大学学报（哲学社会科学版），2012，45（6）：106－109.
② 叶朗. 意象：第1期[M]. 北京：北京大学出版社，2006：332.

　　近代崇高感的达成最后一定是主体对对象进行超越，使自身生命获得升华。原始崇高的达成也是类似的。在社会生产力极其低下和人的认识水平有限的情况下，人的生存需求在恶劣的大自然中遭受到了沉重的打击，痛感无处不在，人们迫切需要摆脱这种痛感。这时，人类便发挥自己的想象，把对现实的恐惧和无奈抛到了精神世界进行解构和重组，并通过具象化的方式，创造出怪物来表现大自然的残忍。

　　为了防止人类在与自然的二元对立中趋于下风甚至被毁灭，人们需要借助工具或者力量。人们通过祭祀，给神灵献上祭品，以求讨得神灵的喜爱和眷顾，希望神灵能够消灭这些威胁人的怪物。有了神的庇佑，"原始人以一种超常的方式肯定着人的生命力量"①。怪物在精神层面上不能再威胁到人的生命，人在精神层面已经超越了怪物与自然。因为人对神的力量的敬畏，将面对怪物时所带来的痛感（恐惧）转换成了快感（对神的崇高），从而引起了原始崇高感。在痛感向快感的转化阶段，人们通过想象的方式使得人在精神层面超越了对象，彰显出神的强大。又因为神与人是一体的，进而转化成人的力量的崇高。

　　二是对神的尊崇。

　　原始崇高的产生需要借助"神力"，要获得神的力量则需要讨得神的欢喜。原始先民相信神灵，神灵既可以毁灭又可以创造，既可以惩罚恶又可以保佑善，人只能依靠神。怪物的力量是单一且有限的，仅能带来毁灭。这种对比更衬托出神的无限威严，人就更加敬畏神的力量。而神的本质是人无限精神力量的具体化，是人精神世界的虚构物。人们尊敬神，从神的力量中获得一种在精神上征服与超越自然的崇高精神，"所以涉及人方面的崇高是和人自身力量有限以及神高不可攀的感觉联系在一起"②的。面对怪物时，人依靠着神的力量，在精神层面获得凌驾一切的崇高地位。这种原始崇高感的实现，必须有神的力量过渡，才能投射回人自身。

　　总之，《山海经》中的怪物就是具象化的自然，在自身力量不足的情况下，为了摆脱自然带来的痛感，人们便发挥人的主观想象，通过祭祀以

---

① 郑元者. 图腾崇拜的悲剧感与原始崇高感 [J]. 社会科学, 1993 (5): 49 - 53.
② 黑格尔. 美学: 第2卷 [M]. 朱光潜, 译. 北京: 商务印书馆, 1979: 96.

求神灵庇佑获得神力，在精神层面上打败怪物，从而可以征服、战胜自然。当人们再次面对怪物形象时，因为有神的力量与人们共存，怪物带给人的恐惧则会因为神力，使人们在精神世界实现超越且转化成快感，形成原始崇高的美感经验。

（三）原始崇高与丑

崇高与丑有着密切的关系，在形态上崇高与丑有某些相似之处。原始崇高也是如此。而人类在面对怪物这一对象时，所产生的审美经验应该是原始崇高，而不是审美的丑。怪物只是套上形式上的丑来产生痛感，以便更好地引起原始崇高感。

伯克说："凡是能以某种方式适宜于引起苦痛或危险观念的事物，即凡是能以某种方式令人恐怖的，涉及可恐怖对象的，或是类似恐怖那样发挥作用的事物，就是崇高的一个来源。"[①] 但是，并非任何苦痛和恐惧都能引起崇高感，只有那些保持安全距离的对象才可以。《山海经》中的怪物大都是自然力量的具象化，并没有实体，在现实中更不可能看到。这些怪物与人们保持着一种安全距离，所以才有可能引起崇高感。

但是，丑却是能够实际威胁、危害到人的异己力量。莱辛说："如果无害的丑恶可以显得可笑，有害的丑恶在任何时候却都是可怖的。"[②] 在现实中，丑与恶往往是交织在一起的，"丑就是伦理学意义上的恶，恶就是美学意义上的丑"[③]。现实的丑是会全然否定人的感性存在，又否定人的理性独立与自由的。如果《山海经》中的狍鸮又名饕餮，真实存在于现实世界，所到之处寸草不生，生灵涂炭，威胁到了人类的生活，那么饕餮对于审美主体而言就是丑。但这些怪物并不存在于现实世界中，也并不会威胁到人们，所以并不符合现实的丑的含义。

怪物的本质是自然的力量，自然本身是无感情、无意识的。当怪物被文字等形式所限制，那么人的意志就会被限制在规则之中，这种限制就使

---

① 转引自朱光潜. 西方美学史［M］. 北京：人民文学出版社，1963：231.
② 莱辛. 拉奥孔［M］. 朱光潜，译. 合肥：安徽教育出版社，2006：133.
③ 翟洪涛. 简论崇高与丑的关系［J］. 玉林师范学院学报（哲学社会科学版），2002（1）：75－76，92.

得人无法将自己非理性的意志纵情发泄。如果主体将怪物进行解构及重新塑造，塑造出来的就不是本来的怪物，而变成了主体意识表达的符号。这样解构出来的客体是带有审美主体意识的，而怪物本质是自然的，无意识的，这与怪物的本质产生矛盾。所以，怪物所产生的审美经验也不符合审美的丑的含义。

　　总之，怪物并不真实地存在于这个世界上，并不能实际地危害到人的生命安全，不符合现实的丑的含义。而因为怪物的形象是有限制的，主体的意识并不能进行强烈且毫无节制的发泄，也不符合审美的丑的含义。《山海经》中的怪物，只是借助了不和谐、不协调等丑的形式，将抽象概念具象化成生命体。

三、结语

　　《山海经》中的怪物形象，是人们在"万物有灵"和"自然崇拜"宗教观的影响下，赋予大自然的各种现象具象化的形象。怪物形象背后蕴藏的美感体验是原始崇高。原始崇高的重大意义在于，"它使人类在面临困难与危险时能够战胜自己的恐惧，对自己的潜在力量充满信心"①，即使它不能达到意欲的实际目的，不能实现人的需求，它也教会了人相信他自己的力量——把他自己看成是这样的存在物："他不必只是服从于自然的力量，而是能够凭着精神的能力去调节和控制自然力"②。

　　信息时代下电影、视频、游戏等中出现了更加生动具体、动态多样的怪物形象，这些怪物形象"深深地体现出他们表演的可塑性以及深藏的不可超越的魅力"③，在某种程度上成为现代社会高强度高压力人群释放自身情绪的"兴奋剂"。《山海经》中的怪物种类如此之多，相信在不久的将来，优秀的文艺工作者可以从中获取灵感，创造出令人震撼且印象深刻的中国怪物形象。

① 申扶民. 神话中的崇高原型及其嬗变 [J]. 社会科学家，2003（6）：8－12.
② 卡西尔. 人论 [M]. 李琛，译. 北京：光明日报出版社，2009：119.
③ 黄楠竹. 好莱坞恐怖电影中的怪物吸引力研究 [D]. 重庆：西南大学，2012.

古代文学

浅论《红楼梦》中的娱乐性民俗文化

江育芝①　钟嘉芳②

摘　要：《红楼梦》中对娱乐性民俗文化活动描写丰富多彩，包括宴席聚会、听戏看戏、抹牌赌博、琴棋书画、结社联诗等多类活动。这些活动的描写具有全面细致、雅俗共赏、趣味性强及意味深刻等特点，体现了小说中娱乐民俗文化的独特之处，也正是作品特定的时代背景、作者独特的人生经历与出色的学识才造就了这些特点。对小说本身而言，其娱乐性民俗文化书写在故事情节、人物塑造与主题思想等方面意义重大。对读者而言，这些书写又具有不可替代的认识功能和娱乐功能。

关键词：《红楼梦》；娱乐性；民俗文化

日常生活中闲暇时光的娱乐活动，对于丰富人们的精神生活具有重要的作用。娱乐与劳作从一开始就是人类生存的两种主要方式，所以娱乐活动对于人来说是不可或缺的一部分。具有娱乐性质的民俗文化自奴隶社会就已存在，一直被传承与发展。中国古代的民俗文化在许多古典文学作品中多有描述，古典名著《红楼梦》便是其中一个典型。《红楼梦》作为中国四大名著之一，书中涉及许多娱乐性民俗文化活动。凭借包罗万象的内容及丰富深刻的内涵，被称为"中国封建社会的百科全书"。

一、《红楼梦》中对娱乐性民俗文化活动的描述

《红楼梦》中关于娱乐性民俗文化活动的描写丰富且细致，全书描写

---

① 江育芝，广东海洋大学文学与新闻传播学院汉语言文学专业 2016 级本科生。
② 钟嘉芳，广东海洋大学文学与新闻传播学院讲师。

了包括宴席聚会、听戏看戏、抹牌赌博、琴棋书画、结社联诗等多类娱乐性民俗文化活动。下面重点讨论《红楼梦》中的聚会活动和结社联诗活动。

（一）宴席聚会

《红楼梦》中浓墨重彩地描绘了四大家族的贵族生活，贵族闲暇时间较多，经济富裕，资源丰富，因此娱乐活动也种类多样。贾府里的大小宴席比较多，形式多样，有一般性请客、节日宴席、生日筵席等，不胜枚举。宴席聚会的乐趣来源于人与人之间的交流以及人们对美食佳肴的喜爱。

1. 一般性请客

一般性请客以书中第四十回《史太君两宴大观园　金鸳鸯三宣牙牌令》贾家宴请刘姥姥这一情节为典型代表。刘姥姥第二次进荣国府做客时，参加了大观园的两次聚会，一次早饭，一次酒宴。在酒宴上，就出现了一道令人印象深刻的菜肴——茄鲞。这道菜不仅用料多，而且做法极其复杂，以至于刘姥姥在尝过之后不相信这是茄子。于是，凤姐向刘姥姥解释了它的做法："你把才下来的茄子把皮去了，只要净肉，切成碎丁子，用鸡油炸了，再用鸡脯子肉并香菌、新笋、蘑菇、五香腐干、各色干果子，俱切成丁子，用鸡汤煨干，将香油一收，外加糟油一拌，盛在瓷罐里封严，要吃时拿出来，用炒的鸡爪一拌就是。"这道菜做法十分精细，可见贾府在美食的制作上注重新鲜与精巧。作为乡下人的刘姥姥由于见识比较短浅，在早饭的宴席上被凤姐故意捉弄，从座位上站起，煞有其事地说出了"老刘，老刘，食量大似牛，吃一个老母猪不抬头"这句逗趣的话来，说完便鼓着腮不语，众人都被刘姥姥这一举动逗得哈哈大笑。这一插曲说明了宴席聚会的乐趣也来源于人与人之间的交流。

2. 节日宴席

清朝是中国传统节日风俗最为活跃的时期，是中国古代节日文化的集大成时期。[①]《红楼梦》以贾府为中心，全面而生动地描绘了清代社会的各

---

① 王齐洲，余兰兰，李晓辉. 绛珠还泪《红楼梦》与民俗文化 [M]. 哈尔滨：黑龙江人民出版社，2003：121.

种节庆活动,再现了清代北京的年节风俗,这些节日活动有许多是以宴席聚会的形式开展的。节日宴席是《红楼梦》中一道独特的风景线,具有代表性的节日宴席或聚会有清明聚会、元宵聚会、中秋聚会等。元宵节宴席是书中描写得十分生动细腻的节日宴席之一。《红楼梦》中不止一次写到元宵节,以第五十四回贾府元宵节宴席为例。元宵节之夜,贾母带着荣国府和宁国府各子侄孙男孙媳参加元宵节夜宴,摆了几桌酒席,定了一班小戏。酒席上热闹非常,台上唱戏,贾母赏钱,众人饮酒看戏食元宵,闲话家常,其乐融融。元宵是元宵节的应节食品,据说始于春秋时的鲁国,其意在于庆祝家国团圆。此外,为了增添乐趣,众人又击鼓、传梅、行酒令。行完酒令,便放烟花爆竹,元宵节放烟花爆竹有热闹取乐之意。

3. 生日筵席

生日筵席在书中多次出现,最为经典的当属第六十三回在怡红院开展的生日夜宴。一开始,只有怡红院的丫鬟们与宝玉摆席,喝酒划拳,后来又邀请了黛玉、宝钗、探春一行人为宝玉过生日,众人一起"占花名"。所谓"占花名",就是通过摇骰子按顺序确定抽花签的人,每支花签都带有与其他签子不同寓意的一句诗,还有一段规定游戏者需要做什么的备注。书中具体地写到了宝钗、探春、黛玉、湘云抽到的签子,宝钗抽到的是牡丹签,签上题着"艳冠群芳"四字,诗句是"任是无情也动人";探春抽到的是杏花签,签上题着"瑶池仙品"四字,诗句是"日边红杏倚云栽",注有"得此签者,必得贵婿"八字;黛玉抽到的是芙蓉签,题着"风露清愁"四字,诗云:"莫怨春风当自嗟。"这些诗句看似平常,实际上或符合人物的个性,或暗示人物的命运。

(二)琴棋书画

琴棋书画与宴席聚会、听戏看戏这类娱乐活动不同,前者是文人雅趣,可以陶冶性灵,后者是世俗性较强的娱乐活动,寻常百姓亦可以参与。"琴棋书画"是中国传统社会对文人士大夫所喜爱和擅长的清兴雅趣之概况。[①] 宝玉和贾府里的小姐们多以琴棋书画为娱乐。

---

① 王玲玲.《红楼梦》休闲思想研究 [D]. 杭州:浙江大学,2013:165.

宝玉在大观园里闲暇时就是和小姐、丫鬟们一起写字读书、吟诗作画、弹琴下棋，琴棋书画是他在空闲时重要的娱乐活动。第八十六回，宝玉同黛玉讨论琴理和如何看琴谱。宝玉来潇湘馆寻黛玉，彼时黛玉正在看书，他却看不懂书上的字和符号。于是，他对黛玉提出了疑问，黛玉向宝玉解释了她看的是琴谱，并且向他讲述了自己对琴理的理解，还感慨俞伯牙与钟子期二人的知音缘分，此处作者向读者透露出了黛玉内心深处的世界。

第八十七回写到了惜春与妙玉一起下棋的情景。宝玉到惜春处，看到惜春与妙玉二人正在下棋。一开始惜春中了妙玉的一招"反扑"，而后妙玉又"倒脱靴式"地吃了惜春的棋子，此处二人下棋的占角和劫杀场面被作者描写得淋漓尽致。

"书"是指写字，而非指读书。写字对于贾宝玉来说是任务，因为他本身不爱读书写字，奈何父亲贾政时常要检查他的功课。第七十回中贾政要检查宝玉的学习情况，宝玉平日里并不用功，当下所写的字远远不够，后来宝钗和探春替他临摹凑数。

园中的小姐们也以作画为乐趣，其中惜春最擅长作画。第四十二回，刘姥姥陪贾母游大观园时，因称赞园子美丽，贾母便让惜春把大观园画出来送给刘姥姥。后来众人聚在一起商议惜春因作画而要休假的事，宝钗也围绕画作的山石树木、亭台楼阁、人物等方面的疏密布局对惜春的画提出了自己的见解，可见宝钗对作画也有一定的了解。

（三）结社联诗

结社联诗是书中写到的重要的娱乐活动之一，书中有不少关于结社联诗的情节。诗社是贾府中最为雅致的娱乐场所，相关情节的描写突出了贾府少女们的才情。《红楼梦》第三十七回便写到了结社联诗，探春一时兴起，发帖邀众人到秋爽斋结社联诗，李纨自荐担任社长，由迎春和惜春二人担任副社长。诗社名为"海棠诗社"，每个人都起了雅号：李纨为"稻香老农"，探春为"蕉下客"，黛玉为"潇湘妃子"，宝玉为"怡红公子"，宝钗为"蘅芜君"……书中对结社联诗的描写揭示了诗社的规矩：李纨作为诗社社长负责社务，点评诗作；两位副社长，一位负责出题限韵，一位负责誊录监场。由于定题限韵、作诗时间等种种条件的限制，写好一首诗并不容易，大观园的少女们却能在此等严格的条件下写成多首脍炙人口的好诗，她们的智慧与才情显而易见。

海棠诗社不仅限题作诗，有时也即景联句。第四十九回，海棠诗社便发起了即景联句的娱乐活动，以一首五言排律的形式即景联句，限的是"二萧韵"。联句要求严格，所联之诗句要与上一句对仗，之后再起下一联的首句，下一联的首句得对应上一联，每联的第二句必须符合"二萧韵"。此次联句，以李纨起首，最终变成了黛玉、宝琴和湘云三人的"抢句"，即看谁联得快，以致没有了次序与规则。宝玉在联句时要别人催促，又不能抢句，便又"押尾"了。此处宝玉与众姐妹相比，其在诗才与智慧方面远远落后于贾府的女孩子们，由此可窥探出曹公深刻而隐秘的男女平等思想。

二、《红楼梦》中娱乐性民俗文化活动的总体特征

(一) 全面细致

《红楼梦》中关于娱乐民俗文化活动的描写可谓全面细致且丰富多彩，各方各面皆有所涉及。从节令宴席到生日聚会，从抹牌赌博到琴棋书画，从看戏听戏到结社联诗，无所不有。书中有关节令的娱乐活动涉及许多传统节日，如除夕、元宵节、花朝节、清明节、中秋节、重阳节……同时，《红楼梦》中的酒令、诗谜以及节日游戏活动也被作者描写得绘声绘色，所涉及的民俗意象别有风趣，意味非常，如"猜谜""斗叶""说笑话""赏雪寻梅""投骰子""击鼓传花""解九连环"等。作者对元宵灯节、除夕祭宗祠、中秋节赏菊吃蟹等这些娱乐民俗意象的描写，亦彰显出了民俗文化的魅力①。既有市俗性较强的抹牌赌博类的娱乐活动，又有十分高雅的琴棋书画娱乐活动；有娱乐者不必亲身参与的看戏听戏活动，也有娱乐者可直接参与的结社联诗活动。《红楼梦》中涉及许多曲目，风格不一，有《丁郎认父》《黄伯央大摆阴魂阵》《孙行者大闹天宫》等神鬼戏，也

---

① 胡文彬. 《红楼梦》与清代民俗文化 [J]. 学习与探索，1997（1）：118 – 124.

有《豪宴》《乞巧》《仙缘》等热闹缠绵的言情戏。结社联诗在《红楼梦》中更是作为重要的情节线索存在，海棠诗会、菊花诗会、桃花诗会以及第五十回《芦雪庵争联即景诗　暖香坞雅制春灯谜》都是作者用了浓厚的笔墨细致描写的。

《红楼梦》第三十七回最具代表性，作者详细地交代了众人作海棠诗之前的规则，对出题限韵这部分内容描写细致，书中写道：

说着走到书架前，抽出一本诗来随手一揭。这首竟是一首七言律……迎春掩了诗，又向一个小丫头道："你随口说个字来。"那丫头正倚着门站着，便说了个"门"字，迎春笑道："就是'门'字韵，'十三元'了。起头一个韵定要'门'字。"说着又要了韵牌匣子过来，抽出"十三元"一屉，又命那丫头随手拿四块。那丫头便拿了"盆""魂""痕""昏"四块来。

此外，除了规矩详细，众人所作的每一首海棠诗，作者都能详尽地写出来，对这些诗的评定也十分专业而严谨。

（二）雅俗共赏

《红楼梦》中关于娱乐民俗文化活动的描写丰富多彩，雅俗共存。既有受文人青睐的较为雅致的娱乐活动，也有以寻常百姓作为主要娱乐主体的偏向市俗的娱乐活动，甚至同一种娱乐活动由于内容的不同，呈现出雅与俗两种不同的特点。《红楼梦》中具体写到了许多不同种类的娱乐活动，弹琴、下棋、书写、作画与联诗结社属于高雅一类的娱乐文化，与之相对的抹牌、赌博、猜拳，还有各种节庆活动，如除夕夜守岁贺岁、清明放风筝、端午包粽子、元宵节放烟花爆竹等皆是偏向于民俗性的娱乐活动。此外，还有一些娱乐活动或雅或俗，由其内容或目的决定。如"品茶"与"饮茶"，具有高雅情趣的文人雅士品茶，为的是陶冶情操，品的是茶的韵味，令人在精神上得到满足；普通人饮茶，无非是为了解渴或者被茶的香味吸引，止步于满足人的生理需要。灯谜也是一种雅俗共赏的娱乐活动，是雅是俗由其谜面与谜底的内容决定，如用七律写成诗作谜面的，此为

"雅"，无智慧与才情的普通人所作的谜面与谜底比较通俗易懂，此为"俗"。雅俗共赏满足了不同层次的读者的阅读审美需求，这也是《红楼梦》的魅力之一。

（三）趣味性强

《红楼梦》中的娱乐活动描写极具趣味性，形象生动，给读者带来了审美上的极致感受。

无论是热闹非凡的家宴、生日宴席，还是娱乐人群范围较小的琴棋书画等日常休闲活动；无论是联诗结社的高雅娱乐活动，还是吃酒看戏等雅俗共赏的娱乐，都有一个特点，即具有浓厚的趣味。作者将这些娱乐活动的场景描写得十分详尽细致，生动有趣，使得《红楼梦》除了整体有浓郁的感伤与叹惋基调之外，依然有轻松幽默之笔。宴席上的行酒令、占花名、讲笑话，元宵节的制灯谜与猜灯谜，闲暇之时结社联诗等娱乐活动无一不充满乐趣，给人生动活泼之感，让读者了解具体规则与细节，仿佛身临其境，感受到审美上与精神世界的充实和满足。

（四）意味深刻

作者写到的娱乐性民俗文化活动并非纯粹为了揭示豪门贵族的娱乐生活，而是试图在此基础之上，传递出许多深刻而隐秘的信息，包括人物形象的塑造、人物命运的预示、故事情节的走向、小说主题的暗示等。

以第二十二回元宵佳节制灯谜的情节为例，黛玉所制灯谜：朝罢谁携两袖烟？琴边衾里两无缘。晓筹不用鸡人报，五夜无烦侍女添。焦首朝朝还暮暮，煎心日日复年年。光阴荏苒须当惜，风雨阴晴任变迁。黛玉的灯谜是一首七律，雕琢文雅，充满诗意，突出了黛玉独特的才情。"晓筹不用鸡人报，五夜无烦侍女添"表现了黛玉多愁善感的人物性格以及暗示了她因此导致的常年失眠的状态。只看这一灯谜，黛玉冰雪聪明、多愁善感的人物形象便跃然纸上。同样在这一回里，贾政看了众人所制灯谜后，其内心的沉思与忧虑可以体现出制灯谜这一娱乐民俗活动暗示了人物命运与故事情节的走向。

三、《红楼梦》中娱乐性民俗文化书写的意义

（一）对作品的意义

1. 对故事情节的意义

《红楼梦》中对娱乐民俗文化的书写是小说故事情节的有机组成部分，它是作为情节本身而存在的。小说的章回之名便清晰地体现了这一点，如第三十七回《秋爽斋偶结海棠社　蘅芜苑夜拟菊花题》和第五十回《芦雪庵争联即景诗　暖香坞雅制春灯谜》等。周汝昌认为："一部《石头记》，一共写了三次过元宵节、三次过中秋节的正面特写的场面。这六节，构成全书的重大关目。"①

《红楼梦》中对娱乐性民俗文化的书写还具有推动故事情节发展的作用。第二十二回，贾府众人制作的灯谜使贾政有所担忧并感到焦虑：元春作"爆竹"，爆竹是一拍即散之物；迎春作"算盘"，算盘打动之后乱如麻；探春又作了"风筝"，风筝飘荡无所依；惜春作"海灯"，愈加孤独清净。贾政疑惑不解：为何在上好的元宵之夜，众人制作的灯谜都是一些不祥之物呢？元春所作爆竹，与其结局暴毙而逝、此后贾府盛极而衰存在着一定的联系；探春所作风筝，为她后来远嫁的归宿埋下了伏笔，只身离家远嫁，漂泊他乡，从此与亲人骨肉分离，此等处境与风筝飘荡的特点相契合；惜春所作海灯则明显且直接地预示她最终削发为尼、常伴青灯的结局。由此可见，此段众人所作的灯谜预示了各个人物的不幸命运，并且推动故事情节的发展。

2. 对人物塑造的意义

《红楼梦》中娱乐性民俗文化的书写对塑造人物形象具有独特的作用。这些书写从整体上体现了人物的外在特点，在细节之处体现了人物的内心世界。贾府的小姐们结社联诗、琴棋书画的娱乐文化活动表现出了她们才情并茂的大家闺秀气质。在这些细节描写中，读者得以窥探人物的内心世界及其独特个性，第二十七回林黛玉所作的《葬花吟》最能突出这一点。

---

① 岳媛媛. 民族学视野下《红楼梦》与满族习俗研究［D］. 天津：天津师范大学，2018：4.

黛玉凭借《葬花吟》感慨自己的身世命运，抒发心中的哀伤之情。作者用一首《葬花吟》塑造了黛玉清傲多愁的人物形象与性格特点，同时将黛玉的内心世界展现于读者面前。其中"柳丝榆荚自芳菲，不管桃飘与李飞"，表达了对世态炎凉、人情冷暖的感慨和悲愤。"质本洁来还洁去，强于污淖陷渠沟"一句，表现了黛玉清高孤傲的性格以及不屈不折、自尊自爱的人格魅力。

3. 对思想主题的意义

《红楼梦》中娱乐性民俗文化描写对表现小说的思想主题亦具有重要意义。黛玉所作《五美吟》之《虞姬篇》表达了她对虞姬视死如归的崇拜与敬佩："黥彭甘受他年醢，饮剑何如楚帐中"，曹雪芹正是假借黛玉之口，表达了作者"女儿是水做的骨肉，男儿是泥做的骨肉"的崇拜女性的思想感情。《明妃篇》则表达了作者对封建男权制度的批判。这些都表现出作者借助诗词揭示作品的主题思想的手法。此外，《红楼梦》中按时间顺序描写的各个时期贾府宴席聚会的前后变化，都向我们传递出封建社会由盛转衰的思想主题。

（二）对读者的意义

1. 认识功能

对读者而言，《红楼梦》中对娱乐性民俗文化活动的描写首先具有认识功能。它从整体上使读者感知到清朝的娱乐习俗面貌以及更深一层的社会风貌。通过阅读这部分内容，读者得以了解那个时期的社会风俗和社会生活状况。此外，还可使读者了解并掌握各类娱乐民俗文化具体而详细的相关知识，如曲文、琴理、诗理等。

2. 娱乐功能

文学的娱乐功能指的是文学可以给人带来身体快适、心情愉悦、精神自由的功能。

读者在品读《红楼梦》中娱乐性民俗文化这部分内容时，其中的趣味可使读者心情得到放松，精神得到充实，无论从生理上还是心理上，都让人产生快乐感。书中大小宴席类娱乐活动的热闹氛围，诗词歌赋等高雅娱乐活动的独特魅力与行酒令、占花名等趣味性强的娱乐活动，无不给予读者强烈的愉悦感与极致的审美体验。

　　娱乐性民俗文化活动在《红楼梦》中随处可见，种类丰富，它为我们展开了一幅清朝社会习俗的生活画卷，它对《红楼梦》成为一部包罗万象的百科全书式的小说具有重要意义。此类书写呈现出全面细致、雅俗共赏、趣味性强、意味深刻等特点，由此可见曹雪芹学识之丰富，才能之高超。《红楼梦》中对娱乐性民俗文化的描写对小说创作具有重要意义，对小说的情节发展、深化人物塑造与突出主题思想有独特的作用。它对读者具有认识功能和娱乐功能。综上所述，正是作者、作品与读者三者之间达到了高度的契合关系，才能令《红楼梦》这部小说成为永垂不朽的传世经典。

志怪小说中的狐狸精形象研究

廖梓如①　张　莲②

　　摘　要： 自原始社会起，随着人类对狐狸这一自然动物认识的加深，狐狸精形象在中国文学史上大致经历了"神化—妖化—人化"三个阶段，最终形成了中国独有的狐狸精文化。这种演变在中国志怪小说的发展中有着较为完整和明显的体现。《搜神记》与《聊斋志异》中的狐狸精在性别、特性与能力以及人狐关系等方面都有一定的差异，从中可知其形象在中国古代志怪小说发展过程中有逐渐趋于女性化、人性化的审美变化，同时反映了不同时期的作家对狐狸精形象的审美流变过程。

　　关键词： 狐狸精形象；《搜神记》；《聊斋志异》

　　在中国文学史上，狐狸作为一种自然动物形象出现的同时，又以一种超自然的形态发展演变，从而形成中国特有的狐狸精形象。随着两晋时期志怪小说的兴起，狐狸精形象在中国古代文学作品中出现得愈加频繁，随之逐渐形成庞大且独特的中国狐文化体系。本文试图以中国古代志怪小说中出现的狐狸精形象作为研究对象（主要以干宝的《搜神记》与蒲松龄的《聊斋志异》为主要分析文本），研究中国历代志怪小说中的狐狸精形象及其审美流变。

---

① 廖梓如，广东海洋大学文学与新闻传播学院汉语言文学专业 2016 级本科生。
② 张莲，广东海洋大学文学与新闻传播学院讲师。

一、《搜神记》中的狐狸精形象

（一）《搜神记》之前的狐狸形象

狐狸形象在中国文化中的出现时间远远早于志怪小说的诞生。早在原始社会时期，狐狸形象已经以图腾的方式出现在中国历史中。由于原始社会中的人们还处于蒙昧状态，人们对未知自然力量的崇拜使他们对自然中的猛禽走兽多作仰视姿态，于是早期狐狸形象多作为一些氏族（如涂山氏、纯狐氏、有苏氏等）的图腾守护神而出现，被赋予了浓厚的神性色彩。

除图腾崇拜外，中国早期的狐狸形象同样活跃在文学作品中。早在先秦时期，《山海经》中的《南山经》《海外东经》和《大荒东经》都有关于九尾狐的记载：

又东三百里，曰青丘之山……有兽焉，其状如狐而九尾，其音如婴儿，能食人，食者不蛊。[1]
青丘国在其北……其狐四足九尾。[2]
有青丘之国，有狐，九尾。[3]

此三篇皆对狐狸的"九尾"特征有所记载，其中《南山经》更认为其有"食者不蛊"的神异之处。而在《诗经》中也有关于对狐狸形象的描写，譬如《卫风·有狐》中"有狐绥绥，在彼淇梁……"[4] 以及《齐风·南山》中"南山崔崔，雄狐绥绥……"[5] 等，虽然自古学者对其中的狐狸意象有不同解释，但其蕴含的男性意味还是为大多数学者所认可。事实上，中国早期文学中的狐狸形象与上古时期狐狸图腾的象征意义有着一定

---

① 方韬译注. 山海经 [M]. 北京：中华书局，2009：6.
② 方韬译注. 山海经 [M]. 北京：中华书局，2009：25.
③ 方韬译注. 山海经 [M]. 北京：中华书局，2009：290.
④ 王秀梅译注. 诗经：上 [M]. 北京：中华书局，2015.
⑤ 王秀梅译注. 诗经：上 [M]. 北京：中华书局，2015.

程度的关联。图腾的象征意义通常与其氏族的亲缘关系（即氏族的由来和繁衍）有关；而狐作为有苏氏、涂山氏及纯狐氏等父系氏族的图腾自然物，其与生殖繁衍、男性始祖等内涵有着不可分割的联系。因此，早期狐狸形象中仍保留有"九尾多子"和"男性配偶"的象征意义。

汉代赵晔所撰《吴越春秋·越王无余外传》中写道：

禹三十未娶。行到涂山，恐时之暮，失其度制，乃辞云："吾娶也，必有应矣。"乃有白狐九尾，造于禹。禹曰："白者，吾之服也。其九尾者，王者之证也。涂山之歌曰：'绥绥白狐，九尾庞庞。我家嘉夷，来宾为王。成家成室，我造彼昌。天人之际，于兹则行。'明矣哉!"……禹因娶涂山，谓之女娇。①

其中，对狐狸形象的正面描写——无论是将九尾白狐作为婚娶、多子，抑或是王权地位的象征，都仍可见当时狐狸形象的神性色彩与崇高地位。

直至东汉末年，受"物老为精"思想的影响，狐狸形象开始出现妖化倾向。许慎《说文解字》中就有这样的说法："狐，妖兽也，鬼所乘之。"② 由此可知，狐狸形象的神性色彩始现脱落之象。到魏晋南北朝时期，社会的连年动乱与统治者的频繁更替使人们失去了过往稳定的信仰，一些固化已久的事物认知也被颠覆③；同时，狐狸的类人化形象也诞生了。

（二）《搜神记》中狐狸精形象的描写

魏晋南北朝是中国志怪小说诞生、盛行并趋于成熟的时期。李剑国在《唐前志怪小说辑释》的例言中有道：关于志怪小说的发展，有作品记载而言最早可溯源至先秦时期的《山海经》。④ 自先秦历两汉至魏晋南北朝以

---

① 赵晔. 吴越春秋 [M]. 长春：时代文艺出版社，2008：93.

② 许慎. 说文解字 [M]. 北京：九州出版社，2006：572.

③ 马筠. 看目光流盼多妩媚，入红尘俗世尽风流——从中国古典小说中狐狸形象的变化看华夏民族的信仰变迁 [J]. 现代语文（学术综合版），2017（7）：26–32.

④ 李剑国辑释. 唐前志怪小说辑释 [M]. 上海：上海古籍出版社，2011.

来，由于先民对自然认知的缺失及其丰富的想象力，他们在神化和异化自然物的同时，其产物——神话故事和神鬼精怪思维，也为后来志怪小说的诞生累积了丰富的素材，奠定了深厚的基础。而在魏晋南北朝时期，由于社会政治动荡不安、兵灾人祸接踵而来，神鬼精怪的迷信思想在不同阶层之中风靡一时。对于被统治阶层而言，一方面，人们将其作为逃避残酷现实的心理慰藉，试图通过沉浸在虚幻世界中以摆脱现实所施加的精神枷锁；另一方面，人们将荒诞虚无的志怪之说作为控诉残酷现实、宣泄内心情绪和表达自我思想的另类工具，借神鬼精怪的故事讽刺社会现实，以此表达自己的抗争与追求美好生活的愿望。对于统治阶层而言，宣扬神鬼志怪思想不失为一种弱化被统治阶层反抗情绪的统治手段。志怪小说由此诞生并迅速盛行，其中，东晋干宝所撰的《搜神记》被认为是中国志怪小说的开山之作。

《搜神记》[①] 中对狐狸精进行描写的故事有 13 篇，其中的狐狸精形象有原始的兽形形象，也有人形形象；而在人形的狐狸精中又多以男性形象为主，女性形象出现较少。虽然《搜神记》中描写狐狸精形象的作品数量并不多，但其在对狐狸精类别的形象塑造上已有了初步特征，大致可分为具有神性的狐狸精、凶残狠毒的狐狸精、学识渊博的狐狸精以及淫邪媚惑的狐狸精四种。

1. 具有神性的狐狸精

《搜神记》中具有神性的狐狸精大多有未卜先知、感知风雨等超凡能力，人类往往对其怀有敬畏之心。譬如，《卷三·淳于智卜免祸》中对夏侯藻当门噑叫以示灾祸的狐狸，《卷十八·董仲舒戏老狸》中登门造访的狐狸客人，以及《卷十八·刘伯祖与狸神》中刘伯祖家里那位帮助刘伯祖预测诏书内容并对其官宦生涯有极大影响的狐神等，它们都被赋予了一定的神性和神秘色彩。这类狐狸精形象的记载与描写，在一定程度上反映了先秦至两汉时期早期狐狸形象的神性色彩在志怪小说中的残留。

2. 凶残狠毒的狐狸精

《搜神记》中还有凶残狠毒的狐狸精，它们通常以祸害人间、为妖作

---

① 干宝. 搜神记 [M]. 北京：中华书局，1979.

恶的形象出现，譬如《吴兴老狸》《宋大贤杀狐》等故事中出现的狐狸精。这种恶狐形象并非在《搜神记》中初次出现，上文有提及早在先秦，《山海经·南山经》中就有狐食人的说法；许慎《说文解字》中也有对狐狸精妖邪习性的概括——这也表明人狐之间的对立关系早已存在，只是早期人们对狐狸的崇拜与敬畏淡化和模糊了这种冲突关系，当狐狸精形象神性色彩有所脱落后，人狐之间的对立关系便显得更为明显。

3. 学识渊博的狐狸精

《搜神记》中学识渊博的狐狸精形象在后来也被称为"学问狐"，它们大多博学多才，喜爱结交人间名士，或与人争辩论道，或为人师，如《狐博士讲书》中教书育人的白发书生胡博士和《张华擒狐魅》中与人类交流学问的斑狐书生等。事实上这类狐狸精形象的出现，是志怪小说中的狐狸精形象开始被赋予一定程度上的人性色彩的体现。在这类学问狐的故事中，狐狸精不再是上古时期图腾崇拜中冷冰冰的神明化身，也不是存心害人的妖邪鬼物，它们拥有与人相似甚至是更高的智慧，它们向往人类世界中的文明，并且热衷于与人类书生谈学论道、研习辩论。可以说，学问狐在《搜神记》中的出现是狐狸精形象在中国文学史上发展的一个小高峰，它既反映了两晋文学作品中狐狸精形象逐步亲近人类社会并开始出现人性化的趋势，也是魏晋时期清谈风气和好学风潮盛行的体现。

4. 淫邪媚惑的狐狸精

《搜神记》中最后一种狐狸精形象是淫邪媚惑的狐狸精，它们以女性形象出现，用自身美色诱惑人类男子。值得一提的是，这种与人类男子婚配或蛊惑男子的媚狐形象在《搜神记》中出现得并不多，有且仅有一例——《山魅阿紫》中诱惑男子王灵孝的狐狸精阿紫。但关于狐狸精变幻为美丽女性蛊惑人类的形象，在同一时期郭璞的《玄中记》中也有所提及：

狐五十岁能变化为妇人，百岁为美女，为神巫，或为丈夫与女人交接，能知千里外事。善蛊魅，使人迷惑失智。①

---

① 郭璞. 玄中记 [M]. 上海：上海古籍出版社，1996.

这对后来志怪小说中狐狸精形象的塑造产生了深远的影响。

（三）《搜神记》后至明清时期的狐狸精形象

自两晋到明清，狐狸精形象在《搜神记》后的众多志怪作品中被刻画得逐渐丰满。可以说，狐狸在两晋前更多是充当较为简单的自然狐形象，或是某种祥瑞或凶暴的神秘力量象征。因此，即便在两晋乃至唐前，志怪小说中的狐狸精形象仍然承继了先秦至两汉狐形象的诡秘色彩，更多表现出狐狸精的神性与兽性——以上文论述的《搜神记》为例，即便学问狐形象以及人狐婚恋情节令狐狸精形象开始出现人化趋向，外表或举止与人相似，但《搜神记》中的狐狸精心理上却没有体现出人化趋向，与人在本质上仍有不同。直至唐传奇的出现，狐狸精形象开始被赋予人类的七情六欲，如《任氏传》中狐狸精任氏与郑六、韦崟之间的情谊与纠缠，或是《太平广记》中陈斐、郑宏之和袁嘉祚等人得到了狐狸精报恩的情节，都将人类的情爱和道义加于狐狸精身上，体现了六朝后志怪小说在对狐狸精形象刻画中愈加浓重的人化色彩。

然而，即便狐狸精形象的人化色彩得到了较高程度的呈现，人狐关系较六朝时期而言也日趋缓和，但纵观唐朝至明清时期的志怪作品，我们不难发现：人狐间的故事绝大多数仍以离别甚至是悲剧收场——《任氏传》中狐狸精被凶犬咬死，《太平广记》中狐狸精报恩的故事最终也以人狐离别为收场，这在一定程度上也反映了狐狸精与人类之间的隔阂，直至《聊斋志异》的出现，人与狐狸精之间才出现了真正意义上和谐共处的局面。

蒲松龄的《聊斋志异》[①] 作为明清四大传奇小说之一，一向被誉为中国志怪小说的巅峰。从某种程度上来说，《聊斋志异》对狐狸精形象的塑造达到了中国志怪小说乃至于中国文学史上前所未有的高度。

《聊斋志异》共记载了四百九十余篇志怪故事，涉及狐狸精的约有八十篇。其中出现的狐狸精形象多以女性为主，男性狐狸精形象的出现频率相对较低，也有少量的兽形狐狸精形象出现。《聊斋志异》中的狐狸精形象大致可分为以下四种。

---

① 蒲松龄. 聊斋志异 [M]. 北京：中华书局，2009.

1. 情狐

《聊斋志异》中的情狐通常有着世间难得的美好性情，有情有义且相貌姣好。譬如，《卷一·娇娜》中助孔生医治奇疾的娇娜、《卷二·婴宁》中单纯爱笑的婴宁、《卷四·青梅》中聪明伶俐且感恩爱主的青梅以及《卷五·封三娘》中的封三娘等。可以说，情狐这一形象的出现，表面上是描写明清时期男子对作为配偶、情人或是知己好友的女子所拥有的美好形貌与性情的向往，实际上也表达了作者对现实生活中拥有这些美好品格的女子的赞扬与歌颂。

2. 侠狐

侠狐性情通达、尚义任侠，时常对人间弱小施以援手。譬如，《卷二·红玉》中的红玉、《卷六·马介甫》中的马介甫、《卷六·周三》中的周三以及《卷九·张鸿渐》中的舜华等。实际上，除了将人类的情义加于狐狸精形象上而使其人性色彩更加浓厚外，侠狐的出现也是人狐关系缓和的一大标志——它意味着人狐之间除了婚恋爱欲之外，仍然有另一种亲密联系能够让彼此和谐相处。

3. 智狐

智狐或饱读诗书、学识渊博，或性情聪敏、才智过人。譬如，《卷一·娇娜》中的男狐皇甫公子、《卷二·狐联》中的两位狐女、《卷三·胡氏》中的狐秀才以及《卷四·狐谐》中的狐女等，他们聪慧好学的同时也与人为善。

4. 恶狐

恶狐通常害人作恶、祸乱社会。譬如，《卷一·贾儿》中的男狐、《卷一·狐入瓶》中的狐狸精、《卷二·董生》中化名周琐的狐女，以及《卷二·胡四姐》中的狐女胡三姐等。这种恶狐形象与其他狐狸精形象相较而言略显单薄无趣。

二、《聊斋志异》中狐狸精形象对《搜神记》的继承和突破

（一）《聊斋志异》中狐狸精形象对《搜神记》的继承

从一定程度上来说，《聊斋志异》与《搜神记》的狐狸精形象有着千

丝万缕的关系。《搜神记》中的许多狐狸精形象及相关情节被蒲松龄选择性地借鉴并加以创新，成就了《聊斋志异》中经典的狐狸精形象。

譬如，《聊斋志异》中的情狐与人类男子婚恋的元素，在某种程度上也是对《搜神记》中阿紫与王灵孝这种人狐夫妻情节的一种继承。但在对这种情节的评价上，《搜神记》则与《聊斋志异》迥然不同，前者对其持严厉的批判态度，后者更多是对人狐结合的美好赞颂及认可。

《聊斋志异》中的侠狐形象与《搜神记》中对神狐形象的描写事实上也有所重合，二者都有人类在拥有超凡能力的狐狸精的帮助下脱离困境或得到好处的情节；只是在狐狸精形象的塑造方面，比起《搜神记》中高高在上、令人生畏的神狐，《聊斋志异》中的侠狐更具有"人性"，与人的关系更为亲密。

《聊斋志异》中的智狐基本上继承了《搜神记》中学问狐的形象，但二者对比而言，《聊斋志异》中的智狐对于人类生活有着更多的亲近感和更频繁的接触，并不只拘泥于学问，而是更明确地表达出与人类结为好友知己的意愿。

至于《聊斋志异》中的恶狐，也基本上继承了《搜神记》中的恶狐形象。

（二）《聊斋志异》中狐狸精形象对《搜神记》的突破

首先，从性别塑造上看，《搜神记》中出现的狐狸精形象多为男性，而《聊斋志异》中女性狐狸精形象的出现则远多于男性狐狸精形象。事实上，狐狸精形象多与女性形象关系挂钩的现象在唐宋时期已经出现，但从两部作品的比较中，也能反映狐狸形象逐渐偏女性化的审美变化。

其次，《搜神记》中的狐狸精形象既保留了神性色彩，也有妖魅化趋向的体现；而《聊斋志异》中的狐狸精形象既保留了狐狸精的妖魅形象，也更多体现出了狐狸精的人性化特征。由此观之，从《搜神记》到《聊斋志异》，狐狸精形象在中国古代文学中大体经历了"神化—妖化—人化"的审美流变。

最后，两部作品对狐狸精形象描写最大的不同在于对人狐关系的描写。在《搜神记》中，人狐之间几乎是紧张的对立关系。无论是助人的狐神、博学多智的狐书生，还是害人的狐魅，字里行间不难看出人对其的敬畏、恐惧和厌恶之情。即便狐狸精没有威胁人的举动，甚至帮助人，但人对狐狸精的态度始终带有"非我族类，其心必异"的警惕与怀疑之心，乃至要将其赶尽杀绝。也由此，《搜神记》中人狐（王灵孝与阿紫）之间的婚恋也以悲剧收场。而《聊斋志异》则相反，蒲松龄在《聊斋志异》中描写了许多人狐之间和睦相处的故事，甚至在人类得知狐狸精的真实身份后，人狐间依然保持着良好的关系，也描写了许多具有美满结局的人狐婚恋。这也体现了中国文学历史中人狐关系从紧张对立到和平友好关系的转变。

三、志怪小说中狐狸精形象的审美流变

笔者以《搜神记》与《聊斋志异》作为主要文本进行比较，分析狐狸精形象的相异之处，通过分析，可大致了解狐狸精形象在历代志怪小说中的审美变化。事实上，狐狸精形象的审美流变是狐狸精形象与人类社会之间接触越来越紧密的过程的反映，同时反映了狐狸精形象在中国文化中地位逐渐被贬低的过程。

首先，狐狸精形象在性别的塑造上，从最初的偏男性化逐渐向偏女性化趋势发展。狐狸精形象一开始普遍以无性别神明化身或男性形象出现，在《搜神记》中仍有明显体现。到明清时期，狐狸精形象与其偏女性化标签之间的普遍联系已经为绝大多数人所认可和接受，而《聊斋志异》等志怪作品中狐女与人间男子之间缠绵悱恻的情爱情节产生了十分深远之影响，以至于后世提起狐狸精，总不免带有些许艳情色彩。从一定意义上而言，在中国古时的男权社会中，狐狸精形象由最开始的具有神性力量和王权意义的偏男性化角色逐渐沦为最后在男权统治下依附于人类男性并供其亵玩、意淫的偏女性化角色，这是狐狸精形象在中国文化中地位直趋下降的明显折射。

其次，上文所述关于狐狸精形象"神化—妖化—人化"的审美流变，也是狐狸精形象在中国文化中地位下降的映射。在志怪小说中，狐狸精形象一开始承继了先秦两汉的神性色彩，并有着崇高地位的象征，作为神明化身而出现，具有令人畏惧的神力与超脱凡俗的象征意义。尔后狐狸精形

象逐渐向妖邪鬼魅的趋势演变，失去了神性色彩，但仍保留着异于人类的不凡力量。直到蒲松龄《聊斋志异》的出现，狐狸精形象达到了高度的人性化，狐狸精的性情与能力事实上与人类已经没有太大区别——在逐渐获得人性的人化过程中，狐狸精形象同时在志怪小说中也失去了它的神力和崇高超凡意义的象征，以及妖异的邪魅能力。因此志怪小说中狐狸精形象"神化—妖化—人化"审美取向的变化过程，同样是狐狸精形象"跌落神坛"的过程。

最后，人狐关系的转变也是狐狸精形象在中国文化中地位下降的一个表现。正如洛夫克拉夫特所言："人类最古老强烈的情感是恐惧，而最古老强烈的恐惧则源自未知。"假设将上文论述中早期人狐关系的僵硬与对立归因于人类对狐狸的恐惧，那么这种恐惧甚至是敬畏的最根本原因则是人类对狐狸这一自然野兽的未知。但在漫长的时间中，人类从学会制造工具和武器的过程中抵消了对自身无力与自然野兽搏斗的恐惧，同时在搏斗甚至是狩猎中逐渐接触和了解了狐狸，并在其神秘性被消解的过程中丧失了对它的恐惧和与敬畏。因此，人狐关系的缓和实际上也意味着人类不再畏惧狐狸精的同时，狐狸精在人类的眼中也不再高高在上。

中国文化中的狐狸精形象源远流长，追根溯源可至先秦时期《山海经》中所记载及上古时期先民图腾崇拜中的狐狸形象。直至两晋时期志怪小说的诞生，狐狸的类人化精怪形象开始出现，历代志怪作品对其的描绘和刻画日趋丰满与立体，继而逐步形成了中国文化所特有的狐狸精文化。比较《聊斋志异》与《搜神记》中狐狸精形象的异同，再结合分析其他志怪小说中的狐狸精形象，可知历代志怪小说中狐狸精形象大致经历了以下几个方面的演变：在性别塑造上从偏男性化向偏女性化转变；在特性与能力塑造上经历了"神化—妖化—人化"的转变；在与人之间的关系的塑造上则表现出了逐步缓和的趋势，同时上述所描写的狐狸精形象的演变过程也在一定程度上反映了不同时期作家创作的审美流变过程。

论《红楼梦》中女性话语的建构

王　玲① 彭洁莹②

摘　要：《红楼梦》还原女性本真，塑造了许多勇于反抗命运，追求事业、爱情和在婚姻中觉醒自我意识与寻求自我价值的优秀女性形象。其写实地塑造女性形象，关注女性命运，倾听女性诉求，站在女性的角度构建表达女性话语。其方式是以消解男性话语权为前提，展现女性在事业和文学创作方面的优秀才能。其本意为引起社会对女性坎坷命运的关怀和救赎。

关键词：女性话语；建构；女性事业；女性创作；女性主义

在旧社会，女性的社会地位是男性的从属，男尊女卑的观念延续了几千年，对现代社会仍有潜移默化的影响。在中国古典小说中，女性形象很少作为被书写的主体。以"四大奇书"为例，《三国演义》用女人，《水浒传》恨女人，《西游记》怕女人，《金瓶梅》辱女人，都未能深入地了解和真实地表现女性，以及以女性的立场关注女性的存在和发展。而《红楼梦》为闺阁女子昭传，可以说是一部女性的历史作品。

近年来，对《红楼梦》的研究形成了一股"红学热"，红学研究者在《红楼梦》的学术研究方面硕果累累。在学术界，研究者因研究方法各异而形成了评论派、考证派、索引派和创作派。此外，红学研究吸收西方女性主义思想，在女性主义批评方面也取得了众多优秀成果。《红楼梦》的女性主义批评角度丰富且研究深入，但对于女性话语这方面的探讨则涉及

---

① 王玲，广东海洋大学文学与新闻传播学院汉语言文学专业 2016 级本科生。
② 彭洁莹，广东海洋大学文学与新闻传播学院副教授。

较少，对女性人物的地位及女性话语权建构和转变的探讨不深。本文从女性主义角度切入，分析《红楼梦》的女性话语，探讨其女性话语的建构手法。

一、《红楼梦》中女性话语的体现

（一）还原女性本真

曹雪芹在《红楼梦》开篇就已指明，其无朝代、年代可考，即无关历史和英雄传说，基于为闺阁女子昭传的意旨，以金陵十二钗为首，描写了众多姿态各异、见识出众的闺阁女子。且借贾宝玉之口，将女儿说成是"水做的骨肉"，而水是至纯至净之物，所以他笔下的女儿，多表现女性本真。他不极端地污名化女性，也不一味地把女性打造成一座"贞洁牌坊"。曹雪芹笔下的女子，千人千面，各有风采。"巾帼英雄"凤姐不失英勇风范，长在深闺，却比男子还要有胆识、有气度，智谋过人，敢爱敢恨，性格鲜明，手段毒辣，雷厉风行，把"女德女戒"碾在脚下。林黛玉痴恋宝玉，常为情苦、为情愁、爱吃醋、爱使小性儿，对待宝玉既满腔热忱，又自尊、自爱，贾宝玉用艳词挑逗黛玉，立马遭黛玉冷脸。日常生活中，黛玉才华横溢，幽默风趣，率真伶俐，既说得了笑话，又能为人师教导香菱学诗；既能诗社夺魁，又能闲了在心里替贾府算笔账。凤姐可恨可爱，林黛玉可惜可叹，她们有人性的弱点，也有自身独特的闪光点，无须矫饰，曹雪芹笔下的女子都是不失真情感的"真"女子，正因如此，这些女性才会如此鲜活动人。

在《红楼梦》问世之前，众多小说作品也不乏对女性形象作过鲜明、精彩的刻画。然而，或多贬低、侮辱，或将女性当作满足政治目的的工具，多是从大男子主义的角度来刻画、利用女性。因此，《红楼梦》具有强烈的女性意识已是一个不争的事实，但是，只有把它放在古典小说的背景中，这一意识的独特性才更为明显①。中国古典小说对女性形象的刻画，难免会落入极度的"贞"和极度的"淫"这两个窠臼。贞洁烈女是封建社

---

① 詹丹. 论《红楼梦》的女性立场和儿童本位［J］. 红楼梦学刊，2002（2）：82－99.

会所赞扬的女性，而淫娃、荡妇则是封建社会所不齿、批判的女性，不论是赞扬还是批判，皆迎合社会的主流，而对于女性的关怀和女性作为主体的诉求，则完全被忽略了。

然而，在封建王权和封建伦理达到顶峰的康熙时期，《红楼梦》中超前、新颖的女性观，为腐烂、古朽的王朝注入了一股自由、鲜活的女儿灵气。作者笔下塑造的"真"女子，还原女性本真，不是单纯达成政治目的的工具，不是被贬低仇恨的对象，不是满足欲望的性感肉体，也不是彰显身份和贞洁的牌坊，而是拥有自我追求、人性具有闪光点、值得赞扬的、可爱可敬的女性。

（二）表现自我意识

封建伦理纲常是对古代女性天性进行压制和扼杀的工具。"女子无才便是德"，是对女性才华的扼杀。相夫教子，从夫从子，则是对女性自我意识的扼杀。抛弃这种"扼杀"，正是打造《红楼梦》女性鲜活动人魅力的关键，从而突出她们强烈的自我意识。

"女子无才便是德"在大观园中的众姐妹里是行不通的，林黛玉、史湘云二人的诗作灵气十足，一个作诗喜欢压倒众人，一个联诗敏捷不让他人。就连把"女子无才便是德"奉为圭臬的薛宝钗，不仅博学多识，诗作也不输林、史。探春诗不如薛、林、史，一手书法却为三人所不及。惜春年纪小，在绘画方面也当得起贾母画好园子的嘱托。她们姐妹个个如此多才多艺，后来轰动大观园的薛宝琴等四人居然也都是在诗书浸染之下长大的孩子。而身份卑贱的香菱表现出来的好学意识，背离了"女子无才便是德"的观念，是封建社会底层女子的自我救赎。

王熙凤和探春是非常具有事业心的女子，这一点在以往众多古典文学作品的女性形象中较为罕见。事业往往是男性的主场，女性则被隔绝在外。探春身为庶出，天生就比嫡出低了一等，探春自叹自己不是男子不能走出去，受制于女儿家的身份，才华横溢却无处施展，英雄无用武之地。王熙凤却能在这一点上游刃有余，强硬不输男人，甚至把手伸到了男人的主场，肆意摆弄权术。王熙凤退居二线后，探春当仁不让，将大观园管理得井井有条。尤三姐出身低微，遭贾珍父子玩弄，生性本"淫"，性格却倔强。在风流场上，"高谈阔论，任意挥霍，村俗流言……拿他兄弟二人取笑"。笔墨中对没有识见的贾氏兄弟极尽嘲讽，对这种酒囊饭袋之徒讽刺唾弃，反突出尤三姐的侠女风范。尤三姐婚姻观的特点之一是她理直气壮地公然声言女性有主动择夫的权利。这就把女性在婚姻中从被动和从属的地位提高到主动和平等的地位。①

《红楼梦》是为中国几千年"失声"女性开音的首位值得一提的"功臣"。② 女性同样可以追求学识，并且可以超越男性，追求学识更是底层地位卑微的女性自我救赎的一条道路。身为女性，她们反抗命运不公，反抗男权压迫，注定要付出或是生命或是婚姻方面的沉重代价，但她们在不幸中流露出的叛逆，正是女性自我意识的光辉。她们不能超越时代，不能摆脱世俗的眼光和枷锁，却能在曹雪芹笔下成为光彩熠熠的主角。

（三）赞扬爱情自由

宝黛二人的爱情贯穿全书，曹雪芹在两人身上着墨甚多。在两人的爱情从萌芽到成熟的过程中，作者设计了无数含义深刻的情节，突出他们在爱情中表现出来的叛逆特质。金玉良缘和木石前盟的针锋相对，表现出林黛玉在爱情中具有的强烈的排他性，以今天的眼光来看，这再正常不过，但确实不符合当时社会女性的行为准则和要求。林黛玉却全然不在乎，仍是和宝玉"三天好了两天恼了"地闹，送手帕，诉肺腑，踩着当时女性贞节和道德的警戒线，小心翼翼地试探宝玉对自己的感情的深浅。但当贾宝玉用《西厢记》中的句子打趣时，林黛玉一听立即冷下脸来，为宝玉的不尊重而伤心难过。从人生哲学来说，爱情并没有使这个通透的女子盲目，她渴望纯洁的爱情，同时又没有放弃自尊、自爱，始终坚持自我。从婚姻观来说，就是黛玉坚持婚姻必须以爱情为前提，而爱情必须以共同的叛逆思想作基础。③ 贾宝玉在爱情上的叛逆与林黛玉相通。"什么是金玉良缘，我偏说是木石姻缘""人生情缘，各有定分"，人人乐见的金玉良缘，不如

① 张全宇，赵庆元. 论尤三姐 [J]. 红楼梦学刊，1979（2）：39 – 56.

② 夏薇. 为"失声"的女人——《红楼梦》，女性记忆与历史 [J]. 红楼梦学刊，2018（2）：137 – 159.

③ 张锦池. 论林黛玉性格及其爱情悲剧 [J]. 红楼梦学刊，1980（2）：113.

真心相恋的木石前盟。宝黛这对自由恋爱的青年男女最后走向爱情悲剧，这悲剧的力量是对封建伦理纲常泯灭自由爱情无声的反抗和控诉。曹雪芹在继承《西厢记》和《牡丹亭》爱情思想的前提下，对宝黛爱情悲剧之描写可谓达到了前所未有的艺术思想和高度，爱情内蕴、爱情真谛在此得以尽情参透与省悟，进而迸射出极致的人性光辉。① 金玉良缘和木石前盟的争锋，最终以金玉良缘被抛弃和木石前盟的遗憾收场，爱情自由是作者在这场争锋中所传达出来的最铿锵有力的声音。

二、《红楼梦》构建女性话语的方式

（一）消解男性话语

首先，《红楼梦》中构建了两个完全隔绝男性话语的世界。一个是神话世界太虚幻境，一个是大观园世界。在这两个世界中，绝对的话语权都掌握在女性手中，是完全隔绝了男权中心话语权的女性天堂。神话世界是幻想境界，大观园世界是理想境界，大观园之外的世界是现实境界，从小说创作的寓意看，这三个世界分别对应着空、情、色三种境界。②

太虚幻境只是女儿们的乐园，男性并不涉足，且称女子以外的男子为"浊物"，在这里男性是被排斥的存在。太虚幻境中的酒名，以及"红楼十二曲"无不表达出对女性命运的悲悯和同情，蕴含了作者对女性群体的关怀之情。太虚幻境排斥男性到访，女性掌管一切职位，女性是最高的神，女性是此境中话语权的拥有者。

大观园是为贾妃省亲所建的别墅，也是《红楼梦》核心情节展开的地点，几乎与大观园外的"色"界完全隔绝开来。大观园里，李纨是未出阁姑娘们的直接教养者，凤姐掌握着经济大权，贾母和王夫人等长辈则是幕后统筹者，大观园完全处在女性的掌控之下，女性在此拥有直接的、最高的话语权，是女性的理想国。这个理想国，也是滋养爱情的温床，贾宝玉和林黛玉在这里从互相试探到两情相悦。同时，大观园也为闺房儿女提供

---

① 李爱华.《红楼梦》中宝黛爱情悲剧之演成 [D]. 长沙：湖南科技大学，2010：107 - 116.
② 魏崇新.《红楼梦》的三个世界 [J]. 红楼梦学刊，2006 (6)：161 - 173.

群集玩乐的场所，供她们品茗斗草，作诗学画，结社斗艳，令她们尽情释放女儿天性。作者构建的太虚幻境和大观园世界实为女儿们的净土，客观隔绝了男性话语，达到了消解男性话语权的目的，为女性话语的建构提供了外在环境。

其次，《红楼梦》通过母性崇拜来消解男权文化。贾母是小说中举足轻重的人物，是贾府家族中辈分最高的老太太，是大观园世界的中心人物。《红楼梦》对母性崇拜的塑造，依托于贾府所有掌权者的堕落。由于"男主外女主内"的分工原则及"百行孝为先"的孝道观念，更由于一些女性自身所具有的为男人所不及的综合能力，一些女性尤其是德高望重的老太太在家庭中往往具有至高无上的地位和权势。① 这样一个慈祥豁达的母性形象，在作者笔下被刻画得十分深刻，贾母可谓《红楼梦》中女性话语的代表。贾氏男权形象的堕落和贾母母性形象的提升，对男性话语权的消解最为直接。

最后，《红楼梦》通过"性别错位"，打破性别壁垒，化解性别差异。《红楼梦》中人物性别错位是一个较为显见的现象，不拘于传统的男性或者女性形象特点，而使男性身上带有某种女性的特质，女性身上带有某种男性的特质，且这种异于自身性别的特质占据着主导地位。当然，"性别错位"出现的前提是对两性关系的刻板认知：在中国古代，男性代表阳刚之气，女性则代表阴柔之气。《红楼梦》则对女性化的男性毫不避讳地进行刻画，男主人公贾宝玉，从喜好、言行、举止、打扮到气质无不向女性特质靠拢，贾宝玉性别错位的特质被刻画得淋漓尽致。另外，《红楼梦》中的男子也多是清俊风流，而不是粗犷健壮的壮汉形象。典型的如秦钟，他也是一个女性化色彩浓厚的男性角色。此外，还有北静王的"秀美"，蒋玉菡的"妩媚温婉"，柳湘莲的"美"，贾蓉的"清秀"。甚至还有人给男子起"香怜""玉爱"这种颇具女性化色彩的外号。

《红楼梦》中除了男性气质的女性化，还刻画了女性身上的男性化色彩，如史湘云。她不仅行为举止男性化，而且具有男性的豁达胸襟和气

① 段江丽. 女正位乎内：论贾母、王熙凤在贾府中的地位［J］. 红楼梦学刊，2002（2）：201－218.

度，风流不羁，不失魏晋名士遗风。王熙凤更是"脂粉堆里的英雄"，女中豪杰，完全背离了当时社会对女性贤良淑德、温婉大度的评价标准，是个十分优秀的领袖人物。又如，薛宝钗不爱花、不爱粉，就喜欢简单素雅的装饰，博览群书，见多识广，不论是"寄生草"还是佛经典故，都信手拈来。林黛玉甚至不做女红，其住所潇湘馆摆的都是书，让刘姥姥误以为是哪个公子的房间。

《红楼梦》中存在着大量的人物"性别错位"描写，是作者理想中平衡、和谐的性别状态和两性关系在创作中的不自觉或自觉的反映。① 在作者笔下，男性不一定要顶天立地，担负起振兴家业的重担，不一定要魁梧雄壮。男性也能释放天性，遵循本心，直面自我。女性不一定要柔顺温婉，大方柔和，不争不抢，也应有自己的追求和抱负，有自己的一片天地。作者的这种"性别错位"描写手法，模糊了两性分明的界限，冲击了两性严苛的壁垒，是一种超前的性别观念。在社会处于由男性完全掌控话语权的情况下，性别错位成为女性通过自身男性化特质语言来构建女性话语的方式之一。

（二）书写女性事业

王熙凤是《红楼梦》中典型的不服输的事业型女性，王夫人将荣府大小事务都交予她管理，她掌管着荣府的经济大权，她的治家有方获得了大家的一致认可。她极善察言观色，做事周到细致，颇具领导风范。

探春的管理才能，可与王熙凤相媲美，甚至在某些方面胜之。她在管理方法上有自己的创新，洞悉贾府经济事务上的利弊，因地制宜地提出了"承包责任制"的方法管理大观园。探春的可贵之处表现在她组织诗社、理家以及对家族强烈的责任感，而立志做一番事业则表现出她对个人价值的追求②。宝钗虽然"不关己事不开口，一问摇头三不知"，但是从旁协助探春却也尽职尽责，间或还能提出自己的观点和见解，眼光长远，见解独到，真是"我堂堂须眉，诚不若彼裙钗"。

---

① 李梦圆.《红楼梦》人物"性别错位"研究［D］.济南：山东师范大学，2013：51.
② 郤文静.贾探春的管理才能研究述略［J］.红楼梦学刊，2011（3）：332－346.

当然，她们不仅"工作"能力优秀，也是"学习"上的"三好学生"。大观园曾多次建立诗社，如海棠诗社、菊花诗社和桃花诗社等，群集赋诗，出于女性之手的优秀诗作数不胜数。大观园姐妹们的诗社活动，是《红楼梦》中浓墨重彩的一笔，才华横溢的优秀女性如薛、林、史等人得以充分彰显自己的才华，在艺术世界留下了"脂粉不让须眉"的凛然傲气。

（三）记录女性创作

《红楼梦》中林黛玉等人的诗词是当时最富有女性意识的。[①] 在《红楼梦》之前，没有一部小说如此大量记录女性的诗词创作活动，深入女性的精神世界和艺术世界，也没有一部小说将女性身上的诗人气质表现得如此淋漓尽致。大观园中的诗社活动，在小说中占有大量的篇幅，结社数量之多，描写之精彩，令人赞叹。其中，林黛玉是创作诗作最为频繁的人，在探春起诗社之前，林黛玉便有意识地从事创作，抒发内心情感。从《葬花吟》到与贾宝玉诉衷肠的《题帕三绝》，与元春的应制诗也是信手拈来，海棠诗不落人后，菊花诗压众人夺魁。林黛玉的诗作表达了强烈的个人意志，或是对生死的迷茫和对前路的悲观，或喊出"质本洁来还洁去，强于污淖陷渠沟"的强烈诉求。

宝钗博学多才，几乎无人能及，她让宝玉将"绿玉"改成"绿蜡"，被宝玉奉为"一字师"。她的诗如其人，含蓄浑厚。她写"淡极始知花更艳"，赞赏白海棠，也可窥探出她超然的艺术观念。《螃蟹咏》字字带刀，辛辣锐利，讽刺世人，骂得酣畅淋漓。她写"好风凭借力，送我上青云"，豪情壮志溢于言表，全无平日的循规蹈矩、女德教诲之状。她虽不以读书作诗为要紧事，但在诗作中却能窥探、触摸到她被压抑着的炽热灵魂。

诗歌也通常是姑娘们抒情言志的工具，在礼教的严苛束缚下，她们寄情于诗歌，或是传达爱慕之情，或是抒发凌云壮志、君子抱负，或是表达独到的艺术见解。在礼法甚严的古代社会，至少还有艺术世界给这些长于深闺的女性提供展示才华、表达诉求的一片净土。

---

① 莫砺锋. 论红楼梦诗词的女性意识 ［J］. 明清小说研究，2001（2）：148 - 161.

《红楼梦》并没有完全超越二元对立的思维模式，它在憧憬理想的女性世界的同时，常又落入男权话语的框架之中，其文本结构也包含着否定自身的因素，从而消解女性意识和阻碍女权观念的建构，表现出建构过程中的消解特征①。大观园并不能真正和现实世界脱离关系，甚至女性话语的建构也不得不依赖于男权话语，这是时代的局限性。然而，曹雪芹超前的性别观念，已冲破了时代的枷锁。

《红楼梦》中对女性话语的建构依然摆脱不了时代的局限性和男权话语的枷锁，作者的本意不是挑起性别对立，也无意为女权主义举旗，女性意识的流露也不是刻意为之，其本意在于唤起人们对女性坎坷命运的关怀和救赎，对爱情和自我的追求，这是《红楼梦》中的女性话语所要传达给女性的思想内核。同时，《红楼梦》也给当代女性以启示——女性若要真正提高社会地位，必须投入到生产中去，无论是物质生产还是文化艺术生产，以求在社会中掌握与男性相对等的话语权。

---

① 高娓娓. 试析《红楼梦》女性主义观念的确立与消解 [J]. 河南师范大学学报（哲学社会科学版），2006（4）：139－142.

· 76 ·

论晚明性灵思潮下的《桃花人面》

陈妙英① 闫 勖②

摘 要： 晚明孟称舜的杂剧《桃花人面》受越中性灵思潮的影响，其以"情"为贵的创作理念，既源于王阳明、徐渭等乡贤开创的哲学、艺术传统，也源于作者与陈洪绶、卓人月等好友的切磋、交流。这一时期，孟称舜将"情"立于创作中心的文学主张，在其《古今词统序》和《古今名剧合选》中阐述得最为详尽。而作于此时的《桃花人面》，在题材选择、人物塑造、艺术风格等方面都体现出了与性灵思潮相契合的特质。

关键词： 孟称舜；《桃花人面》；性灵思潮

孟称舜（约 1599—1684），字子塞，又作子若，号小蓬莱卧云子、花屿仙史，浙江会稽（今绍兴）人，明清之际重要的戏曲家。其诗文多散佚，戏曲今存《桃花人面》等八种，又编《古今名剧合选》传世。对孟氏戏曲最早的研究当属其好友马权奇、祁彪佳等的评点，如《古今名剧合选·酹江集》中马权奇《郑节度残唐再创》有："读子塞《桃花》诸剧，风流旖旎，谓是柳七黄九一流人。若此则雄文老笔，直与胜国马东篱诸公争座位。"③ 生动地概括出了孟氏戏曲的整体风格。而孟氏生平及创作经历的戏曲史呈现，则有赖于青木正儿、朱颖辉、徐朔方等学者的实证研究，这也是包括本文在内后续工作的基石。目前的相关研究主要集中在孟氏生平考证、理论归纳、作品分析等方面。具体到《桃花人面》，则对该剧自

---

① 陈妙英，广东海洋大学文学与新闻传播学院汉语言文学专业 2016 级本科生。
② 闫勖，广东海洋大学文学与新闻传播学院讲师。
③ 朱颖辉辑校. 孟称舜集［M］. 北京：中华书局，2005：625.

《桃源三访》的流变、桃花意象的运用关注较多。从题材上看,《桃花人面》是典型的才子佳人剧:诗人崔护游春,与农家女叶蓁儿一见钟情,后两人错失见面良机,叶蓁儿相思成疾而死,又经崔护真情呼唤而复活,终成眷属。本文即从该剧出发,主要沿用前人文史结合的方法,探讨晚明性灵思潮对《桃花人面》的启发,以及剧中性灵思潮的个性化体现,以期对孟称舜前期的创作心态,以及当时的越中文化艺术氛围做进一步揭示。

一、越中性灵文学思潮

现存最早的《桃花人面》见于沈泰于崇祯二年(1629)所编的《盛明杂剧》的初刻本,可以看出孟称舜年纪尚轻就完成了此剧,他当时追求真情的鲜明品格也不时闪现在剧中,这与性灵文学思潮在其家乡越中一带的广泛传播有密切的关系。晚明时期,先进的文人已经觉醒,并用自身的力量对抗统治者宣扬的压抑人性的"理学",新的思想潮流随之出现,其中性灵思潮的影响最为深远。孟称舜开始进行文学创作之时,性灵思潮在文坛已拥有强盛的生命力。"强调人的价值,尊重人的个性,要求文学作品必须抒发对现实人生的喜怒哀乐和嗜好情欲的真实感受,这些就是'性灵'内涵之所在。"① 性灵思潮强调要做"真人",发"真声",抒"真情",写"真文"②。这对当时的创作者产生了巨大的影响,并被他们付诸实践。

由于地形以及交通的限制,创作往往会出现以地域为中心的创作群,而在这一地域内,创作者们相互交游产生的影响会折射到他们的创作之中。晚明时期,越中一带出现了多位在戏曲史上做出一定贡献的戏曲家、文学家,他们大多出生于此地,对"性灵"有着共同的追求,形成了以"情"为贵的创作环境。而晚明越中文人最直接的思想来源无疑是同乡的二位前辈:王阳明和徐渭。在哲学上,王阳明心学逐渐成为当时的思想文化主流,并在越中一带广泛传播,出现了"嘉、隆而后,笃信程、朱。不

---

① 刘健芬. 论晚明"性灵"文学思潮 [J]. 云南师范大学学报(哲学社会科学版),1989(3):61 – 68.

② 刘健芬. 论晚明"性灵"文学思潮 [J]. 云南师范大学学报(哲学社会科学版),1989(3):61 – 68.

迁异说者，无复几人矣"① 的现象，也促使了后代许多思想家、文学家继承和发扬王氏所倡导的思想。而在文学艺术上，"堪称越中曲家的精神领袖"② 的徐渭倡导创作应当致力追寻真实的情感，这在晚明性灵文学思潮中发挥着至关重要的作用，特别是对于同地域的越中曲家而言。孟称舜十分推崇徐渭的创作思想，并在继承的基础上有所发展："文长《四声猿》于词曲家为创词，固当别存此一种。然最妙者，《祢衡》《木兰》两剧耳。"③ "作者极情尽态而听者洞心骇耳，如是者皆为当行，皆为本色。"④ 孟称舜的作品中所体现的理论主张，与徐渭有着许多契合之处，如两人在创作理论上都提出了"本色"这一主张，徐渭是这样论述的："世事莫不有本色，有相色。本色犹俗言正身也。相色，替身也。……故余于此本中，贱相色，贵本色。"⑤ 孟称舜在《古今词统序》中说道："作者极情尽态而听者洞心骇耳。如是者皆为当行，皆为本色。"⑥ 两者都强调了人最原始、最本真的感情的可贵性，提倡创作要从自身所体验到的真实的情感出发。青年时期的孟称舜在探索和形成自己的风格和思想的过程中受徐渭等人的影响，有了与性灵思潮主张相对应的创作倾向。

同时，好友之间的交流也在一定程度上影响着孟称舜的创作。其青年时期就与祁彪佳、陈洪绶、卓人月等人相交甚密，他们在创作理念上有着共同的追求，这种追求也使得他们常聚在一起。他们以祁彪佳为中心，共同探讨创作上的问题甚至加入相同的文学社团。陈洪绶早年拜师于王学继承者刘宗周，在创作上，他倡导"文章写性灵，修辞崇典雅。为人固要真，为文最忌假"⑦。孟称舜对陈洪绶的作品及其思想给予了肯定与赞许。同时，其为卓人月的《古今词统》作序，写下"予友卓珂月，生平持说，多与予合"⑧。而卓人月的创作与性灵思潮是不可分割的，他对性灵思潮的

---

① 戴红贤. 袁宏道与晚明性灵文学思潮研究［M］. 武汉：武汉大学出版社，2012：22.
② 谭坤. 晚明越中曲家群体研究［M］. 上海：上海三联书店，2005：55.
③ 朱颖辉辑校. 孟称舜集［M］. 北京：中华书局，2005：24.
④ 朱颖辉辑校. 孟称舜集［M］. 北京：中华书局，2005：555.
⑤ 徐渭. 徐渭集 第1册［M］. 北京：中华书局，1983：4.
⑥ 朱颖辉辑校. 孟称舜集［M］. 北京：中华书局，2005：555.
⑦ 谭坤. 晚明越中曲家群体研究［M］. 上海：上海三联书店，2005：78.
⑧ 朱颖辉辑校. 孟称舜集［M］. 北京：中华书局，2005：556.

先锋和主将李贽十分敬仰并为其编撰了年谱，在自己的文章中也多次提倡"性灵"。

共同的地域特征以及文化历史背景会对区域内的作家产生潜移默化的影响，一种文学思潮在一个地区流动，离不开这个地区的人相互影响、相互成就。明朝性灵文学思潮在越中地区的传播离不开王阳明和徐渭等大家，后代作家也多以他们为典范。孟称舜在这样的文化背景之下，其创作也在一定程度上受到影响。他的好友多秉持着"性灵"的创作理念，彼此因相似的创作观念而交往密切，这更使他的创作与性灵思潮有了紧密的联系。

二、孟称舜的文学主张

孟称舜青年时期的文学主张主要体现在《古今词统序》以及其编纂的《古今名剧合选》中，在《古今词统序》中，他详细地阐释了创作中应该遵守的理念，接着在《古今名剧合选》的序和评点中，他进一步丰富了自己的创作理论。

孟称舜在《古今词统序》中先是直接点出了自己对于诗、词、曲三者之间关系的看法："诗变而为词，词变而为曲。词者，诗之余而曲之祖也。"① 可见，孟称舜在这几种文体上的创作主张是一致的。如在其词《金人捧露盘》（闺思）和杂剧《桃花人面》中，关于两位女子见不到意中人，心生惆怅的描写：

自当时，相别后，佳期过，渐庭前芳草成窝。余香犹在，郎今去也再来么？春光八九，虚度了燕舞莺歌。向花前，深深拜。凝望眼，剪湘波，叹迢迢良夜如何。风飘翠带，春寒绣阁减香罗。萧条夜月，闲庭坐频掩修蛾。[《金人捧露盘》（闺思)]②

【端正好】风寂寂曙光寒，云淡淡烟波锁。恁心情靓妆浓抹，闲步庭

---

① 朱颖辉辑校. 孟称舜集［M］. 北京：中华书局，2005：555.
② 朱颖辉辑校. 孟称舜集［M］. 北京：中华书局，2005：551.

前数花朵，泪渍花容破！

【滚绣球】芳辰来易过，新愁去转多。遍郊亭柳眠花卧，则教我掩空闺被冷湘波。自寻思情怎那？不争为惜花起早，可只是对景情多。桃能红，李能白，花开有意妆娇面。燕儿忙，莺儿懒，春老无心唱好歌。此恨如何？(《桃花人面》)①

这两部分虽一为词，一为杂剧，但都是从女性视角出发的，面对"消失"的情郎，女主人公思念成疾，因为被这种愁绪困扰，身边的一片好风光全都失去了颜色。

而后，孟称舜在序中指出了当时词坛创作中存在的现象："乐府以儆径扬厉为工，诗余以宛丽流畅为美。故作词者率取柔音曼声，如张三影、柳三变之属。而苏子瞻、辛稼轩之清俊雄放，皆以为豪而不入格。宋伶人所评《雨霖铃》《酹江月》之优劣，遂为后世填词者定律矣。予窃以为不然。"② 明确指出自己反对这种以婉柔和豪放作为评判词优劣的标准。他认为创作风格的不同并不是评价作品好坏的尺度，只有"情"才能成为打动听者内心的力量，才能使创作有意义："盖词与诗、曲，体格虽异，而同本于作者之情。古来才人豪客，淑姝名媛，悲者喜者，怨者慕者，怀者想者，寄兴不一。或言之而低徊焉、宛恋焉，或言之而缠绵焉、凄怆焉，又或言之而嘲笑焉、愤怅焉、淋漓痛快焉。作者极情尽态而听者洞心耸耳，如是者皆为当行，皆为本色。"③ 戏曲在本质上与诗歌词赋没有什么不同，唯有抒发最真实的情感也就是"当行""本色"才能够获得读者或者观众的认同，这才是创作的根本所在。《桃花人面》就是孟称舜这种创作观念的流露，无论是叶蓁儿的为情所困、因相思香消玉殒，还是崔护对叶蓁儿一见钟情，为此多次前往叶家寻访表露真情，最终结得良缘，都使"情"立于这部剧作的中心，并且成为战胜一切困难包括生死的利器。正是因为对"情"淋漓尽致的表达、追求，才使《桃花人面》一次又一次在舞台

① 朱颖辉辑校. 孟称舜集［M］. 北京：中华书局，2005：6.
② 朱颖辉辑校. 孟称舜集［M］. 北京：中华书局，2005：555.
③ 朱颖辉辑校. 孟称舜集［M］. 北京：中华书局，2005：555.

上演。

同时期创作的杂剧《花前一笑》也同样体现了这一点。

《花前一笑》是孟称舜所写的一出爱情杂剧，讲的是才子唐寅与沈八座养女素香一见钟情，后来唐寅前往沈家当佣书，在沈家二子的帮助下与素香定终生。但最终事情败露遭到了沈八座的强烈反对，两人被拆散，唐寅遭受沈八座百般羞辱，差点被逐出沈家门，后在好友文徵明、祝允明的帮助之下，沈八座最终同意了唐寅与素香的婚事，两人圆满结合的故事。在《桃花人面》与《花前一笑》这两部杂剧当中，主人公的爱情都遭遇了一些挫折，但幸运的是，这些困难都是暂时性的，而剧中的家长也不同于世俗观念中的封建长辈。勇于追求"情"是这两部杂剧的共同主题，但是这部杂剧在当时被道学先生呵斥为"不正之书"，这正如性灵文学思潮对当时正统思想的反叛一般。"盖声色之来，发于情性，由乎自然，是可以牵合矫强而致乎？故自然发于情性，则自然止乎礼义，非情性之外复有礼义可止也。"① 性灵思潮强调自然、肯定情性的合理性，它的广泛传播影响了诸多作家的创作，无论是在诗歌词赋还是散文戏曲中都可以看到它的踪迹。

"然达其情而不以词掩，则皆填词者之所宗，不可以优劣言也。"② 当"情"立足于作品之中，便能够触动读者的心弦，此时作品的形式、风格便显得不再那么重要了。孟称舜这一文学主张异于人们认同已久的文学评价标准，而与性灵文学思潮所倡导的中心主题相呼应。

在《古今名剧合选》序言中，孟称舜明确地表达了自己对于"情"的重要性的推崇："予此选去取颇严，然以词足达情者为最，而谐律者次之。"③ 如其在《倩女离魂》总评中写道："此剧余所极喜……酸楚哀怨，令人肠断。昔时《西厢记》，近日《牡丹亭》，皆为传情绝调。兼之者其此剧乎？《牡丹亭》格调原祖此，读者当自见也。"④ 对于此剧，孟称舜不掩喜爱之情，给予其非常高的评价，将它与《西厢记》和《牡丹亭》放在了

① 张建业. 李贽文集（第一卷）［M］. 北京：社会科学文献出版社，2000：29.
② 朱颖辉辑校. 孟称舜集［M］. 北京：中华书局，2005：556.
③ 朱颖辉辑校. 孟称舜集［M］. 北京：中华书局，2005：556.
④ 朱颖辉辑校. 孟称舜集［M］. 北京：中华书局，2005：573.

同一位置。

《倩女离魂》能够得到如此赞誉，实为所传达的"情"真，能够让读者读完也感到悲痛，也就是做到了"词足达情"。孟称舜在《古今词统序》和《古今名剧合选》中所体现的文学主张，不但在其自己的创作上发挥了作用，还影响了同时代以及后世的创作者，对晚明戏曲理论的发展做出了重要贡献。

三、《桃花人面》中的性灵闪光点

一是在故事发生的场景和人物形象的设定上。《桃花人面》中故事的发生地——城南的小村庄，就像是独立于这个封建专制社会，不受正统思想影响的世外桃源。"断山凝翠，小桥流水自东西。霞光新靓，雾影凄迷。店舍无烟花满树，旗亭唤酒趁凉时。绕孤村长河如带，映雕车细柳成帷。"① 城郊的美景让崔护暂时远离了京都的繁荣，也是在这里他遇见了不同于世俗的女子叶蓁儿。叶蓁儿"生时正值桃花开后，因此取名唤作蓁儿"②。她是叶家独女，虽生于农家，但从叶父口中我们可知她："幼工针黹，长颇知书。"③ 崔护看她："俺看这女子妖姿媚态，绰有余妍，可为绝世无双矣。"④ 既拥有绝世的美颜，又不是无知女郎。陌生人前往乞浆，她欣然应允，不但手巧能做女工，且心地善良。村庄的美景时在，花儿常开，村庄里的人也拥有着如花一般的容貌与品性，叶蓁儿和这村庄一样，是美好的象征，是"情"的体现，就像是作家理想中的性灵之地。

二是《桃花人面》的主题思想——情，与性灵思潮文学所倡导的"真情"相契合。这对才子佳人的结合，既无"父母之命"，也无"媒妁之言"，他们是自由恋爱，并且冲破了重重的困难最终才得以在一起，他们的结局是"真情"开出的花。这部剧作体现了孟称舜对表露真情的肯定，对真情的赞美。作家鼓励人们面对自己的情感，并敢于去诉说、去追求，而非压抑。在这部作品中，才子在遇见佳人前已是进士，叶蓁儿是乡村农

① 朱颖辉辑校. 孟称舜集［M］. 北京：中华书局，2005：1.
② 朱颖辉辑校. 孟称舜集［M］. 北京：中华书局，2005：1.
③ 朱颖辉辑校. 孟称舜集［M］. 北京：中华书局，2005：2.
④ 朱颖辉辑校. 孟称舜集［M］. 北京：中华书局，2005：3.

家之女，在传统的观念中，两人并不门当户对，但是两人并不为门第观念所左右，而是纯粹地相爱，这份真挚的情感并没有随着时间的流逝或者误会而减少，而是越来越深厚。孟称舜通过这个爱情故事表达了对传统观念的反抗，是对以往宣传的正统价值观的一种冲击。

三是个性化的自我表达。《桃花人面》除了肯定"情"在现世的作用，同时还对人的个性进行了肯定，也就是强调了人的主体意识。崔护在意识到自己对叶蓁儿的感情时，直接挑明了自己的心中所想：

（生）姐姐可曾许了人么？（女不应）（生）姐姐便说与小生知道，却也何妨？（女作摇头科）（生笑）呀！却好与小生一般，小生也未娶妻。小生还有一言，姐姐！你觑这半帘芳草，色有余资。一树桃花，笑还未足。村庄之内，竟无一人为伴，可不冷落人也！（女低叹不语科）①

在对叶蓁儿一见钟情之后，崔护没有犹豫，先是出于礼节问清楚叶蓁儿是否已有情郎，在得到否定答案之后，直接向叶蓁儿示爱，表明两人在一起的可能性。在传统的礼教当中，私订终身会被看作是忤逆行为。崔护即使没有得到肯定的答案，亦尊重叶蓁儿，遗憾离去。在这段意外的告白中，我们可以看到孟称舜笔下的主人公强烈的主体意识的流露，是一个具有"真性情"的人，在遵从自己内心想法的同时，也尊重对方作为一个独立主体的选择，这与性灵思潮所提倡的张扬个性、主张个性的观点是契合的。最后，当崔护发现叶蓁儿因自己而死，自责不已，乞求叶父让其见叶蓁儿最后一面："小生与姐姐，虽无六礼之期，偶有半面之雅。待到尸前，哭他一声，则虽死无憾。"正是因为这份真切的情谊才使得叶蓁儿最终还魂归来。崔护个性化的真情表露推动着剧情一步步向前发展。

同时，性灵文学思潮提倡"不拘格套"，强调创作不应受到以往的形式以及高古艺术风格的束缚。孟称舜提倡创作要通俗易懂，同时认为戏曲要"可演之台上，亦可置之案头"②。袁宏道说过："文章新奇，无定格式，

---

① 朱颖辉辑校. 孟称舜集 [M]. 北京：中华书局，2005：4.

② 朱颖辉辑校. 孟称舜集 [M]. 北京：中华书局，2005：557.

只要发人所不能发，字法、调法，一一从自己胸中流出，此真新奇也。"两者的观点都指向创作要通俗化且要挣脱陈旧套式的限制，使其有吸引人的地方。全文没有华丽的辞藻，而是用朴实的语言以及通过人物的神态、动作来表现、诉说，这是《桃花人面》得以广泛传播的条件之一。整部剧作没有难以理解或者故作高深的地方，短小精悍，出现的人物线明朗，主题突出，使其不论在文本阅读还是舞台表演上都给予了读者和观众充分的理解空间。

"'性灵'文学思潮还促进了通俗文学的发展，使之成为时代的主流。""到了明代中叶，戏曲、小说、杂剧、弹词、山歌等通俗文学得到了空前的繁荣，产生了许多优秀的作品。……富有蓬勃生气的小说、戏曲、杂剧等通俗文学则成了明代文学的主流。"① 性灵思潮推动着戏曲创作的发展，《桃花人面》的出现也成为这一历史潮流的见证，该剧也成为孟称舜早期创作剧本中的佼佼者。时代潮流之下作品的孕育、诞生要受到多方面的影响，性灵思潮下的《桃花人面》有着与其他同时代作品相同的主题——"情"，同时有着自己独特的个性，两者相互交融，造就了这一戏曲史上宝贵的财富。

---

① 刘健芬. 论晚明"性灵"文学思潮 [J]. 云南师范大学学报（哲学社会科学版），1989 (3)：61-68.

中国现当代文学与外国文学

论严歌苓移民题材小说中的"隔离"

严丽霞[①]　孙长军[②]

摘　要： 严歌苓在其移民题材小说中书写了文化隔离、语言隔离、种族隔离、阶级隔离、行为隔离，以及不可命名的隔离。她以细腻的笔调描写了小人物面对隔离时的挣扎、无奈和无用的反抗，刻画隔离给人物内心带来的痛苦与煎熬，表达了作者对隔离的不满和对大爱的追寻。严歌苓之所以不断书写隔离，是因为隔离是她生命中的铺垫。新移民作家的身份既使严歌苓能深切体会新移民面对的来自移居国和祖籍国的双重困境，又能让她清醒地看到新移民文学在中国文坛的边缘地位。童年时期"文革"的伤痛、父母的情感隔离给她带来了深刻的隔离体验；长期的军旅生活、移民生活使"漂泊"成为她生命的主色调，因而严歌苓一直在和隔离打交道，在无数深痛的生活体验中升华隔离。

关键词： 严歌苓；隔离；移民题材；新移民文学

目前从移民主题入手研究严歌苓及其作品的文章较少，且大多从文化身份、错位、边缘、他者、流散等角度进行论述，较为集中。如张长青的《在异域与本土之间——论严歌苓新移民小说中的身份叙事》和王博园的《论严歌苓移民小说中的身份书写》都侧重于研究人物的"身份"书写；李佳的《论严歌苓小说的文化身份建构意识》论述了不同历史时期作家的身份认同焦虑和身份建构；余可心的《论严歌苓小说的"错位归属"》主要针对严歌苓小说中存在的错位归属现象，进行文本分析及原因阐释；陈

---

①　严丽霞，广东海洋大学文学与新闻传播学院汉语言文学专业 2016 级本科生。

②　孙长军，广东海洋大学文学与新闻传播学院教授。

欢的《论严歌苓海外移民题材小说中的"边缘人"书写》总结归纳了
"边缘"的表现、原因和精神内涵；吴闽闽的《在"自我"与"他者"间
挣扎——严歌苓小说母题论》分析了严歌苓笔下"自我"与"他者"的
关系；李侠云的《流散语境中的回望——美华女作家严歌苓的"中国记
忆"小说研究》主要阐述了严歌苓跨文化视角回望中国的创作内涵。因此
笔者从"隔离"的角度进行研究，以作补充。

严歌苓是新移民文学中较有影响力的作家之一，被旅美作家陈瑞琳评
为北美地区"醒目的峰峦"①。她出国后创作的移民题材和大陆题材的文学
作品都属于新移民文学，但相对于大陆题材，其移民题材小说更多也更有
针对性地书写隔离，因此笔者将研究范围缩小至严歌苓的移民题材小说。
严歌苓既是新移民作家，也是新移民中的一员，她作品中所呈现的隔离与
她的身份和生平经历密切相关，因此本文在分析严歌苓移民题材小说中隔
离的文本表现的基础上，结合新移民文学研究成果和作家生平经历分析其
隔离书写背后的原因。

一、隔离：无形的墙

新移民主要是指在我国改革开放以后走出国门的留学生、陪读者、职
业工作者等，他们在异域文化的冲突、生活的艰辛、人情的冷漠和自身的
孤独感中倍感落差，无形的墙将他们与新世界隔离，而文化、语言、种
族、阶级等都是形成隔离之墙的因素。严歌苓不止写这些冲突带来的不可
避免的隔离，她还关注小人物的世界，描写更多样的隔离。

（一）文化隔离

有异质的文化就会产生冲突，这是普遍而正常的。但严歌苓描写的不
是激烈的文化冲突，而是在两种异质文化的环境下，文化强势者对弱势者
不屑一顾的冷漠以及强者绝对至上的文化观念所形成的隔离。

在《方月饼》中，严歌苓描写了一个美国留学生和舍友玛雅一起过中

---

① 陈瑞琳. 横看成岭侧成峰：北美新移民文学散论［M］. 成都：成都时代出版社，
2006：11.

秋节却得不到情感共鸣的故事。小说中"我"跟玛雅穷尽语言讲述嫦娥奔月的故事，玛雅却因为文化的不同而感到没劲。"我"继续讲关于月饼的故事以及古人对月亮的种种浪漫情怀，但玛雅只关心月饼的卡路里，对"我"所流露的情绪漠不关心。在这种氛围下，"我"感受到了玛雅用冷漠将"我"的故国文化隔离。

在严歌苓笔下，文化隔离不仅发生在东西方文化之间，还存在于中国不同地域文化之间。她的短篇小说《大陆妹》就描写了台湾人以高傲的姿态隔离大陆乡土文化的故事。移居美国的台湾人珍妮把佣工大陆妹唱的山西民歌、陕北民歌称作"你们大陆的歌"①，认为比不上台湾的流行曲，并且认为大陆的普通话发音奇怪，台湾的语言才是正统的汉语发音。在这里，珍妮不仅完全没有对乡土文化产生怀念之情以及对中原文化产生崇敬之情，还将本就同是中华文化的台湾文化与大陆文化隔离开来，以绝对的高度贬低大陆的传统。大陆妹在珍妮强势话语的文化隔离下顺应台湾文化，最后在看到一篇纪念某个乡土作家的文章时为传统文化的消逝而流下泪水。

（二）语言隔离

语言是初到异国的移民需要面对的第一个难题，如果双方不能用共同的语言进行交流，就会形成交流障碍，导致在进入异域之初便遭遇瓶颈。严歌苓对语言隔离描写得最直接鲜明的是《簪花女与卖酒郎》。互生情愫的中国女孩齐颂和卖酒的墨西哥小伙语言不通，虽然两人接收不到正确的信息，但仍旧聊得很开心。姨妈为了私利要将齐颂卖给聋哑老头，在知道齐颂和墨西哥小伙的心意后，便为他们错误翻译，导致有情人因为语言的隔离而情断于此。

在小说《栗色头发》中，同样是因他人的错误翻译带来的语言隔离，却有另一番不同的意味。当一个女动物学家向"我"取证是否有中国人因为"没有足够的粮食和肉，全国在一夜之间就打死七百三十五万零三条狗，然后全把它们吃了"这样的事情时，"栗色头发"为"我"翻译成

---

① 严歌苓. 严歌苓文集·少女小渔［M］. 北京：当代世界出版社，2003：178.

"中国人爱吃狗肉"①，这种恶意的翻译破坏的不只是"我"在这些业余画家眼中的形象，更重要的是歪曲了事实，伤害了中华民族的自尊。严歌苓通过对这一幕的描写，向读者揭示了语言隔离带来的可能不仅仅是自身利益的损失，还有可能是族际之间误会的加深。

（三）种族隔离

严歌苓说，在美国"做外国人是次等人种；次等的人权，自然分量、质量都不足"②。她不仅看到了国人在面对种族歧视时的弱小无助，还看到了美国宣扬平等背后的虚伪。在《栗色头发》中，"栗色头发"试图将"我"和"我"的种族隔离开来，一面迷恋"我"的美貌，一面攻击和鄙夷中国人的习惯。而小说中其他人的种族隔离做得更"全面"——完全把包括"我"在内的中国人隔离在他们优越的民族之外，如绘画俱乐部的退休警察认为"我"会和其他中国人一样喧闹，残疾女画家觉得"我们"中国人长得都一样，还有"我"的雇主娄贝尔夫人把对中国人的不信任和鄙夷全都投射到"我"身上。

面对美国的种族隔离，《栗色头发》中的"我"是无奈的，而在《吴川是个黄女孩》中的"我"不再忍让，但负隅顽抗也终无果。"我"被诬陷偷走商场的衣服，经过解释和反抗后仍被打成重伤。为了打赢官司，"我"几乎花光积蓄，最后诉诸媒体，却被认为这件事"没有暗示什么种族歧视"③。商场戴着有色眼镜毫无证据扣留并打伤"我"，是对中华民族的种族隔离，而"我"作为受害者却得不到法律和社会的帮助，是美国对华人的二次隔离——他们对你的不幸视而不见，对你的呼声充耳不闻。

（四）阶级隔离

在美国这个金钱利益至上、人情冷漠的国度，除了种族歧视问题备受关注，阶级歧视也是一个被隐藏的社会问题。严歌苓在《初夏的卡通》中

① 严歌苓. 严歌苓文集·少女小渔［M］. 北京：当代世界出版社，2003：135-139.
② 严歌苓. 波西米亚楼［M］. 北京：当代世界出版社，2001：78.
③ 严歌苓. 吴川是个黄女孩［M］. 北京：北京联合出版公司，2013.

以宠物狗的品种暗喻美国的阶级隔离：杂种母狗露丝"冲进了人与狗的上流社交圈"①，女主人们纷纷喝住自己的狗，生怕跟没被按时打预防针的露丝产生任何接触，以无形的墙隔离不入流的阶级以及这个阶级的所有。

《无出路咖啡馆》中，"我"与安德烈的不圆满有一个潜在的原因便是阶级隔离。安德烈能够记住"我"不喜欢吃和不能吃的食物，但他并不知道"我"不吃这些食物的真正原因是贫穷。"我"和没有体会过贫穷的安德烈是两个社会阶级的人，因此"我"在安德烈面前不如在里昂面前真实。"虚荣使我对自己的贫穷守口如瓶"②，因为"我"无法做到自我放逐，更不想被主流放逐。因此"我"一面在阶级隔离的压力下接受安德烈的求婚，一面又在内心的召唤下与里昂不清不白，最后在认清自己与安德烈、里昂之间的关系后，选择了孤独一生。

（五）行为隔离

行为隔离，即通过某种行为动作制造隔离之墙，将非我一类的人或事阻隔在外。这一类的隔离在严歌苓的移民题材小说中很常见，与文化、语言、种族、阶级等隔离不同，行为隔离是个人为了营造某种氛围、划分家庭地位或为了自己的私利而做出的某种行动，是纯粹的个人意志，不涉及政治或阶级群体。

如《红罗裙》中，周先生"动作斯文地将耳朵里的助听器拔下来"，便可以隔离噪音和废话；周先生还经常和儿子卡罗用英语交流，"在这房子里造成一股……优越的、排外的势力"，将海云和健将隔离在只属于他们的圈子外；周先生和卡罗看球赛，是在故意隔离健将，其实"他俩并不在看电视，只是借电视来营造一个只属于他俩的氛围，以这氛围在家中做一种微妙的划分"③。

在《冤家》中，南丝为了断绝璐与"张家人"的关系，不但退回前夫寄来的所有钱，有意让璐认为是母亲独自养活了她，还将前夫及前夫的家

---

① 严歌苓. 严歌苓文集·白蛇 [M]. 北京：当代世界出版社，2003.
② 严歌苓. 严歌苓文集·无出路咖啡馆 [M]. 北京：当代世界出版社，2003：40.
③ 严歌苓. 严歌苓文集·少女小渔 [M]. 北京：当代世界出版社，2003：199 - 206.

人都贬为无能、怪诞、不体面的败类。南丝的种种行为，目的只有一个，即断了璐与前夫的联系，甚至在外貌、品性上都不允许他们之间有一丝相像。但她的苦心经营最终宣告失败，璐非但没有痛恨父亲，反而与父亲私下保持联系，且对母亲的行为隔离感到反感。

（六）心灵隔离

严歌苓笔下的隔离或多或少都可以跟心灵隔离联系起来，如《阿曼达》里杨志斌与韩淼缺乏心灵的沟通，《栗色头发》里"栗色头发"对"我"的内心并不了解，《少女小渔》中小渔对江伟的爱更多的是同情而不是建立在心灵契合上的喜爱……虽然严歌苓的很多作品中都有对心灵隔离的描写，但最深刻的是《密语者》。

《密语者》中的乔红梅和格兰结婚多年，夫妻二人表面上十分默契，但事实上他们都对彼此隐瞒了不可告人的过去。"乔红梅对丈夫整个是封闭的"，格兰早就看穿了乔红梅对他的心灵隔离，他也很清楚乔红梅是个"极度含蓄、极度不安分的女人"①，格兰因为与女儿取得联系，便借着自己的秘密可以曝光之机，主导了一场沟通心灵的"密语"。在这场"密语"中，乔红梅向这位"陌生人"一点点袒露自己的真实出身，不仅向密语者打开了心灵的窗户，也解开了心结。而格兰也以密语者的身份，将自己陷入与女儿的乱伦案、假装自杀、寻回女儿的事情告诉了乔红梅。但这一切始终由格兰主导，乔红梅并不知道密语者的身份，作为丈夫的格兰与作为妻子的乔红梅，他们的心灵隔离依然存在。

（七）不可命名的隔离：隔离正常事物

严歌苓笔下还有一些不属于以上类别的隔离，笔者暂时无法给出恰当的命名，但它们都有一个共同的特征，那就是隔离正常的事物。严歌苓称自己"是一个是非很模糊的人"②，她的小说里常有介于是与非、黑与白之间的、无法用正常的观念去判定的人或事。

---

① 严歌苓. 密语者［M］. 北京：台海出版社，2006：8－12.
② 严歌苓. 十年一觉美国梦［J］. 华文文学，2005（3）：47－48.

如《抢劫犯查理和我》中，"我"对一个有犯罪瘾的十九岁男孩有不可理喻的幻想，"我"希望回归正常，但总是"欠那么点正确"①。在这里，爱憎、是非、黑白没有明确的界限，在它们之间，有一个隔离二者的过渡地带，即一种不可命名的边缘。在《失眠人的艳遇》中，失眠把"我"与正常人和正常生活隔离。重度失眠的"我"不去找医生，而是疯狂地寻找一个和"我"一样失眠的人，以证明"我"在这个世界上不是孤立的。

而在《无出路咖啡馆》中，这种不可命名的隔离已经成为一个象征性的符号。这里充满着与世界格格不入的事物，在这里可以"朗诵在别处绝对没人懂得的诗或小说"②，"这里的人不是在玩野蛮，是真格野蛮。他们个个抽大麻，创作得罪大众的诗或画或音乐，或者干脆不要任何得罪人的形式，就专门跟大众作对"③。这里还有很多地下交易，正如咖啡馆其名"无出路"一样，它象征的是隔离一切正常的、上流的、富足的、光明的东西，只要"无出路"就行。

严歌苓移民题材小说中的七种隔离表达了作者对新移民的境况、命运、前景的深切关注和思考，从新移民在移居国日常可见的隔离现象到深层的精神和心理的隔离，作者熔铸了自身的生命体验，创造性地展示了其独特的个性与人文关怀。严歌苓在隔离经验中思考，在思考中书写，在书写中升华，由隔离的表层过渡到了隔离的深层意义空间，通过对不同种类隔离的书写道出了对新移民内心情感的同情和理解，更揭示了美国繁华表面下群体的冷漠、自由与人权口号下政府的虚伪、利益纷争下人性的复杂。在表达对隔离不满的同时，也表达了作者寻找超越文化、种族、阶级的爱以及人与人之间真正的无障碍交流的乌托邦的理想。

二、隔离形成之由

严歌苓对隔离的多种书写是其对外在客观现实的情感化、审美化，是

---

①　严歌苓. 严歌苓文集·少女小渔［M］. 北京：当代世界出版社，2003：246－247.

②　严歌苓. 严歌苓文集·无出路咖啡馆［M］. 北京：当代世界出版社，2003：43.

③　严歌苓. 严歌苓文集·无出路咖啡馆［M］. 北京：当代世界出版社，2003：161.

在心理诸多因素的渗透、浸染下，主客体双向交流建构的结果，换言之，严歌苓的新移民身份、作家背景和成长经历都是促使其书写隔离题材的原因。

（一）新移民的困境

虽然新移民与淘金时代第一批登上美国海岸的移民相比，在地位、权利等方面有了很大的改善，但新的困境仍使移居国和祖籍国都对新移民造成隔离。

1. 难以进入的移居国

新移民大多是在国内生活了很长一段时间，因为留学、务工、陪读等原因移居国外的，在这种情况下，他们的移民就像是"生命的移植"①，将自己的根从故土拔起，移植到另一片新的土地上。然而要适应新的"气候环境"，在这片新土地上扎根，是很不容易的。

首先，新移民在移居异国之初，都会面临经济上的问题，很多一穷二白的留学生、工人一边做着低薪酬的工作，一边还要应对学习、生活的压力。其次，新移民在政治上获得的权利不如移居国本国国民，移居国法律也没有给予新移民完全的保护。最后，新移民还要面对文化的差异和冲突，遭受社会的固有偏见或歧视。因此，新移民在移居国遭遇的种种困境，都会让他们产生落差感，在内心形成"难以进入"的距离感。

2. 难以回归的祖籍国

和老移民不一样，"新移民中很多都是举家外迁，他们的落叶归根心态没有老移民强烈，甚至很多人都抱有'出国就是为了定居国外'这样的移民观念，落地生根的现象较为普遍"②。但也有许多因理想或现实因素回归祖国的"海归"，他们或许会有一段时间从心理上深感难以回归。首先，他们长时间离开祖国，没有亲身经历祖国的繁荣和发展，还需要适应祖国社会的进步、人们观念的更新。他们的回归，是移居的再一次移居。其次，他们长期生活在国外，多少受到外国文化的熏陶，一旦回到国内，难

---

① 严歌苓. 文学，是我安放根的地方［N］. 光明日报，2015－03－19（11）.

② 倪立秋. 新移民小说研究［M］. 上海：上海交通大学出版社，2009.

免不会受到同胞"非我族类"的排斥。作为新移民的一员，严歌苓能深刻体会新移民的困境。

（二）新移民文学在中国文坛的现状

文学的"隔离"对严歌苓的创作思路也有一定影响。严歌苓曾说她的"作品永远在中文读者群"①，但同时她也认为新移民作家"在中国本土的文坛上……只有一个近乎虚设的位置"②，这是因为新移民文学"还处在进行时态中，要对其文学史地位加以确立尚为时过早"③。新移民文学在中国文坛的影响力欠缺，主要有以下两方面的原因：

1. 新移民文学作品在中国文坛中生存艰难

诸多因素导致新移民文学作品在国内文坛中推广困难。新移民作家的作品大都发表在当地的华文报刊上，只有少数成名作家的作品有机会在国内面世，因此很多新移民文学作品难以同国内读者接触。此外，中图分类法还将新移民文学"归类为外国文学"④，加上其迥异于新时期文学的整体风貌和风格，很自然地被推到与"少数民族文学"一样的边缘位置。

2. 学术界对新移民文学的研究有限

新移民文学研究属于海外华文文学研究的一部分，而"中国的海外华文文学研究，始于1985年"⑤，起步较晚。不仅如此，对于新移民文学的研究在难度上也要高于中国当代文学。首先，新移民作家分布在全球各地，使新移民文学作品搜集的完整度受到一定影响；其次，对新移民文学的创作多于研究；再者，研究与创作存在时间距离；最后，因为我国学者"无法到被研究国实地考察，对各国的华文文学发展现状缺乏感性的认识"⑥，使研究工作开展存在局限，这就在一定程度上造成研究空泛而缺乏深意。

---

① 江少川. 走近大洋彼岸的缪斯 [J]. 世界华文文学论坛，2006 (3)：48–52.
② 严歌苓. 波西米亚楼 [M]. 北京：当代世界出版社，2001：108–110.
③ 公仲. 新移民文学的里程碑 首届中国新移民文学研讨会文集 [M]. 南昌：百花洲文艺出版社，2016.
④ 刘红林. 中国属性与跨国精神 [J]. 南方文坛，2007 (6)：52–55.
⑤ 陈贤茂. 海外华文文学史（第一卷）[M]. 厦门：鹭江出版社，1999：28.
⑥ 陈贤茂. 海外华文文学史（第一卷）[M]. 厦门：鹭江出版社，1999：28.

（三）作家自身经历

严歌苓是个"神秘"的作家，"她很少向外界透露自己的创作动机，也不愿对评论界作迎合的剖白"①，这就给学界研究严歌苓的创作动机带来了一定的障碍。但我们仍可以从作者的经历对其心理状态窥得一二，从而作出较为合理的分析。

1. 童年经历及家庭影响

严歌苓生于 1958 年，"文革"时她深受其害。"没了完整的家，没了上学的机会，没了社会的承认与尊重"②；小小年纪便"认清了太多的人之无耻和丑恶"③，成了一个早熟的、几乎没有"童年、童趣、童心的孩子"④。从某种层面上来说，严歌苓童年的缺失性经验是一种被政治、社会、人性隔离的经验，在隔离中，她思索着社会与人生。

此外，父母感情的破裂让她初步认识到情感的隔离。她写道："据说有三个因素导致一个小说家的成功。当然，天分除外。一是父母离异（或早丧），二是家道中落，三是先天体弱。……成功还没影子，三种不幸却始终鞍前马后跟着我，与我熟得不能再熟。"⑤ 可见她认为父母的情感隔离不仅是当事人的不幸，也是她的不幸。严歌苓"对别人的痛苦、别人的经验，永远是设身处地"⑥，因此她能感同身受父母婚姻的痛苦。

2. 漂泊：军旅生活与移民生活

"漂泊"是严歌苓生命的底色。生于上海，长于安徽，军旅边境，留学美国，旅居非洲，严歌苓用她的生命在漂泊。漂泊意味着远离自己熟悉的一切，不断处于边缘，先是地理的隔离，后是文化、语言、情感等的隔离，由此，严歌苓对隔离再熟悉不过。

1971 年，严歌苓进入成都军区文工团，到 1984 年大裁军才离开部队。

---

① 陈瑞琳. 横看成岭侧成峰：北美新移民文学散论 [M]. 成都：成都时代出版社，2006：29.

② 严歌苓. 波西米亚楼 [M]. 北京：当代世界出版社，2001：99 – 100.

③ 严歌苓. 波西米亚楼 [M]. 北京：当代世界出版社，2001：101.

④ 严歌苓. 波西米亚楼 [M]. 北京：当代世界出版社，2001：10.

⑤ 严歌苓. 波西米亚楼 [M]. 北京：当代世界出版社，2001：8 – 9.

⑥ 严歌苓，李宗懔. 严歌苓谈人生与写作 [J]. 华文文学，2010（4）：103 – 106.

其间，她曾到偏远地区插队，又以战地记者的身份到过战争前线。长达十三年的军旅生活使她在远离政治、文化、经济中心，远离家人的边境得到成长，有了不同寻常的生命体验。1989 年严歌苓离婚，"婚姻和自己在中国的生活有点人去楼空的感觉"①，这让严歌苓非常悲痛，因此到美国留学，开始了移民生活。到美国后，严歌苓在种种压力下艰难求学，经过艰苦努力，在婚姻和事业上都有所成就，但她仍称"自己是个不折不扣的寄居者"②，因为隔离已经深入她的骨髓，成为她生命的一部分。2004 年，严歌苓随丈夫派驻尼日利亚，再一次漂泊在异乡的土地上，其间，严歌苓以清醒的被隔离者的目光，书写中国大陆的故事，间以写移民者的故事，如《寄居者》。

三、结语

如果说"漂泊"是严歌苓生命的底色，那么"隔离"就是她生命画卷的主色调。她以极度敏感的内心直接或间接经历了各式各样的隔离，并用文学的语言予以描述。虽然作品中的人物深受隔离的困扰，但现实世界中的严歌苓看透本质，不从属于任何群体，保持着质疑的清醒。因此我们可以看到严歌苓在隔离书写中对生命的思索，对移民难以寻找身份认同的同情，对情感无所归属的悲悯，对自我流放的会心一笑。作为新移民的严歌苓已然度过了在移居国最艰难的时光，但隔离一直在继续，幸而作者找到了自己的归属，能够跳出去并思考其中更深刻的意义。

① 杨澜. 杨澜访谈录之巾帼 [M]. 上海：上海三联书店，2011：120.
② 陈雪莲. 严歌苓：一只文学的候鸟 [J]. 现代阅读，2012（4）：60 – 61.

奥芙弗雷德的身份认同
——《使女的故事》主题探析

陶嘉丽① 胡根法②

摘 要： 本文基于玛格丽特·阿特伍德的小说《使女的故事》，研究身处极权国家基列国的女主人公奥芙弗雷德在无尽折磨中是如何能够坚定自我意识与身份认同的。小说运用第一人称的视角，向我们展示奥芙弗雷德的内心独白，并呈现其意识觉醒的过程；同时借助对外部环境的刻画与内心世界的描写，表现它们对奥芙弗雷德寻回身份认同的重要意义。奥芙弗雷德的经历突出了坚守自我意识与身份认同的必要性与重要性。

关键词：《使女的故事》；奥芙弗雷德；自我意识；身份认同

本文的研究对象是加拿大著名女作家玛格丽特·阿特伍德（Margaret Atwood，1939— ）所著《使女的故事》（*The Handmaid's Tale*）中的女主人公奥芙弗雷德（Offred），笔者将借助身份认同理论，分析沦为使女后的她对于自我意识和身份认同的探求过程。

《使女的故事》是阿特伍德于 1985 年发表的作品，是一部描述未来世界的幻想小说。它讲述了在未来 21 世纪初，由于环境严重污染以及人类生育意愿极低，西方某国的人口生育率严重降低。为了扭转局面，通过暴力夺取政权的基列国实行极权制度，严格依据《圣经》管理国家，将能够生育的女性沦为生育工具——"使女"，并分配给大主教等当权者，为其家庭生育子嗣。书中的女主人公奥芙弗雷德便是其中一名使女，小说以第一

---

① 陶嘉丽，广东海洋大学文学与新闻传播学院汉语国际教育专业 2016 级本科生。
② 胡根法，广东海洋大学文学与新闻传播学院讲师。

人称——奥芙弗雷德的视角叙述了她在基列国的遭遇。

本文主要运用了身份认同理论对《使女的故事》中奥芙弗雷德的自我意识进行详细解读。"身份认同"概念涉及多个学科领域，不同学科领域有不同的概念解释。概而言之，哲学研究者认为身份认同是一种对价值和意义的承诺和确认；社会学研究者认为身份认同是主体对其身份或角色的合法性的确认，对身份或角色的共识及这种共识对社会关系的影响。而心理学研究者则声称身份认同的本质是心灵意义上的归属，更关注的是人心理上的健康和心理层面的身份认同归属。如黄铃指出，身份认同是个人对所属群体的角色及其特征的认可程度和接纳态度；邹英认为，身份认同是有关个人在情感和价值意义上视自己为某个群体成员以及隶属某个群体的认知，而这种认知最终是通过个体的自我心理认同来完成的，也就是说，它是通过认同实现的；何洪涛认为，身份认同是人们对自我身份的确认①。本文分析《使女的故事》中奥芙弗雷德的身份认同受到了学者黄铃、邹英对"身份认同"理解的影响，认为奥芙弗雷德的自我意识与身份认同的实现离不开她在群体中的角色认知。

本文将借助身份认同相关概念分析女主人公奥芙弗雷德自我意识的转变过程，以及她是如何通过外部环境与内心世界获取自我主体性的回归与确定的。

一、奥芙弗雷德的意识变化

奥芙弗雷德从有工作、有家庭的知识女性变为为国家生育服务的使女，身份的巨大变动使她的意识也产生了巨大变化。在炼狱一般的基列国里，她的意识经历了从痛苦挣扎到觉醒反抗的过程，具体表现为三个阶段："相对剥夺感"—绝望与服从—希望与反抗。

（一）"相对剥夺感"

奥芙弗雷德在身份变动的极大落差中出现了"相对剥夺感"情绪。"相对剥夺感"（Relative Deprivation，RD）的概念由美国学者 S. A. 斯托弗

---

① 张淑华，李海莹，刘芳. 身份认同研究综述［J］. 心理研究，2012（1）：21 – 27.

（S. A. Stouffer）首次提出，但未形成正式定义和系统框架。而后，经 R. K. 默顿（R. K. Merton）的发展，它成为一种关于群体行为的理论。默顿认为，形成剥夺感需要参照群体，当一个人将其处境与某一参照群体相比较而发现自己处于劣势时，就会觉得受到了剥夺。这种剥夺不是与某一绝对的或永恒的标准相比的，而是与某一变量相比，因此这种剥夺是相对的，这个变量可以是其他人、其他群体，也可以是自己的过去。①

依据默顿所说的"相对剥夺感"的概念，笔者认为奥芙弗雷德在基列国这个极权社会中出现了两个不同维度的相对剥夺感，一是纵向相对剥夺感，即与自己的过去对比；二是横向相对剥夺感，即与拥有不同权利的人物对比，如大主教、大主教夫人、嬷嬷、女佣等。

从纵向维度来看，奥芙弗雷德先前所处的社会与基列国形成了强烈对比。先前那个相对自由、两性相对平等的社会，在小说中是通过奥芙弗雷德对母亲以及好友莫伊拉的回忆展示的：母亲喜爱参与女权主义运动，定时举行烧书活动，一般是烧恶意丑化女性的书刊；莫伊拉写了关于"约会强奸"的论文。由这些大胆的行为可以看出当时的人们在努力地反抗对待女性不公的社会，争取女性权益。而暴力夺取政权的基列国则完全消灭了这些自由意识，从权利与义务、等级制度、空间等方面制定了严格的规章制度。小说通过感化中心的监视与过去学校自由的对比，突出了基列国对空间的严格管控。除了感化中心外，大主教家、医院、教堂等空间场所也存在各种监控与限制，基列国把这些空间作为对个体实施权力化的政治场所。如今的空间场所与过去差异越大，奥芙弗雷德的"相对剥夺感"就越强。

从横向维度来看，其他群体所拥有的权利与自身群体形成了巨大的落差。奥芙弗雷德首先接触的参照群体是嬷嬷和警卫，嬷嬷管理使女，是除大主教以外唯一能够允许阅读的阶层。警卫负责监察，是唯一拥有枪支的阶层。而使女，只有生育的任务，为了生育她们必须放下一切与生育无关、不利的东西。奥芙弗雷德羡慕其他群体都有属于表现自己、发挥自己

---

① 熊猛，叶一舵. 相对剥夺感：概念、测量、影响因素及作用 [J]. 心理科学进展，2016（3）：438－453.

才能的领地。她羡慕的东西越多，就会发现自身缺失的东西越多，"相对剥夺感"就越强。

(二) 绝望与服从

奥芙弗雷德意识变化的第二个阶段是绝望与服从。导致绝望情绪的原因主要有以下两点。

一是男权统治对女性的迫害，基列国拥有统治权力的男性主宰着女性的命运。基列国虽然通过关闭色情场所来保障女性的身体安全，但男性统治者私底下却偷偷创办了"荡妇俱乐部"，女性依旧是男性的玩物。大主教与奥芙弗雷德私会，不断向她炫耀自己的权力，甚至带她进入"荡妇俱乐部"，和她发生肉体关系，而这些都是基列国明令禁止的行为。大主教通过与使女之间地位与权利的悬殊来获取自己的虚荣感和满足感。奥芙弗雷德后来得知，先前与大主教私会的使女因被其夫人发现后上吊自杀了。"一条狗死了，再弄一条"①，这是奥芙弗雷德对此得出的结论，也是她感受到自己的命运被人利用和主宰后的绝望。

二是女性对女性的迫害，尤其是对使女这一阶层的迫害。嬷嬷总说："你们的工作可是功德无量、无上荣光的。"② 但如此神圣、光荣、牺牲自我的工作，却不被其他女性阶层所理解和同情。相反，在权力机制的作用下，她们视"使女"为弱者，为权力的最底层，认为这是一份卑微又不被看得起的工作，于是使女在女性群体中逐渐被边缘化。身为女佣的丽塔认为宁愿去隔离营也不愿当使女作践自己，她经常对奥芙弗雷德板着脸；经济太太在街上见到使女，会吐口水以示厌恶；大主教夫人不但没有感激使女的生育贡献，还妒忌、厌恶使女与丈夫的性行为。不仅如此，使女还会遭到其他使女的监视，甚至会在忏悔仪式时受到其他使女的无情指责。由此看出，使女不但受到男权社会的迫害，还要遭受其他女性群体的厌恶、妒忌与同伴的出卖、指责。

"逃跑"和"自杀"是奥芙弗雷德绝望的主要表现，但是到处是铁栏

---

① 阿特伍德. 使女的故事 [M]. 南京：译林出版社，2008：61.
② 阿特伍德. 使女的故事 [M]. 南京：译林出版社，2008：31.

杆和警卫的基列国，想要逃跑几乎是无稽之谈。于是，奥芙弗雷德的个体意识不断被瓦解且消失，她不自觉地接受了新身份，开始对自己的裸体感到陌生，为自己未成功受孕使得他人失望而苦恼。奥芙弗雷德的自身价值开始依附于环境与他人的肯定而存在，外化的理想自我开始逐渐形成。

（三）希望与反抗

希望意味着可能性。当奥芙弗雷德发现自己的房间里有前人偷偷刻下的一行文字（"别让那些杂种骑在你头上"），她明白先者的勇气意味着基列国的权力和威严受到了挑战；当奥芙弗雷德获悉"五月天"（Mayday）组织的存在，她知道这意味着有人在为自由而战；当奥芙弗雷德发现基列国禁止生产的一些东西依旧在生产并被人使用，"荡妇俱乐部"也在偷偷运作，她知道这意味着基列政权的空虚和腐败。奥芙弗雷德通过这些发现，获得了越来越多的希望与勇气，再加上受到母亲、同伴与好友为自由而战斗的影响，从而加强了她反抗的勇气。于是，被压抑住的自我意识开始苏醒，她尝试反抗使女身份，开始呈现出完整的自我意识和自我价值，个体完整性不断加强。

二、外部环境中的自我追寻

奥芙弗雷德的意识从绝望转变为希望之后，开始有意识地寻找自我意识和身份认同。而在寻找的道路中，外部的一些环境和人对奥芙弗雷德起到了积极作用，尤其是文字、组织以及其他几个人物的影响。

（一）文字的力量

在基列国，话语权的垄断是管理国家的政治手段之一。米歇尔·福柯（Michel Foucault，1926—1984）认为："话语的生产是根据一定数量的程序而被控制、选择、组织和再分配的，这些程序的功能就在于消除话语的力量和危险，处理偶然事件，避开它沉重而恐怖的物质性。"[1] 大主教拥有绝对的话语权，可以阅读，甚至私藏了大量杂志和文学读物。在"授精仪

---

① 许宝强，袁伟选. 语言与翻译的政治 [M]. 北京：中央编译出版社，2001.

式"前，阅读《圣经》的仪式只能由大主教来进行，而夫人、使女等只能如铁屑般朝他这块"磁铁"聚合，安静地等待和听大主教的阅读声。拥有阅读和表达权的大主教和"失声"的群体，如同书中描述——"就像隔窗坐在餐馆里面的男人，不断玩弄盘中的牛排，装作没有看到就在几步之遥的暗处，几双饥饿的眼睛正牢牢盯着他"①。"玩弄"一词生动形象地体现了掌握绝对话语权的大主教高高在上的优越感以及被强制缝合嘴巴的其他群体的悲哀。使女这一群体是完全被剥夺话语权的国家工具。笛卡尔（René Descartes，1596—1650）的"我思故我在"体现了思考对于自我价值的重要性，基列国正是通过垄断话语权来垄断思考，割裂语言以消灭人的主体性，从而将原先拥有自我价值、拥有个性的使女迅速扼杀，日复一日地灌输生育的神圣观念，把她们重新改造为顺从的生育机器。

而奥芙弗雷德一直警惕着基列国的改造工具，通过在权力监视的漏洞下用各种方式偷偷构建自己的话语权，抓住流失的自我思考能力，坚定自己的身份认同。这是她没有完全沦为使女身份的重要原因。

一开始，文字被禁止使用使得奥芙弗雷德对文字与语言逐渐生疏。她们日常使用的语言都是基列国制定好的程序性问候语，一旦说出不被允许的话语，就会被视为"反叛者"，将受到严重的惩罚甚至是死刑。但即便如此，奥芙弗雷德也从未放弃过对于文字的渴望与索求。有任何能够沟通和交谈的机会，奥芙弗雷德都紧紧把握，即使是她以前不屑的无聊家常话。

如果说日常家常话给"失声"的奥芙弗雷德带来了一丝安慰，而她发现的一行文字则贯穿了她的整个生命，以及成为支撑她活下去的希望与力量。起初，奥芙弗雷德并不懂得这一行拉丁文字的含义，但她依旧非常激动，因为只有她发现了这行文字，她悄悄拥有了阅读权，这让她对于获得对抗基列国的话语权有了一些信心。当奥芙弗雷德和大主教私会时，她从大主教口中得到了这句话的含义是"别让那些杂种骑在你头上"。她了解了这句话的背后故事，是先前的使女与大主教私会被夫人发现，而后被迫自杀，在自杀前偷偷刻下了这一句话。当奥芙弗雷德不懂这行文字的含义

① 阿特伍德. 使女的故事［M］. 南京：译林出版社，2008：87.

时，她感到的是快乐，一种独自拥有阅读文字权的快乐。但是，当了解一切后，她感到的是悲哀与愤怒。要求私会的是大主教，得到惩罚的则是使女，大主教夫人发现丈夫出轨，她把愤怒通过惩罚使女来消解。相同的迫害加深了奥芙弗雷德对于这一行文字的认同感。"别让那些杂种骑在你头上"是一种鼓励、一种动力、一种命令。奥芙弗雷德把他人的话语内化为自己的话语，从而尝试对抗基列国的话语权。

在奥芙弗雷德建立自己的话语权的过程中，四次拼字游戏经历是她寻回自我话语权的突破点。大主教邀请奥芙弗雷德来陪他玩拼字游戏，每一次奥芙弗雷德赢得拼字游戏，大主教都会满足她的一个要求，借此机会她读了四本杂志和两本小说。重新接触文字使得奥芙弗雷德对于文字的应用从生疏到得心应手。前三次的拼字游戏以及阅读书籍使得奥芙弗雷德逐渐回忆起过去的知识，构建出自己的话语权，从而加强了对自我主体的认同感。在第四次的拼字游戏里，奥芙弗雷德甚至开始违规多拿几块字母拼出了子虚乌有的单词，这样的行为隐含了奥芙弗雷德对话语权的有力反抗，"语言在这方物质空间中用不符合语法常规的异类论述显现奥芙弗瑞德对统治阶级定下的规则的挑衅"[①]。在四次拼字游戏中，奥芙弗雷德从对文字的陌生、拼字时的紧张到后面的毫不费力，甚至开始打破规则，这一过程使得奥芙弗雷德为自己争取到了话语权，并且以此对抗基列国的话语权。

（二）组织的希望

奥芙弗雷德经过同伴奥芙格伦的介绍，加入了"五月天"地下反抗组织，开始了自我救赎的道路。"五月天"是国际通用的无线电通话遇难求救讯号，在法语中是"救救我"的意思。而这个组织对奥芙弗雷德构建自我主体性提供了很大的帮助，主要作用体现在以下两个方面：一是增加了奥芙弗雷德反抗的信心与勇气。奥芙弗雷德所在的使女群体受到其他群体的厌恶与排挤，而使女与使女之间也处处提防与监视，因此奥芙弗雷德完全被孤立与边缘化，这种猜疑、孤独给她带来了不安感与危机感。当得知

---

① 秦雨禾. 论玛格丽特·阿特伍德《使女的故事》中的权力话语 [D]. 重庆：重庆师范大学，2019：24.

"五月天"组织的存在以及同伴奥芙格伦是"五月天"组织的成员时,她知道并非只有自己一个人在战斗,来自不同阶层的人们同样在无声地抗争。群体的力量给奥芙弗雷德带来了希望与勇气,她感觉"希望在我内心升腾,好似树液一般"①。二是加强了奥芙弗雷德的认同感与归属感。"五月天"组织就像茫茫大海中的唯一孤岛,岛上都是无家可归的战士,为回家而奋斗是他们的信仰。奥芙弗雷德经过在海水中不断挣扎最终踏上了这座孤岛,相同命运的人们为了同一个目标聚集在一起,孤岛就是他们的第二个家。因此,加入组织能够使奥芙弗雷德重新获取认同感与归属感,提升了她的自我价值。

(三) 他者的参考

在奥芙弗雷德构建身份认同与自我价值时,身边的人给她带来了参考价值与积极影响。女主的自我价值构建并非凭空创造,她的主体性建立在"他者"基础之上。奥芙弗雷德根据对他人的价值判断,不断完善自我意识和自我价值。小说中的正能量"他者"——奥芙弗雷德母亲(文中并未出现母亲姓名)、好友莫伊拉、同伴奥芙格伦,都给了奥芙弗雷德莫大的勇气与鼓励。

母亲是奥芙弗雷德自我救赎道路上的教导者。奥芙弗雷德的母亲是一位激进的女权主义者,积极参与女权斗争运动。在母亲的言传身教下,奥芙弗雷德认识到女性是独立的个体,而不是男性的附属品。因此,即使在大主教的炫耀与诱惑下,她也不卑躬屈膝,不献媚取宠,而是用自己的力量取得了与大主教相同地位的话语权,努力守护自身的女性尊严。

莫伊拉是奥芙弗雷德自我救赎上的激励者。奥芙弗雷德最好的老朋友是莫伊拉。沦为使女后的莫伊拉并未屈服于命运,而是奋起反抗。她曾两次出逃基列国,这不仅给了基列国狠狠一击,而且让她成为使女们心中勇敢者的代表。莫伊拉的这种勇敢行为深深地影响着奥芙弗雷德。不仅如此,莫伊拉用她勇敢大无畏的精神消灭了嬷嬷的威严,并挑战基列国的权力,这教会了奥芙弗雷德背地里对当权者进行粗言秽语式的批评。所以,

① 阿特伍德. 使女的故事 [M]. 南京: 译林出版社, 2008: 195.

莫伊拉不仅在奥芙弗雷德懦弱胆小时鼓励她要勇敢，还帮助她在心中削弱当权者的威严，减轻对当权者的恐惧。

奥芙格伦是奥芙弗雷德自我救赎道路上的陪同者。在基列国，使女购物时需二人结伴而行，目的是互相监督，如果其中一人逃跑，另外一人也要承担连带责任。奥芙弗雷德的同伴是奥芙格伦。起初，奥芙弗雷德很不喜欢奥芙格伦，认为她是忠实的基列国信徒，而当奥芙格伦说出"五月天"组织的暗语时，奥芙弗雷德才知晓，奥芙格伦不是基列国的信徒，而是基列国的"叛徒"，是勇敢的战士。她们不再仅仅是购物同伴，而是朋友，一起悄悄对抗着基列国的种种限制。如奥芙弗雷德所说："我们终于跨过那道看不见的界线走到了一起。"① 因为奥芙格伦、奥芙弗雷德知道在自我救赎这条道路上并非只有她一人，甚至有人牺牲自己的性命来保全其他人追求自由的权利。

三、内心世界中的自我认同

奥芙弗雷德在坚定身份认同的道路上，不仅受到了外部环境的影响，而且她有意识地用内心的力量来帮助自己实现身份认同，而这种内心的力量主要体现在镜像识别以及场景回忆两个方面。

（一）镜像识别

镜子在阿特伍德中的作品中反复出现，具有特殊含义，包括后视镜、哈哈镜、梳妆镜、落地镜等十几种类型，作者还将其延展至具有与镜子类似功能的旧照片、挂画、落地窗、水等意象。② 阿特伍德常常借助镜像来表现女性角色认识自我的艰难性。

在《使女的故事》中，"镜子"一词出现了 26 次，这表明"镜子"具有重要的意义。在基列国，除了大主教与大主教夫人外，其他人是不允许拥有镜子的，公共场所也不会摆放镜子。但大主教家中走廊墙上还留有一面镜子，这不是普通的镜子，是一面凸镜。每当奥芙弗雷德下楼从头巾

---

① 阿特伍德. 使女的故事［M］. 南京：译林出版社，2008：145.
② 朱红荣. 论阿特伍德小说中镜子意象的多重叙事［D］. 广州：暨南大学，2012：15.

边缝看见这面镜子时，她看到的是"一个变形的影子，一个拙劣的仿制品，或是一个披着红色斗篷的童话人物，正缓缓而下，走向漫不经心、同时危机四伏的一刻。一个浸在鲜血里的修女"①。笔者认为基列国设计这面镜子是有意而为，故意让使女看到变形的自己，让镜子里丑陋的"第三者形象"强行介入奥芙弗雷德的主体意识，甚至成为主体形象。奥芙弗雷德选择在心中放一面镜子，通过这种想象的媒介来抵御凸镜的"第三者形象"。心中之镜的主要作用是映射奥芙弗雷德自己与他人内心的真实想法。当得知同伴奥芙格伦是"五月天"组织成员时，文中写到"我望着她的背影。她就像镜子中我的身影，而我正从镜子前走开"②。奥芙弗雷德把奥芙格伦当作自己的镜像，不仅仅是因为她们服饰一模一样，更重要的是她们都是"基列国"的反叛者。当奥芙弗雷德夜晚偷偷走进大主教夫人的起居室想偷点东西时，她知道自己并不是真的想偷东西，而是想通过做一些大胆的举动来打破自己安分守己的使女身份，强化自我主体性意识。而在这个夜深人静的时刻，不仅仅是奥芙弗雷德一人在以这种形式对抗基列国的权力，司机尼克也同样犯了规，"这时的我们，相互就好比对方的镜子"③。同样越过禁地的两人此刻都清楚对方的目的与想法，看着对方就如同此刻的自己。所以，奥芙弗雷德心中的镜子不仅可以提防"第三者形象"的介入，保护主体形象，而且能够识别他人的内心想法，区分同类和敌人。

（二）场景回忆

《使女的故事》在描述奥芙弗雷德在基列国的遭遇时，穿插了大量的回忆。笔者将奥芙弗雷德的回忆分为两部分：一部分是奥芙弗雷德的被动回忆，是奥芙弗雷德看到一些事物时对往事的不自觉回忆；另一部分是奥芙弗雷德的主动回忆，是她对往事的刻意性回忆。在遭受"授精仪式"的痛苦时，她闭上眼睛，脑海中主动回忆起许多画面，以分散自己的注意力，减少这种肉体与精神上的折磨。在漫漫长夜，奥芙弗雷德会想起卢

---

① 阿特伍德. 使女的故事 ［M］. 南京：译林出版社，2008：48.
② 阿特伍德. 使女的故事 ［M］. 南京：译林出版社，2008：55.
③ 阿特伍德. 使女的故事 ［M］. 南京：译林出版社，2008：94.

克，想起过去的甜蜜往事，一遍一遍念着自己的真名，提醒自己不要忘记从前可以随心所欲做事的自己。

而这些回忆的作用主要有以下两个：一是回忆能够帮自己暂时逃离痛苦的现实世界。通过回忆过去的自由与快乐，在精神世界里痛苦可以暂时得到解脱。二是与遗忘作斗争。她担心自己一旦失去旧时记忆，便可能彻彻底底成为基列国的生育工具。而努力回想起属于自己的记忆，一遍又一遍呼唤自己的真名，不断提醒自己"我是谁"，加强自我意识与自我肯定，是反抗基列国使女这一身份的表现与手段。

《使女的故事》以女主角奥芙弗雷德的第一人称视角，向我们描述了她在基列国的遭遇。为了抵御基列国的恐怖极权意识入侵，她努力保护自我意识，坚定身份认同，向我们展示了自我意识、独立思考的重要性。另外，《使女的故事》并不仅仅是一本描述未来的幻想小说，作者阿特伍德在小说前言中说："切记，在这本书中我使用的所有细节都是曾经在历史上发生过的。换句话说，它不是科幻小说。"① 因此，我们应怀着严肃、认真的态度阅读此书，以小说中这种恐怖极权社会为戒，不要让它真的成为我们的未来。

---

① 阿特伍德. 使女的故事［M］. 南京：译林出版社，2008：3.

论巴金笔下"不孝子"形象
对传统孝道的解构

李　瑞①　肖佩华②

摘　要： 巴金继承"五四"新文学精神，反对和批判传统孝道的腐朽黑暗，塑造了众多的"不孝子"形象，以对传统孝道进行更为彻底的解构。本文对巴金作品中出现的"不孝子"形象进行归类和深入分析，通过对"不孝子"和孝道的阐释以及巴金小说中对传统孝道解构所用的"对'家'秩序的消解""对家长绝对权威的颠覆""对封建家长制的批判"三种方式，分析巴金笔下的"不孝子"形象对传统孝道的具体解构，探索巴金在传统孝文化思想与"五四"新文化思潮共同作用下塑造的"不孝子"形象背后所蕴含的批判精神。

关键词： 巴金小说；不孝子；传统孝道；解构；批判

孝文化是中国传统文化的精神所在，其背后所承载的伦理关系、家庭关系和社会秩序使孝文化成为传统伦理道德体系中的重要一环。现当代小说从发展到成熟，都担负着思想启蒙与救亡的历史使命，从"五四"开始，现当代小说中就屡次出现批判传统文化的作品，其中对孝文化的批判尤甚。巴金是"五四以来最具影响力的作家之一"，笔者以其作品中出现的"不孝子"形象作为讨论对象来进行归类和深入分析，探寻巴金在西学东渐和启蒙救亡的背景下是如何解构传统孝道的，同时探索巴金在传统孝文化思想与"五四"新文化思潮共同作用下塑造的"不孝子"形象背后所

---

①　李瑞，广东海洋大学文学与新闻传播学院汉语言文学专业 2016 级本科生。
②　肖佩华，广东海洋大学文学与新闻传播学院教授。

蕴含的批判精神。

在研究孝道解构这一课题上，已有不少成果和结论。国内学者多以文化视角为切入点，分析作品中孝文化在思想上的复杂表现，即孝与非孝的冲突。冯鸽在《论现代文学中被多重书写的"孝"》中指出，"孝"是以伦理为本位的中国传统文化中的一个核心概念。当被统治阶级作为政治工具，成为压抑人性的枷锁时，应该被否定，而作为亲情伦理文化时，却应该被肯定。①

现当代小说家对"孝的解构"这一话题，常以家族小说中的不孝子作为着力点，抨击传统孝道的腐朽性和寄生性，赞扬反抗封建孝道的逆子。因此中国现代家族小说，尤其是二十世纪三四十年代的家族小说大都直指家族制度的弊端，以大家族的没落为主题，将家族的没落解体和不孝子的反叛交织互鉴。② 戴定华在《现代文学中的家族叙事研究》中提到，现代作家叙事的矛盾是由于其成长在特殊的历史时代，他们中的大部分人既接受过西式教育又生活在旧家庭里。以婚姻问题为例，他们一方面大力提倡自由恋爱，另一方面又接受门当户对的包办婚姻③。这种对于家族伦理的矛盾情感造就了叙事作品中丰富多彩的人物形象，其中以巴金、老舍等人最具代表性。

以上分析表明，学界对现当代小说中的孝文化研究由来已久，但关于小说具体是如何解构孝思想的研究较少，特别是对于小说中的不孝子形象缺乏整体性研究。

一、从孝到不孝

（一）孝和孝道

孝文化统称为"孝"，最早可追溯到以血缘为纽带的氏族社会，而孝道成为一种观念则是在西周时期。④ 在此后数千年的演变过程中，孝实际

---

① 冯鸽. 论现代文学中被多重书写的"孝"[J]. 韶关学院学报, 2006 (1): 10-14.
② 胡用琼. 中国现代小说对孝文化的解构与重建 [D]. 武汉: 华中师范大学, 2014: 9.
③ 戴定华. 现代文学中的家族叙事研究 [D]. 南昌: 江西师范大学, 2006: 10.
④ 刘永祥. 近代中国孝道文化研究 [D]. 济南: 山东师范大学, 2009: 25.

上包含了"原始意蕴""孝道"两个部分。二者的区别大体有以下两个方面。

其一，从本意上来比较，学者肖群忠在《孝与中国文化》一书中写道："笔者认为，孝在最开始源于生殖崇拜和尊祖祭宗的宗教情怀。根据《礼记·表记》云：'殷人尊神，率民以事神，先鬼而后礼，先罚而后赏，尊而不亲。'"① 证明"孝"的本意与秩序伦常无关。现代学者宋金兰进一步指出："'孝'的原始字形表达的是男女交合，生育子女，孝的本意是当时人类的生殖和繁衍，也是早期社会中'家'的释义。"② 这与孝道所代表的尊老、孝顺并不相同。

其二，从定义上来看，孝是一种观念，其含义会随社会发展和个体差异而变化，从原始的祭祀活动到如今所说的尊老爱老，我们都称之为孝。作为一种精神层面的导向，孝是一种没有固定形态的意识，不仅在不同的历史时期有不同的内涵，甚至在同一时期，不同的思想家也有不同的看法，如孔子、孟子、墨子、老子诸家对孝就有不同的解释。但孝道不同，孝道是儒家学派构建的，以血缘亲情为基础，以奉养双亲为主要内容，关涉家庭伦理和社会伦理的一种道德行为规范。③ 孝道脱胎于孝，然而其一旦脱胎出来就具有稳定性。它不是一种抽象的观点，而是具体的行为规范。我们可以把孝道的伦理秩序和政治性意蕴都归纳为对当时社会关系的巩固和维护，这种巩固反映到中国的历史和社会中，孝道就从人的天然情感转化成社会中约束父母子女关系的一种规范和道德了。④

从这一角度来梳理孝和孝道的演变，我们能更清晰地了解到，一方面由于孝道的稳定性，它比孝更容易被推广和执行，更容易被广大人民群众学习和接受，也更容易对社会成员形成普遍约束力，进而被统治者利用，构建一个相对稳定且具有普适性的道德秩序，让孝道在中国拥有至高无上的"制裁力"。另一方面，由于孝道不具有孝的嬗变，它一经确立，在横向的广度上就不再拓展，只会在程度上发展。因此到近代，孝道已经丧失

---

① 肖群忠. 孝与中国文化 [M]. 北京：人民出版社，2001：14.
② 贺友龄. 汉字与文化 [M]. 北京：警官教育出版社，1999：56.
③ 刘永祥. 近代中国孝道文化研究 [D]. 济南：山东师范大学，2009：17.
④ 吴锋. 论孝传统的形成及现代际遇 [J]. 孔子研究，2001 (4)：89-98.

其本应有的活力，只剩形式。

"五四"以来，现代小说就肩负起了批判旧文学、反对旧思想的重担，常通过批判忠孝来抨击封建礼教，宣扬思想解放。然而早期的"五四"作家为了配合新文化运动的革命需求，对孝文化的批判过于偏激和绝对。当批判的高潮褪去，再次对传统文化、对传统中的忠孝思想进行审视，更多作家开始批判变了性的孝道而不是孝本身。在他们看来，儒家的孝道，不过是专为尊者、长者、上者而设的，其实质上是家族专制和君主专制的理论工具。[①]

到二十世纪三四十年代，作家作品中对孝的批判，由单纯的全盘否定演变为对情感和孝道冲突的思考。作家对代表亲情、奉养父母的孝观念持肯定态度，肯定子女对父母的供养义务和作为感情的孝的合理性，但对于违背人性、严重阻碍社会发展和变革的孝道规矩深恶痛绝，因此对于孝的态度呈现出一种矛盾的状态。诞生在这种矛盾冲突下的"不孝子"形象，使孝道解构的积极意义重新得到了张扬。故笔者以巴金的"激流三部曲"为主要分析文本，分析作家通过叛家叛父的"不孝子"形象对传统孝道解构的方式和具体内容。

（二）"不孝子"形象

何谓"不孝"？孟子在其著作中向后人分别概述了五种具象的不孝行为。可见这个时期的孝与不孝还只是停留在一种宽泛的衡量评判上，孝就是要能对父母报恩，而不孝往往指祸及父母[②]。随着儒学的发展，孝有了更具体的行为规范，延展到凡关涉家庭伦理和社会伦理道德的行为都受孝的管束。继而，孝又受到诸如法律、社会形态、当权者的注释等一系列因素的影响，被异化为孝道。此时的"孝"不再是指父母与子女间关系融洽的观念，而是严苛的尊卑等级及其衍生的秩序规则。

唐律有"告祖父母，父母者，绞"，并解释为"亲属相容相隐"，亲属

---

① 杨振华."孝"的历史流变及其现代德育价值研究［D］.武汉：武汉大学，2005：65.
② 孟子著，刘乔周主编.孟子全集［M］.苏州：古吴轩出版社，2012：197.

犯罪应为其隐瞒而不能告官，否则将被视为不孝而受到法律的制裁①。由此可见，孝与不孝不分对错，而是以能否遵循伦理秩序或者道德准则为评判标准。如果说唐代的孝道已经是对孝的异化，那明清乃至近代的孝道则是以孝的名义对民众的愚弄和压迫。吴虞在《家族制度为专制主义之根据论》中提到"其（指儒家）主张孝悌，专为君亲长上而设。但求君亲长上免奔亡弑夺之祸，而绝不问君亲长上所以致奔亡弑夺之故"，一针见血地指出儒家所谓的"孝"是不讲道理的、单纯维护尊长者的复兴，而"保卫尊重臣子卑幼人格之权，旨在防治犯上作乱而已"。

由此看来，现代小说中的"不孝子"，既指不敬父母、不尊孝道的后代子孙，也指身体力行去反抗尊卑等级和打破愚昧顺从的革命者。这两者并不冲突，甚至往往杂糅在一起。从巴金的小说来看，无论是《家》《春》《秋》中敢于斗争和反抗的觉民、觉慧还是矛盾的长子高觉新，抑或是"败家子"克明、克安，他们都是封建孝道意义下的"不孝子"。

笔者拟将"不孝子"形象分为以下三类：一类是反抗顽固守旧父母的革命者；一类是遵守孝道却无力承担孝的责任的封建长子；一类是表面尊敬而行为上恣意妄为的腐败者。并通过此三类形象来分析"不孝子"解构孝道的方式以及"孝道"解构的实质。

二、"不孝子"形象对孝道的解构方式

（一）对"家"秩序的消解

"家"是孝道的依托和基础，"不孝子"形象对于"家"秩序的解构主要表现在结构和观念两个方面。在结构上，小说通过"不孝子"破家立国以及离家出走等方式消解"家"的秩序和完整性，对封建家庭中的父子结构直接拆解。②子叛父而去，家不存在，孝道自然也就被瓦解了。《家》《春》《秋》中都有"离家"这一情节，《家》中的觉慧，《春》中的淑英，《秋》中的淑华，他们的出走都是决绝的，尽管离家后的生活并不如意，

---

① 长孙无忌. 唐律疏议［M］. 北京：中华书局，1983：432.
② 冯昱旻. 三、四十年代家族叙事文学人物及关系［D］. 武汉：华中科技大学，2006：9.

但他们从未后悔过，更没想过回去，这种绝对不妥协的态度无疑加速了高公馆这个封建大家族的灭亡。出走不仅在空间上直接打破了父子一家的传统秩序，而且以与原生家庭决裂的方式在精神上创造了一种疏离和独立感。

在观念上，"不孝子"不再将家族视为人生的重心。金钱取代血缘成为凝聚家庭的纽带。如巴金笔下的克安、克定和克明，他们肆意挥霍，吃喝嫖赌，虽受过孝道教育，但实际上只关心金钱。他们生活在高公馆，并不是因为重视四世同堂和血缘亲情，而是因为高公馆可以提供足够的金钱让他们挥霍享乐。因此当高老太爷病逝，金钱无力维系之时，高公馆也就不复存在。

（二）对家长绝对权威的颠覆

巴金笔下的"不孝子"除了通过对家庭结构的破坏来消解孝道以外，还通过蔑视家长权威甚至打破父子尊卑的身份等级来对孝道进行彻底解构。

在封建家长制中，父死子继，兄终弟及。长子的权威实则是父权的缩影，长子嫡孙的身份以封建家长制的伦理秩序为依托。① 到近代，随着父权的逐步瓦解，长子的权威开始削弱和丧失，他们不再是家族的重心，对弟妹的管教也失去了约束力，因而不得不在家庭等级中忍让退缩，形成了瞻前顾后、忍让柔弱的性格特点。一方面，他们需要为家族而牺牲和压抑自己，无法展现自己真实的欲望；另一方面，濒临崩溃的封建家族制度丧失了权威，长辈压迫，幼弟无礼，他们时刻准备着接替父亲肩负起家庭重担的同时又无法改变家族衰亡的命运，无论是心理还是生理上都饱受痛苦。

《家》中的长子觉新就是这样一个饱受痛苦的形象，他认为："我们生在这个时代只有做牺牲者的资格。"他所信奉的"作揖主义"和"不抵抗主义"非但无法让弟弟们停止反叛的行为，反而遭受到弟弟们对自己的讽刺和无视。威信的破灭其实质上就是"不孝子"们对于家长权威的蔑视，

---

① 张文龙. "祖—父—子"结构与封建家族制度的解体［D］. 郑州：郑州大学，2006：39.

是父权颠覆的预告。①

对家长绝对权威的颠覆还体现在父子等级身份的错位和异化，传统意义上的"父要子亡，子不得不亡"已经失去了其制裁效果，作为下位的儿子不仅敢于直接反驳父亲，甚至拥有将父亲驱逐的权利，如《憩园》中的杨老三就被自己的大儿子驱逐出家。这意味着"权威的缺席"，也象征着封建家长制的彻底瓦解。父子间不再以父辈的意志为准绳，儿子拥有了对抗父亲权威的勇气和权利，这直接体现了"不孝子"形象对于父权的颠覆。

（三）对封建家长制的批判

除了通过对家庭结构和权威的消解来解构传统孝道，巴金笔下的"不孝子"还对封建家长制进行直接的批判和斗争，虽然这些斗争伴随着血泪甚至付出生命，但正因如此，这种批判才更铿锵有力。这种批判从主体身份的不同可分为外部批判和内部批判两大类。

外部批判反映的是社会思潮中民主平等自由等一系列新思想对腐朽制度的批判，这类批判激烈且直接，往往依托一个受过新式教育的新人。如《家》中的琴，接受过新式教育的她有自己的意愿，她不愿成为男性的附属品和玩物，当她想到"几千年来这条路上就浸泡了女人的血泪"时，不禁愤慨地质问："难道女人只是男人的玩物吗？"琴终于庄严地宣布："我不走那条路，我要做一个人，一个跟男人一样的人。……我不走那条路，我要走新的路。"② 借助争取恋爱和婚姻独立这个问题，她发出了对封建家长制的拷问，揭露出封建家长的专横自私，把冲突的矛头直指因个人欲望而罔顾子女幸福的封建家长，从而对赋予封建家长权力的封建家长制进行了批判。这类"不孝子"形象的冲突，实质是外部力量对封建家长制度的批判。

另一类批判来自封建家庭内部，即在孝道教育的影响下土生土长的孝子贤孙们，这种批判是温和而迟缓的。不同于外部批判，这是封建家长制

---

① 巴金. 家春秋［M］. 哈尔滨：黑龙江人民出版社，1995：284.
② 巴金. 家春秋［M］. 哈尔滨：黑龙江人民出版社，1995：433.

自我消亡的过程。《家》中的觉新，从小接受孝道思想的规训，作为长子，未来极有可能成为高公馆的掌权者，他是封建家长制的受益者，也应是捍卫者。但当他目睹父亲用抓阄结束了自己对于爱情的期盼；当他牺牲了爱情迎娶妻子后却又眼睁睁看着妻子因这荒谬的孝道难产而死，悔恨和自责让他对封建家长制，从绝对服从到产生怀疑和憎恶，最终选择违抗家长的意愿而帮助兄弟姐妹们叛孝。这样的反叛，实质就是对封建家长制的抨击和批判，这种批判是迟缓的，但也是深刻的，是处于封建家长制度内的人因牺牲和苦痛而对制度发出的质问和批判。

三、解构的具体内容

（一）批判"忠孝合一"

陈独秀在《五四运动的精神是什么?》中指出："新文化运动的方向，反对家族主义，提倡牺牲精神，开展启蒙教育。……诸子言孝亦至矣。而孝道之所以见重当时者。实以家族制度为之根本故。而以孝道为倡。盖家族制度犹存，即孝道不能一日以去。"①可见家国一体、忠孝合一的观念加强了传统孝道的顽固性。在封建社会，孝是忠的伦理基础，而忠是孝的政治外化。因此，当忠孝并举的观念出现时，无形中就将行孝道的地位拔高了，是否遵循传统孝道不再是一个家庭的内部行为问题，而成为一种国家衡量个人品格的标准。孝也因此渐渐从双向约束转变为单向的义务，从父慈子孝渐渐变为子必须对父孝，而父却不需要被约束。父子之间的伦理关系屈从于等级关系，因此父子之间就变得不平等。

巴金笔下"不孝子"形象对传统孝道解构的方式之一便是拆解"忠孝合一"。近代，随着封建君主专制的破产，民众忠君思想开始向忠于国家、忠于民族转化，破除了孝道和对国家忠义之间的等同关系，孝才能摆脱政治性，还原为父母子女之间的伦理约束。对此，巴金巧妙地将小说的背景设定为国家危难之时，在这种背景下，家国之间的联系因动荡的社会而变得浅淡，失去"忠君"外衣的孝道变得无力，叛离家庭的"不孝子"们依

---

① 易家钺. 我对于孝的观念 [J]. 少年中国，1920，1 (10)：47-50.

然可以为国尽忠，这有力地否定了对传统孝道的盲从，实现了对传统孝道的批判。

（二）批判形式主义

解构传统孝道的另一种方式是批判孝的形式主义，即将孝的本质和孝的形式进行分离。巴金通过塑造一系列虚伪的"孝子"和真诚的"不孝子"形象，对比突出孝的本质与形式主义的孝的区别。正如他笔下的克安、克定和克明，他们在平常的生活中对父亲高老太爷毕恭毕敬，无论高老太爷做出什么决定，他们都十分恭敬且顺从。他们表面上是十足的孝子形象，背地里却不是如此，甚至为了谋夺家产显示自己的孝心，以"捉鬼"为由闹得高老太爷不得安宁。

小说中以高老太爷临终前的醒悟，揭示出以觉慧为代表的昔日的不孝子孙们才是真正孝顺之人。虽然他们接受的是新式教育，在行为上叛离传统孝道，但在思想上他们忠于孝。为了让老太爷能够安心休息，觉慧在高老太爷重病之际痛斥叔伯姨娘们的荒唐行为，而平日里看似孝顺的克安、克明在受到责斥后"羞愧地散了"，可见他们内心清楚"捉鬼"这一行为是荒唐的，对于"身子一天不如一天"的高老太爷是不利的，但他们并不在乎，他们在乎的是自己的孝子形象能带来多少利益。可见昔日里的"孝子"和"不孝子"在特殊时期，其身份和行为出现了错位和矛盾现象。让读者感受到形式主义的孝的虚伪，具有讽刺性，由此进一步批判传统孝道只重外在表现，而忽视内在的畸形发展，以对传统孝道进行消解。

四、结语

中华传统文化中的孝具有时代性和社会性的双重属性，而传统孝道则固化了其社会性。在社会动荡时期，现代小说对传统孝道的解构较之于第一个十年更加深刻和全面，一方面是对传统孝道的解构方式和角度更加多变，与"五四"时期仅通过个性解放、婚姻自由来反抗传统孝道相比，巴金小说中的"不孝子"形象以暴露大家族本质的黑暗和秩序的崩溃为主。通过不同的"不孝子"形象，从多方面向读者展示传统孝道的腐朽和脆弱。另一方面，这一时期的小说对于孝的解构更加多元化，每个人身上都有"不孝子"的影子，当着眼于父子冲突主题时，传统孝道的伦理问题也是破除阶级对立的民主问题，平等自由思想的传播注定了传统孝道终将被解构。当着眼于家庭矛盾的问题时，"不孝子"造成的家庭斗争和纷争实质上是由社会制度变革、小农经济崩溃带来的生活方式的转变。巴金在传统孝文化思想与"五四"新文化思潮下对"不孝子"形象的塑造，其背后所蕴含的实质是对一个时代的批判和解构。

论张爱玲《心经》中许小寒的悲剧意蕴

潘丽红① 李海燕②

摘　要：张爱玲《心经》中许小寒的悲剧意蕴主要表现在命运悲剧、爱情悲剧和人性悲剧三个方面。从命运悲剧的角度来看，男权制社会的压迫让许小寒缺乏经济独立的能力，成为男性的附属品；女性的"恶化""奴化"及以自我为中心的"水仙型"人格让她为满足欲望不择手段、失去自我。从爱情悲剧的角度来看，与父亲暧昧的"病态的"爱情使她变得癫狂执拗、失去健康的人性发展；"独语式"的爱情让许小寒步步为营的畸恋变成一出"独角戏"。从人性悲剧的角度来看，母爱的缺失对许小寒造成了影响，放纵了她的变态心理；父爱的坍塌让她的变态心理得不到矫正；自身的无知让她错把崇拜当爱情，放弃了所有获得健康的爱的机会，最终只能以悲剧告终。

关键词：许小寒；悲剧意蕴；命运；人性；《心经》

《心经》是张爱玲的一部具有浓厚弗洛伊德理论色彩的短篇小说，目前学界有关《心经》的研究主要包括以下三个方面：人物的心灵表现、人物形象的再认识和弗洛伊德理论对张爱玲创作的影响。

从人物心灵表现入手的文章主要有杜玉镇的《沉重的心灵表现：张爱玲小说〈心经〉中人物心灵表现》，全篇以"埃勒克特拉情结"为切入点，从多重视角分析了张爱玲对人物社会性的消解。

从人物形象再认识入手的代表性文章有杨梅的《在"天"和"上海"

---

① 潘丽红，广东海洋大学文学与新闻传播学院汉语国际教育专业 2016 级本科生。
② 李海燕，广东海洋大学文学与新闻传播学院教授。

间挣扎的人们——对张爱玲〈心经〉中人物形象的再认识》，文章以本我和自我的冲突为基点，结合弗洛伊德人格建构理论，对人物形象进行了分析。

研究弗洛伊德理论对张爱玲创作的影响的代表性文章有王虹的《简论弗洛伊德理论对张爱玲创作的影响：以〈心经〉为例》，文章从弗洛伊德理论入手，着重分析了许小寒的心路历程，以此来挖掘作品中蕴含的弗洛伊德理论元素。

总体而言，目前对张爱玲《心经》的研究成果虽有一定数量，但整体上尚未形成体系，尤其对《心经》中个人形象或个人悲剧意蕴的研究还存在许多空白。本文从命运悲剧、爱情悲剧和人性悲剧三个方面着手，探讨张爱玲《心经》中许小寒的悲剧意蕴，从而反映出女性的自我意识和生存处境，并挖掘其中的深意。

一、命运悲剧

张爱玲《心经》所体现的命运悲剧并不是西方传统意义上的古希腊式的命运悲剧，而是由时代、社会、人类自身弱点等多个因素交织起来的一张"命运网"，小说中的女性在这张无形的"命运网"中自甘堕落，最终以悲剧收场。

（一）命运的驱使

法国著名女作家西蒙娜·波伏娃在《第二性》中指出："女人不是天生的，而是后天形成的……是男性、社会使她成为第二性。"① 古往今来，男尊女卑、重男轻女的思想深深束缚着女性，她们不得不生活在"三从四德"的传统礼教之中，无意识地成为男性的附属品。久而久之，两性之间就变成了一种支配和从属关系，女性必须遵从男性社会的价值观，因而渐渐被剥夺了思想和个性。

无论是许母、许小寒还是段绫卿，她们都没有经济独立的能力，所以许峰仪自然就成了她们赖以生存的"主人"。许峰仪不仅是她们物质上的

---

① 波伏娃. 第二性［M］. 李强，译. 北京：西苑出版社，2011：34.

供应者，还是她们精神上的寄托。面对许峰仪的劣根性，她们不敢也不能反抗。在这样的生存规范中，她们不自觉地以男性的观念麻木自己的生存原则，并由此失去了自主、独立的意识。

父权制社会把许峰仪塑造成社会文化的主体，女性则成为被"物化"的附属品。这种"物化"不仅助长了男人的劣根性，给了男性名正言顺俯视女性的机会，也极大地压抑了女性的个性，使女性心甘情愿地沦为"女奴"而不自知。

（二）女性自身的因素

张爱玲笔下的女人，都是最传统的普通女性，甘愿沦为男性附庸。许小寒也不例外，男人是她唯一的归属和精神寄托，为了那片固守的精神家园，她甘愿"恶"化、"奴"化，只为实现欲望的扩张与满足。

1. 女性的"恶"化

虽然许小寒无时无刻都表现出自己的天真纯洁，但也掩盖不了她"恶"化的本质："她犯了罪，她将她父母之间的爱慢吞吞地杀死了，一块一块割碎了——爱的凌迟！"① 她用她自以为的年轻"优势"离间了父母之间的爱，无视母亲的存在并取代母亲的位置。她处处与母亲比，为能占有父亲而嫌恶母亲，以一个年轻女性傲视年老女性的姿态让母亲"低到尘埃里"。这种严重错位的情感方式让母亲的精神十分受煎熬，但许小寒却深以为荣并以此来获得内心的满足。

绫卿曾问小寒："你不爱他，可是你要他爱你，是不是？"② 一语道破真相。一方面，她明知绫卿喜欢龚海立却让所有人都知道龚海立背地里爱着她，这不仅打击了绫卿，也满足了她的虚荣心；另一方面，她试图激起许峰仪的醋意。在她眼里，龚海立只是一颗消除她爱情路上绊脚石的棋子，而绫卿就是这块绊脚石，所以最后她甚至采取高压手段给龚海立与绫卿做媒，不仅是为了消除许峰仪对她的疑心，也为了断了绫卿和她父亲之间的可能性。

---

① 张爱玲. 倾城之恋 ［M］. 北京：北京十月文艺出版社，2012：145.
② 张爱玲. 倾城之恋 ［M］. 北京：北京十月文艺出版社，2012：124.

许小寒的"恶"化实际上是父权社会压制下女性欲望的膨胀，她和鲁迅笔下的《上海的少女》一样——"说是还是小孩子，而眼睛却已经长大"①，在"女儿"角色的保护下，以"女人"的身份步步为营。

2. 女性的"奴"化

张爱玲在《有女同车》中曾感慨："女人一辈子讲的是男人，念的是男人，怨的是男人，永远永远。"许小寒的整个青春都是围绕着她父亲进行的，然而她对父亲的爱实质上只是弱者对强有力者的依附，是独立人格缺失的表现。

如同藤蔓对篱笆的依附一样，许小寒对父亲的爱并不是单纯的男女爱情，更多的是女性对男性的崇拜。在这段感情中，许小寒和她父亲的地位明显是不对等的。许小寒习惯性地把她父亲当作一个"高高在上"的人，她崇拜他，而她父亲只把她看作一个不谙世事、可以给自己带来新鲜感的女孩，以俯视的姿态享受着她的追捧。在这场不平等的感情中，许小寒渐渐形成了典型的"付出型人格"——"渴望别人的爱，甘愿迁就他人而忽略自己"②。她以卑微的姿态去追求一段有违常理的畸形爱情，却浑然不觉悲哀。

独立人格的缺失让许小寒把自己变成了男性的附庸品，给了男性俯视自己的机会，从一个女人变成了"女奴"，依赖着男性存活而失去了自我。

3. "水仙型"人格

张爱玲形容许小寒长着一张"神话里的小孩的脸"③，则是暗示着她跟神话中的人物有着某种联系。"在希腊神话中，有自恋倾向的那格索斯深深地爱着自己。一次，他对着池水临照，觉得水中的少年实在太美了，俯身下去要亲吻自己的影子，结果掉入水中，溺水而亡化作水仙子，日日临水自照。"④ 许小寒就是一个拥有"水仙型"人格的人物。当她与绫卿对镜比照时，"绫卿看上去凝重些，小寒仿佛是她立在水边倒映着的影子，处

---

① 林楷虹. 精神分析女权主义下对张爱玲《心经》的再认识 [J]. 文学教育，2017 (28)：29–31.

② 许燕. 人格心理学 [M]. 北京：开明出版社，2012.

③ 张爱玲. 倾城之恋 [M]. 北京：北京十月文艺出版社，2012：114.

④ 施瓦布. 希腊神话 [M]. 曹乃云，译. 南京：译林出版社，2009：432.

处比她短一些，流动闪烁"①。此处许小寒影子的"流动"与水仙子的神话正契合。许小寒喜欢跟绫卿比，以此来炫耀自己家庭幸福；喜欢跟母亲比，用自己的年轻嘲笑母亲的衰老。在女性群体中，她习惯性地以高姿态站立，过分张扬，正是这种张扬和以自我为中心，使得许小寒在得知父亲跟绫卿在一起后情绪崩溃，她一直引以为傲的资本在男人的劣根性下毫无作用。

由于时代的禁锢，女性自身的"恶"化、"奴"化以及以自我为中心的意识无一不捆绑着许小寒，最终将她推向悲剧。如张爱玲《传奇》及其他作品一样，无不或隐或显包含着一种命运感，她所写的婚姻故事或两性交往的故事，其实既非单纯的婚姻故事或两性故事，而是不同年资、不同身世背景、不同性格脾性的女子或男子，对各自命运的一种反应，都无法逃脱已被注定了的文化盛衰。②

二、爱情悲剧

《心经》中每个人的爱情都是以悲剧告终，无论是苦心经营感情的许小寒，还是软弱无能的许太太，又或是为了摆脱困境甘愿成为情妇的绫卿，她们都无法在那个封建的父权制社会中得到或守护自己理想的爱情。而许小寒的爱情悲剧主要体现在爱情的"病态"与"独语"这两方面。

（一）"病态"的爱情

古希腊有一个传说：公主厄勒克特拉的母亲与其恋人共同谋杀父亲，公主决心替父报仇，便怂恿自己的兄弟杀死了母亲，并且终身未嫁。③ 这便是恋父情结的来源。虽然许小寒并不如厄勒克特拉一样"诱弟杀母"，但又与厄勒克特拉有相似的地方。身为女儿的许小寒从一开始就喜欢自己的父亲，与父亲十分暧昧，甚至为了霸占父亲而无视、嘲笑母亲。许小寒曾斥责自己父亲："你看不起我，因为我爱你！你哪还有点人心哪——你

---

① 张爱玲. 倾城之恋［M］. 北京：北京十月文艺出版社，2012：121.
② 杜玉镇. 沉重的心灵表现：张爱玲小说《心经》中人物心灵表现［J］. 河套大学学报，2009（3）：8-71.
③ 沈丽莎. 张爱玲作品中女性病态现象研究［D］. 长沙：湖南师范大学，2012：27.

是个禽兽!"① 这种斥责一语中的，然而这句话也同样适用于她自己——残忍对待母亲的许小寒。她为了得到父亲的宠爱而将父母间的爱情活生生地杀死，把母亲当作情敌和排斥对象，让母亲备受煎熬。她不是在肉体上，而是在精神上扮演着"厄勒克特拉"的角色。

弗洛伊德认为："孩子对父亲的尊敬、爱戴以及在父亲晚年时对他进行赡养和保护的热心，本是人类的自然感情。……若是有一种行为恣意践踏了这种感情，人们一定会觉得是不可理解的，是应该受到谴责的。"② 许小寒的爱情就是有悖于伦理道德的"病态"爱情。它建立在抽象的男女性爱基础上——女性对男性的崇拜、男性对女性青春的渴望，反映着男女性爱本能的冲动以及人的劣根性。故事中，许峰仪无缘无故地说："我老了。"许小寒回："不，你累了。"③ 在听到许峰仪用"老了"为借口试图结束这段感情时，许小寒却以"你累了"来逃避，甘愿活在谎言中。

明知"病态"却不脱身，许小寒因此变得执拗，失去了健康的人性发展。

（二）"独语式"爱情

中国传统的爱情故事讲究的是琴瑟和鸣、相濡以沫，可张爱玲笔下的男女情爱故事恰好相反，它表现的是一种"女性独语、男性失语"的倾向。如在《心经》中，面对爱情，许小寒如飞蛾扑火般奋不顾身地追逐，而许峰仪只会小心翼翼地享受着她的追捧，最后软弱地离开。

1. 女性的"独语"

著名女性心理学家卡伦·霍妮在对女性进行精神分析的过程中发现，很多女性的问题"在于对男性的一种完全过分专一性的注意，这些女性好像仅被唯一的一种观念所控制：我一定要有一个男人"④。许小寒对爱情的态度就是如此，她把许峰仪当成最重要的精神寄托，试图在他身上寻找存

① 张爱玲. 倾城之恋 [M]. 北京：北京十月文艺出版社，2012：141.
② 王虹. 简论弗洛伊德理论对张爱玲创作的影响：以《心经》为例 [J]. 江苏教育学院学报（社会科学版），2000（4）：70 – 71.
③ 张爱玲. 倾城之恋 [M]. 北京：北京十月文艺出版社，2012：126.
④ 刘建华. 论张爱玲小说中的女性"独语式"爱情 [J]. 理论月刊，2018（6）：88 – 93.

在感和价值感，把爱情当成证明自己的方式之一。然而她最终也只是一个跨越禁忌的爱情独语者。当她为爱嘲笑、排斥母亲时，许峰仪只是笑笑不说话；当她竭尽全力扫清爱情障碍时，许峰仪只是任其发展；甚至最后当爱情破灭，许小寒赌气要跟龚海立订婚，许峰仪也只是撂下一句"你再考虑一下"①。许小寒为爱变得癫狂，不断向父亲强调自己对这段感情的付出，然而许峰仪终究只是快刀斩乱麻般单方面结束了这段关系。

这场不伦之恋就像是许小寒自导自演的一出"独角戏"，这个过程可总结为"独自寻找爱情—预谋爱情—演绎爱情—沉沦爱情"，而许峰仪只是一个配角，等到曲终人散方知这不过是自己跟自己的较量。

2. 男性的"失语"

与女性"独语"相对应的是男性的"失语"。"张爱玲的男性世界是一片倒塌了的废墟，飘荡的是荒凉的人性。"② 当许小寒在轰轰烈烈地演绎爱情故事时，许峰仪却从来都没给过她任何实质性的回应或承诺，更没有以父亲的身份去阻止她，而更多地从自身的角度衡量，一方面小心翼翼地享受着许小寒带给他的精神安慰，另一方面又接受不了道德的审判，当这种情感使他感到压抑、束缚时，他首先考虑的是如何全身而退、明哲保身。

无论是面对原配妻子还是许小寒，许峰仪都处于一个被动不作为的状态。被动可以满足他的自尊心，而不作为则让许小寒成为这场不伦之恋背负惩罚的唯一"责任人"。这种"失语"归结起来就是男性的利己与自保，是想爱又怕负责的分裂状态。

三、人性悲剧

在中国传统文化中，"母亲"是坚强、贤惠的代名词，为母则刚，而"父亲"则可以撑起一片天。可是在《心经》中，我们并没有看到这些，相反，许小寒的母亲是软弱无力的，父亲是虚伪自私的，就连本该纯真无

---

① 张爱玲. 倾城之恋 [M]. 北京：北京十月文艺出版社，2012：139.
② 戚学英. 张爱玲小说男性主体意识的显性缺席与隐性出席 [J]. 中国文学研究，2002（2）：86－89.

邪的女儿也是癫狂无知的。

（一）母爱的无力

在整个故事中，许小寒一直都不认同母亲及"母亲"这个角色，而是把她视为和自己一样的"女人"，是和自己爱着同一个男人的"情敌"。张爱玲在叙述中同样淡化了母亲的存在感。许小寒生日时，唯独不见许母的踪影。许母在家庭中是一个不起眼的人，甚至都没有具体的名字，只是一位挂着丈夫姓的"许太太"。

面对女儿的嘲笑，许母不敢恨；面对女儿和丈夫的暧昧，许母有所怀疑但又不敢相信。她宁愿将这种暧昧解释为父女间的亲密，解释为自己的疑心。这种不敢恨、不敢言体现的是一位母亲的软弱和"鸵鸟心态"，是一种就算知道也束手无策的无力感。

即便在故事的最后，母爱成了许小寒仅剩的精神慰藉，但不可否认，这份母爱是无力的，且来得太迟。正因如此，她的变态心理得以放纵，而许母也成了将许小寒推向悲剧的"帮凶"。

（二）父爱的坍塌

许小寒和许峰仪的畸形恋爱无疑是对中国传统父女关系的一种颠覆。许小寒总是"弯下腰，两只手扣住峰仪的喉咙，下颌搁在他头上"[1]，言行举止完全是一个女性对心爱男人的依恋。"隔着玻璃，峰仪的手按在小寒的胳膊上……小寒——那可爱的大孩子，有着丰泽的，象牙黄的肉体的大孩子……"[2] 许峰仪对小寒的爱也已经不是传统意义上的父爱，而是带着欲望、有悖人伦常理的性爱。

张爱玲笔下大部分的男性都在好人、真人之间切换和挣扎，许峰仪也不例外。许小寒对许峰仪说："女人对男人的爱，总得带点崇拜性。"[3] 面对女儿直接的示爱，许峰仪一半是喜悦，一半是尴尬。喜悦是因为年轻女

---

[1] 张爱玲. 倾城之恋 [M]. 北京：北京十月文艺出版社，2012：128.
[2] 张爱玲. 倾城之恋 [M]. 北京：北京十月文艺出版社，2012：132.
[3] 张爱玲. 倾城之恋 [M]. 北京：北京十月文艺出版社，2012：129.

性的告白，尴尬是因为这个人是自己的亲生女儿。现实生活中许峰仪作为丈夫和父亲的双重身份需要他做一个好人——体贴妻子，关爱女儿。然而真实的他被许小寒吸引着，戴着"父亲"的面具与许小寒暧昧不清，享受着许小寒带给他的新鲜刺激感以及"精神上的安慰"。在这其中我们完全看不到父爱，看到的只是一个戴着"父亲"面具与女儿偷情的男性形象。面对许小寒的爱恋，许峰仪说："我但凡有点人心，我怎么能快乐呢！我眼看着你耽搁了自己，牺牲了自己，于我有什么好处？"① 可他还是丢弃了父亲的身份而深陷其中。

（三）女儿的无知

龚海立曾对许小寒说："因为你是我所见到过的最天真的女孩子，最纯洁的。"② 这种天真和纯洁无疑是对许小寒的巨大讽刺，因为她是天真的外表，却有一颗无知的心。她天真地以为凭自己年轻的资本可以套住男人的心，却忽视了男人的劣根性；她自以为获得了真正的爱情，其实被当作玩物而不自知；她以自己的年轻傲视母亲的衰老，殊不知是"五十步笑百步"。无知让许小寒失去了对爱情的判断，错把对父亲的崇拜当爱情，使她漠视亲情的存在，将自己的母亲视为情敌。最终失去了对人性的思考，沦为"女奴"而不自知。

罗伯特·勃朗宁说："无知不是无辜，而是有罪。"这句话用来评价许小寒再合适不过。她放弃了所有可以获得"健康的爱"的机会，为了那片固守的精神家园，飞蛾扑火般爱着自己的父亲，不仅使自己遍体鳞伤，连同周围的人也被"拖进黑暗"。诚然，受伤最深的还是许太太。许小寒不仅夺走了原本属于许母的幸福，还让许母在女儿和丈夫偷情的自我怀疑中饱受煎熬。

四、结语

父权制社会让许小寒被"物化"，不得不依靠男性而存活；女性自身

---

① 张爱玲. 倾城之恋［M］. 北京：北京十月文艺出版社，2012：131.
② 张爱玲. 倾城之恋［M］. 北京：北京十月文艺出版社，2012：138.

的"恶"化、"奴"化及其以自我为中心的意识使许小寒迷失了自我；"病态的""独语式"的爱情让她的人性无法健康发展；加之母爱的无力、父爱的坍塌及其自身的无知让许小寒的变态心理得不到正确矫正，最终造成悲剧。

张爱玲通过描写许小寒在"畸形"的社会中经营一段病态的爱情，向我们展示了人性的弱点和阴暗面。同时也告诫女性独立的重要性，包括经济独立和人格独立，不能依附别人而活，要有自己的思想和对人性的判断，这样才能无愧于世。

论契诃夫戏剧的现代性

郑聪敏①　张声怡②

摘　要： 契诃夫是俄罗斯心理现实主义戏剧的奠基人，是 20 世纪现代戏剧的开拓者，其戏剧作品在思想上和手法上都具有现代性。本文以契诃夫四部经典戏剧作品为例，在前人研究的基础上，整合其现代性的多层含义及表现，从象征运用及多义性，剧作主题的现代意识，戏剧结构、戏剧情节、戏剧事件和戏剧冲突的独特处理，以及喜剧感与悲剧性的融合四方面分析其作品的现代性表现，旨在为研究和解读契诃夫戏剧提供更多视角。

关键词： 契诃夫；戏剧；现代性；象征运用；喜剧感；悲剧性

契诃夫创作的现实主义戏剧一方面承袭了亚里士多德式的传统戏剧模式，另一方面作为现代戏剧的开端又具有一定的创新性。他开创了一种全新的戏剧冲突模式——人与环境的冲突。契诃夫作品的翻译者和研究者童道明指出："如果按照戏剧冲突类型的性质来划分欧洲戏剧史，恰好可以划出这样三个大的戏剧时代：首先是古希腊戏剧，它的戏剧冲突表现为'人与神的冲突'；然后是文艺复兴戏剧，它的戏剧冲突表现为'人与人的冲突'；然后是由契诃夫揭开新篇章的现代戏剧，它的戏剧冲突表现为'人与环境的冲突'。"

本文主要以契诃夫经典戏剧作品《海鸥》《万尼亚舅舅》《三姐妹》《樱桃园》为研究对象，对契诃夫戏剧中涉及的现代性表现进行具体分析。

---

① 郑聪敏，广东海洋大学文学与新闻传播学院汉语言文学专业 2016 级本科生。
② 张声怡，广东海洋大学文学与新闻传播学院副教授。

一、契诃夫戏剧研究的理论基础

文学类型可大致分为叙事文学、抒情文学、戏剧文学。叙事文学包括小说和史诗等，抒情文学包括抒情诗等，戏剧文学则是指剧本，由语言构成，因此具有文学性和戏剧性。"戏剧毕竟是一种特殊的艺术样式，它在具有各门类艺术共同的本质的同时，又具有可以区别于其他艺术样式的特殊本质。"① 何为"戏剧"？至今为止还没有一个能完全将其概括描述的定义，戏剧研究的困难之处也在此。戏剧理论研究既要从戏剧的外部形式入手，又要结合戏剧的内部结构，戏剧理论根植于一部部鲜活的戏剧作品，其独特魅力也由此体现。一出戏的演绎，需要剧作者、演员、观众的共同参与和共同作用，往大的方面拓展，还需要音响、灯光、化妆、服装等多部门的通力合作，最终形成一场完整的艺术盛宴。演员的表演为戏剧演出的主要内容，剧本为表演提供二度创作的基础，演出的过程则是演员和观众进行交流的过程，演员将剧本中的人物形象塑造成为直观再现的舞台形象，从而直接与观众进行交流，观众产生的审美判断最终检验作品成功与否②。涉及戏剧性的概念有很多，谭霈生在《论戏剧性》中提出"最有活力的因素"是"他（或她）与其他人物之间特殊的关系"③，正如卡西尔所言："人之为人的特性就在于他本性的丰富性、微妙性、多样性和多面性。"④ 谭霈生最终定义戏剧本体"就是情境中的人的生命的动态过程"⑤。

契诃夫戏剧并非传统的亚里士多德式的戏剧，它触及了现代戏剧的边界，但是没有逾越戏剧这一本体。"现代性的审美诉求下，戏剧也向人自身回归，深入到人的内心世界，成为一种直接观照人心的艺术方式。内在性的戏剧力求正面而直接地表现出人对其自身以及他生存于其中的外部世界进行感知与思考的过程。戏剧表现重心转向精神和情感的表达，寻找张

① 谭霈生. 戏剧本体论 [M]. 北京：北京大学出版社，2009：85.
② 谭霈生. 戏剧本体论 [M]. 北京：北京大学出版社，2009：124.
③ 谭霈生. 论戏剧性 [M]. 北京：北京大学出版社，2009：131.
④ 卡西尔. 人论 [M]. 甘阳，译. 北京：西苑出版社，2003.
⑤ 谭霈生. 戏剧本体论 [M]. 北京：北京大学出版社，2009：281.

扬主观体验的戏剧形式成为剧作家的任务。"① 换言之，任何新的戏剧形式的出现都是因为当前的形式不能满足人们的心理情感容量，契诃夫的"散文化"戏剧也是如此。

二、契诃夫戏剧现代性的含义及表现

象征主义戏剧流派居于现代戏剧前列，只有证明契诃夫不属于该戏剧流派，其剧作中的现代性才具有意义。现实主义戏剧的两个特点都体现在契诃夫的剧作中，即客观性和真实再现。一是客观性，其指的是表现的是剧作家所处的现实生活，实质上却是追求人的情感完整与真实；二是真实再现，即契诃夫的倾向性是通过场面和情节表现出来的，契诃夫关注到了承受着痛苦的人民的内心，将笔触伸向现实。如在《樱桃园》中，旧封建贵族和新兴资产阶级的相互取代体现了契诃夫作为现实主义剧作家的高超的创作水平，因此契诃夫的确属于现实主义戏剧流派。

易卜生和契诃夫同属现实主义戏剧范畴，契诃夫在继承了传统现实主义精神之余，还加入了现代意识的表达，这是继易卜生之后对戏剧创作的一次重大突破。二人皆基于现实主义土壤，并结合象征手法创作，不同的是，易卜生运用"行动整一律"，即剧作大多数是以一个过去的重要秘密为中心，辅以一个严重威胁到这个秘密的当前的情境。剧情一般是通过"要解开它"还是"要捂住它"这样两股力量的冲突而迅速发展，随后在高潮中把秘密解开，完成"发现"和"突转"，剧情进入高潮则立刻宣告结束。而契诃夫运用"印象整一律"②，也就是情绪和氛围两方面的整合统一。正如易卜生不承认自己归属象征主义戏剧流派一样，强行将契诃夫拉入此阵营也是不可行的。对于契诃夫而言，象征手法本身不是他的目的，他"不是为了象征而象征"，而是为了"揭示人物内心，唤起读者对生活的思考"，契诃夫使用的象征有不同的表现手法和功能，不仅有具体的道具、舞台背景和音响效果，有时候剧中人物的台词也具有多重象征意味，这些象征都源自生活细节和人物内心世界的对照，能够揭示现实和日常的

---

① 梁雪. 现实主义戏剧形式的现代性变革研究［D］上海：上海外国语大学，2008：23.
② 梁雪. 现实主义戏剧形式的现代性变革研究［D］上海：上海外国语大学，2008：50.

逻辑。

据相关研究，契诃夫戏剧的现代性概念可概括为以下四个方面：一是剧作运用象征手法，且象征意味具有多义性；二是剧作的思想主题具有现代意识；三是剧作对于戏剧结构、戏剧情节、戏剧事件和戏剧冲突的处理有别于其他现实主义剧作；四是剧作悲喜交加。

（一）象征的运用及多义性

契诃夫笔下的人物，穿着、语言均有象征意味。如《海鸥》的开头，剧作者就安排穿黑衣的妮娜出场，表示深爱着特里果林的她在为生活挂孝。在《三姐妹》中，契诃夫在人物首次亮相时就设下基调，奥尔加"穿着蓝色的女子中学教员制服"①，伊琳娜是"白衣服"②，忧郁的玛莎则是一身黑，娜塔莎则是一身红裙外配了一条翠绿色的腰带，在后来的情节中可以看到，一出场就以红裙配绿腰带打扮的伪知识分子每日只是挖空心思想把房子占为己有，根本不能和三姐妹、威尔什宁等知识分子相提并论。

在《海鸥》中，"海鸥"是契诃夫对人们庸俗无聊的生活的比喻。特里波列夫最终"像杀死海鸥一样"杀死了自己，他把这只海鸥放在妮娜的脚边，作家特里果林见到后便向她讲述了脑海中产生的情节：一个少女，像你这样的，从小住在湖边。她像海鸥一样爱这片湖水，也像海鸥一样幸福、自由。可是偶然来了一个人，看见了她，由于无事可做，就把她给毁了，正像这只海鸥一样。③ 后来的情节可想而知，特里果林对妮娜始乱终弃，妮娜更是直接地象征了那只不幸被抛弃的海鸥，特里果林"毁了"这个少女。但他也象征着海鸥的另一层意思——经历风浪后只想囿于湖泊，"没有自己的意志，永远顺从，需要别人领着我走"④。特里果林看清生活的本质却内心虚无，无心无力打破生活的麻木与僵化。"海鸥"也象征着艺术，这部剧作是契诃夫唯一一部直接以艺术为主题的作品⑤。作家透露

---

① 契诃夫. 契诃夫戏剧集 [M]. 焦菊隐，译. 上海：上海译文出版社，1980：246.
② 契诃夫. 契诃夫戏剧集 [M]. 焦菊隐，译. 上海：上海译文出版社，1980：246.
③ 契诃夫. 契诃夫戏剧集 [M]. 焦菊隐，译. 上海：上海译文出版社，1980：131.
④ 契诃夫. 契诃夫戏剧集 [M]. 焦菊隐，译. 上海：上海译文出版社，1980：144.
⑤ 叶尔米洛夫. 论契诃夫的戏剧创作 [M]. 张守慎，译. 北京：中国戏剧出版社，1985.

了自己艺术生涯的艰辛以及艺术才能的本质，可见剧作中尝试写新戏剧的特里波列夫应该有他的影子，而莫斯科艺术剧院的院徽恰好就是契诃夫笔下的海鸥。在《万尼亚舅舅》中，医生阿斯特罗夫曾提及非洲："你想非洲的天气，在这个时候，不还是热得怕人吗?"① 在这里，非洲地图是一种情绪性的象征，万尼亚舅舅对教授十分不满，甚至要枪杀他，医生迷恋叶琳娜，这些情绪就像是非洲一样遥不可及，非洲依旧热得可怕，但它属于远处，现在的生活还是照旧，剧本又回归到原来的氛围和基调，平凡且毫无诗意可言。在《三姐妹》中，"莫斯科"则象征着故乡、家以及生命的最高价值②，是一切现状得以解决的灵丹妙药。在《樱桃园》中，"樱桃园"象征着过去的文化遗产、人类心灵的家园和精神财富，表现了人与自然和谐相处，同时也是加耶夫和柳鲍芙难以忘怀的童年载体③。

以上提及的四部剧作中，还有很多象征和解读，它的多义性也体现了剧作主题的现代意识。

（二）剧作主题的现代意识

契诃夫的戏剧作品渗透了他对一百年乃至未来的期许和探寻，在一百年后的今天，其作品中所流露出来的担忧确实逐渐显露出来，他的作品与时代一同进步着。

首先，对生态危机方面的警示。在《万尼亚舅舅》中，医生阿斯特罗夫一边行医一边种树，他认为"在俄国，森林经常遭受斧斤的摧残，树木已经减少了几十亿……"④《樱桃园》中，柳鲍芙反对将园子里的树木砍掉——"把樱桃园的树木都砍掉! 对不起，这你简直一点也不懂。"⑤ 可见早在一百多年前，契诃夫就认识到应保护大自然了。

其次，对人与人之间隔阂、人性困顿的担忧。人与人之间的隔阂这个主题一直出现在契诃夫的创作中，他通过相关的戏剧形式以表现人与人之

① 契诃夫. 契诃夫戏剧集 [M]. 焦菊隐，译. 上海：上海译文出版社，1980：239.
② 彭涛. 谈《三姐妹》[J]. 戏剧（中央戏剧学院学报），2005（3）：66-76.
③ 彭涛. 谈《樱桃园》[J]. 戏剧（中央戏剧学院学报），2011（4）：5-17.
④ 契诃夫. 契诃夫戏剧集 [M]. 焦菊隐，译. 上海：上海译文出版社，1980：184.
⑤ 契诃夫. 契诃夫戏剧集 [M]. 焦菊隐，译. 上海：上海译文出版社，1980：354.

间交流的无效性。德国文学理论家斯丛狄认为，契诃夫剧作中的对话被包装成回复，这些对话一方面体现了俄罗斯语言的本质——高度的健谈，另一方面，人们依旧在社交、交往，因而独白可以在对话中立足①。在《海鸥》中，当众人对特里波列夫的剧本表示不认同时，唯有医生多尔恩对其剧本表示出喜爱，而本需要他人肯定的特里波列夫却一反常态急忙离开，使多尔恩与其对话无效。在《樱桃园》中，罗巴辛多次对姐弟俩提出樱桃园的解决方案，但是二人并未理睬他，甚至表现出与对话相悖的行为，这位女地主前不久声嘶力竭地喊着"要是丢了樱桃园，我的生活就失去意义"②，却继续请人来家里跳舞。在《三姐妹》中，过去的重负和当下的不满将每个人孤立，安德烈和耳背的仆人费拉彭特对话，基于耳背这一动机性支撑，两个看似在对话的人更像是独白，从而使契诃夫的戏剧形式本身遭到了质疑。③

再次，对时间和空间的思考。现代派戏剧的主题与时间探索有关，过去和当下不仅关乎戏剧技巧层面，也体现出了剧作者对时间主题的探索。在《樱桃园》中，柳鲍芙所逃离的每一段过去成了她现在饱受折磨的根源，而她当下每一次逃离都成为痛苦的过往，最终使其精神无处安放，即便是在将来，也没有空缺的位置为她保留，因此她只能在离开儿时的樱桃园之前与加耶夫小声啜泣，他们是岁月河流中的孤孩。《三姐妹》中的知识分子永远在追求更高质量的生活，日常生活是他们在这一空间中最致命的枷锁。

最后，对物质和精神对立矛盾的预见。剧作中契诃夫所流露出的对人们困顿于世的担忧在今天仍具有一定的意义。在混凝土钢筋耸立至云端的都市丛林中，从来就不乏追求精神自由而不得的人们，只要物质和精神的矛盾还存在，他的戏剧就永远具有现代感。

契诃夫剧作中所表现的恰是前文所提到的戏剧的本体问题，戏剧的任务是表现生命内涵，契诃夫的戏剧作品不仅表现出对人的现实关怀，还体

---

① 斯丛狄. 现代戏剧理论：1880—1950 [M]. 王建，译. 北京：北京大学出版社，2006：30.
② 契诃夫. 契诃夫戏剧集 [M]. 焦菊隐，译. 上海：上海译文出版社，1980：391.
③ 斯丛狄. 现代戏剧理论：1880—1950 [M]. 王建，译. 北京：北京大学出版社，2006：32.

现了对人类的终极关怀，虽然后现代戏剧也在不断挖掘如何表现现代人生存、焦虑等精神问题，但追根溯源到契诃夫这里，依旧能发现契诃夫剧作所表现出来的现代性。

（三）戏剧结构、戏剧情节、戏剧事件和戏剧冲突的独特处理

深入到契诃夫剧作的结构、情节、事件和冲突来看，可发现其剧作的独特之处，具体分析如下。

戏剧结构上，契诃夫独有的戏剧美学观使得其戏剧区别于传统戏剧，他的剧作结构松散，情节跨度大，时间长。这种独特的结构一般表现为场景集中无须多变，人物错杂，难以找到逻辑高潮，不过仍有情绪高潮，因为全剧的主题还起着统摄作用，通过微小的着眼点来反映整体。如《三姐妹》中的命名日、火灾、军队离开都被安插在不同的季节发生，这就像是一曲春夏秋冬的生命乐章，不采用三幕或者五幕的场次安排剧本，而是运用不易产生高潮的四幕剧，这也是对情节集中、冲突激烈的传统戏剧结构的反叛。

戏剧情节上，采用生活化处理，着力在生活琐事上揭示日常生活背后的悲剧，抛开外部世界，专注于探究人物内心，情节像生活潜流般缓缓流淌，这让契诃夫有别于易卜生一类用情节编织冲突的现实主义剧作家。因为契诃夫认为，人不是在有戏剧性的离奇事件中生活，而是在不知不觉中发生变化。

戏剧事件上，没有过多地展现"角逐情场，上吊自杀"的特殊事件。在《海鸥》中，可写的戏剧事件有很多，诸如特里波列夫爱妮娜、妮娜爱特里果林、阿尔卡基娜爱特里果林、玛莎爱特里波列夫、麦德维坚科爱玛莎、波琳娜爱多尔恩等这类事件，仅是特里波列夫与母亲阿尔卡基娜的矛盾就有三层，任何一组人物关系都可以独立出来成为一个新剧本，然而契诃夫并没有这样做。与此同时，中心事件的缺席也象征着人物生活意义的瓦解，在《樱桃园》中，贯穿整个剧作的事件是樱桃园是否会被拍卖，可是这件事情却被放在暗场处理，明场只有加耶夫对着书柜夸夸其谈以及柳鲍芙对制作果酱感兴趣。

对戏剧冲突的处理上，冲突被淡化，如果非要在《樱桃园》中找出冲突，那就只有人与时间、人与环境（空间）的冲突了，樱桃园拍卖在即，而生活在这种环境中的人无从选择，时间流逝，人物回到原点。情节时常停顿，漫长的时间被放大、强调，更能看出契诃夫笔下知识分子百无聊赖的生活日常。如《海鸥》停顿 36 次，《万尼亚舅舅》停顿 43 次，《三姐妹》停顿 66 次，《樱桃园》停顿 33 次。

（四）喜剧性与悲剧性的融合

契诃夫的戏剧兼具喜剧的轻松和悲剧的严肃，尽管他一再强调自己的剧作是通俗喜剧，甚至是闹剧，但是作品中依旧弥漫着人物的悲观情绪。关于契诃夫的戏剧是悲剧还是喜剧，争论自始至终未停止过，其原因就在于，尽管人物有时具有悲观的"外貌"，但整体看来，幽默占了大部分。再者，戏剧就如生活，生活瞬息万变，轻松与严肃并置。如果"契诃夫的《樱桃园》是一部喜剧"这一命题确实可以成立，那么这种确认必然是建立在这样的前提下的：《樱桃园》的喜剧性来源于它对现代人处境的冷峻审视与充满同情的批判。[①] 可见现代性与喜剧性相关，这种喜剧性在契诃夫其他剧作中也常出现，表现为人物在细微处展现行动的不协调、主次要人物身份错位、人物对话的无意义等，如在《三姐妹》中，索列尼这样解释火车站的距离："因为呀，车站假如离着这儿很近的话，它就不会有这么远，它既然离着这儿远，那就是因为它不很近。"[②]

威廉斯在《现代悲剧》中将契诃夫纳入"悲剧性困境与僵局"的目录，他认为"意义至此已经崩溃得如此彻底，因此对它的追求也显得滑稽"[③]，威廉斯认为契诃夫的戏剧作品整体在描写崩溃，它和以往的现实主义戏剧的不同在于把个人事务和公共经验打通，在这种结构中，个人抵制的是整个社会，基于此，人根本无法做出行动，就是作者所说的"人必定无法采取任何行动，唯有退却"[④]。如《三姐妹》和《樱桃园》，契诃夫采用一种和现实主义不大相同的所谓反戏剧的方式来构建这种整体感（这里的反戏剧是指将传统的程序拒之门外），而这种整体感所运用的形式并不

---

① 邓黛. 作为喜剧的《樱桃园》——关于时间、空间以及人类行为的现代性思考［J］. 戏剧艺术（上海戏剧学院学报），2019（5）：95－107.
② 契诃夫. 契诃夫戏剧集［M］. 焦菊隐，译. 上海：上海译文出版社，1980：257.
③ 威廉斯. 现代悲剧［M］. 丁尔苏，译. 南京：译林出版社，2017：141.
④ 威廉斯. 现代悲剧［M］. 丁尔苏，译. 南京：译林出版社，2017：137.

是普遍的，所以被认为极具现代性，与此同时，契诃夫的戏剧作品所表达的悲剧主题已然到了极点，就显得剧中人物的追求十分荒诞和滑稽。

可以看到，剧作者对于残忍与温情的追求也十分执着。残忍体现在他以戏谑调笑的口吻来打趣人物，这说明他站在一个清醒的角度，审视人们的不堪和无聊，随后又表现出他对人物现状的担忧，因而剧作就体现出了一种乐观向上的基调，他通过人物的呐喊传达出自己对未来充满希望的心愿。在《三姐妹》中，玛莎虽然已经嫁人，但生活本身的烦忧加上丈夫的沉闷和庸俗，使她成为全剧中最抑郁的人；伊里娜以为只要劳动，只要有工作，在哪儿都能找到幸福，正当她下定决心嫁给屠森巴赫时，一场无意义的决斗永远带走了他。这些都是悲剧性的。在第四幕中，军队离开，曾带给玛莎爱的光明的威尔什宁来向众人告别："我们还有什么题目可以高谈阔论呢？生活是艰苦的啊……然而，我们应当认识到，天边已经在发亮了，整个光明的日子，绝不会远了。"① 剧本结尾，伊里娜也高呼："一定会有那么一天！到那个时候，人们会懂得这一切都是什么原因，这些痛苦都是为了什么……我们应当活下去，我们应当工作。"② 契诃夫以人物的呼喊唤醒我们应关注现实，寻找出路，使我们相信，在一百年以后，生活将回馈给我们幸福。再如《樱桃园》中，虽然旧樱桃园终将毁灭，但是新花园总会建造起来，因而可以看到，契诃夫的剧作洋溢着积极向上的调子。他的剧作喜剧性中夹杂着悲剧性，现代性也呼之欲出。

本文主要对国内关于契诃夫戏剧现代性的研究进行了梳理，立足基础戏剧理论，在界定戏剧界限后，从象征运用及多义性，剧作主题的现代意识，戏剧结构、戏剧情节、戏剧事件和戏剧冲突的独特处理，喜剧感与悲剧性的融合这四个方面阐述了现代性所关涉的含义及表现。由于水平有限，研究中存在很多不足，有关契诃夫戏剧的现代性这一命题还有更大的探索空间。

---

① 契诃夫. 契诃夫戏剧集［M］. 焦菊隐，译. 上海：上海译文出版社，1980：332.
② 契诃夫. 契诃夫戏剧集［M］. 焦菊隐，译. 上海：上海译文出版社，1980：337.

语言文字学

基于认知心理机制视域的
汉语偏正结构与韵律的关系研究

梁居杏①　裴梦苏②

摘　要：结构主义理论运用于探讨纷繁复杂的语言现象时作用甚大，而作为与之相对立的认知理论则强调机体对当前情境的理解，将认知具体化、形象化。认知学派把人的心理功能看作信息加工系统，注重心理内部过程的研究。汉语偏正结构与韵律的关系有被人类心理认知的种种可能。受认知语言学和心理学的启发，笔者拟从认知心理机制的角度，根据人类的认知习惯和认知特点，同时不偏离偏正结构的韵律本身，从信息量、核心靠近和可别度三个方面提出三项实施原则，来探讨汉语偏正结构与韵律的互动关系。

关键词：认知心理；信息量；核心靠近；可别度；韵律

在语言中，有时候来自韵律方面的要求会对某个语法结构是否合格产生作用。如以偏正结构的名名组合为例：煤炭店（2＋1）可以说，煤商店（1＋2）不说，煤店（1＋1）能说，煤炭商店（2＋2）也能说。四者从句法上来说都是偏正组合，但在语言中是否被认可存在差异？从语义上来说，"煤"等同于"煤炭"，"店"等同于"商店"，但不能在搭配条件方面等同。由此可见，句法和语义都不能解释此类结构的搭配问题。于是有人提出了"韵律"这一影响因素。

汉语中对于韵律的研究历史悠久，从上古音到近代音乃至现代汉语普

---

①　梁居杏，广东海洋大学文学与新闻传播学院汉语言文学专业 2016 级本科生。
②　裴梦苏，广东海洋大学文学与新闻传播学院讲师。

通话，韵律以及韵律学都是被重点关注的内容。在古代，学科研究方法尚未成熟，最初学者们多是采取拟音法来研究与汉语韵律相关的问题。随着时代的发展、科技的进步，实验语音学开始崭露头角，这为韵律的研究提供了更多的科学数据支撑。随着国外音系学研究的深入发展，尤其是非线性音系学的提出，汉语韵律的研究走上了精密化和系统化的道路。

陆丙甫和端木三根据"重音"的概念提出了"辅重原则"，但此原则对于"1+2"式的名名结构不具备普适性。冯胜利用音步组向理论来讨论句法组合的韵律模式，指出构词音步从左向右，即"右向构词"（或"左起构词"），而构语的音步从右向左，即"左向构语"（或"右起构语"）。①但对于词的确定历来都是一个难题，更何况是对词和短语的区分了。

抛开结构层次上的讨论，王灿龙对偏正结构的单双音节组合也进行了解释。他指出，人类对事物的分类，是有认知上的理据的，音律结构的合成与认知理念有关。鉴于此，我们能解释"煤商店"不成立，但解释不通"煤炭店"。

由上可见，每一种理论都不是完美无瑕的，不管是从语音、句法、语义、语用，还是从认知等思路解释韵律和语法的关系问题，都会遇到有待进一步探讨的语言现象。

而受认知理论的启发，笔者将从认知心理机制的角度去继续描写和阐释上述提出的问题。笔者采用"认知心理机制"这一理论体系，结合人类认知心理学，以"语义+语用"的模式来探讨汉语的偏正结构和韵律之间的关系，为前人的音系理论进行相关补充，开拓汉语韵律对句法影响的新思路，充实汉语的韵律研究理论库，从而揭示出汉语韵律学研究在现代语言学研究中的重要价值。

一、信息量大小原则与汉语偏正结构的韵律生成

（一）信息量大小原则的概念

韵律特征是语言的一种音系结构，与句法和语篇结构、信息结构等有

---

① 冯胜利. 汉语的韵律、词法与句法 [M]. 北京：北京大学出版社，1997.

着密切的联系。① 周韧指出"在汉语的句法组合中，信息量大的成分将得到重音，而信息量小的成分得不到重音"②。

我们先来阐述"重音"的概念。根据听辨和声学的实证，赵元任早在1979年就指出"汉语重音首先是扩大音域和持续时间，其次才是增加强度"③。即"2+1"式中的前双音节为重音模式，"1+2"式中的后双音节获得重音。在观察一种结构时，我们除了能感知其最表面的音节和字符，还能进一步获得该结构所要传达出来的信息。而信息量的多少能帮助解释偏正结构的韵律。

（二）对违反辅重原则的"1+2"式名名偏正结构的新阐释

陆丙甫、端木三的辅重原则指出：修饰语为核心，取得重音地位，因而我们都能解释"煤商店""水商铺""果商铺"和"汽工厂"都不成立的原因。然而以"校领导""党干部""农产品"等为例，这些"1+2"式的修饰语没有获得重音，却成为合法结构。这就看到了辅重原则的局限性。笔者认为，与"2+1"式结构中可被替代的中心名词相比，这些合法的"1+2"式结构中的重音位置上的中心名词具有不可替代性。以表1为例。

表1　名名偏正结构下的"2+1"式与"1+2"式之中心名词可替代性的对比分析表

煤炭店/煤炭商店/店＝商店	水果铺/水果商铺/铺＝商铺	汽车厂/汽车工厂/厂＝工厂
校领导/领导＝？	党干部/干部＝？	农产品/产品＝？

由上可知，违反辅重原则的"1+2"式名名偏正结构也成立，其中心名词由于具有不可替代性而不得不双音化，否则达不到人类的认知需求。我们一般会说"×××是我们的校领导""×××是我们村的党干部""×××是一款销量很高的农产品"。"领导""干部"和"产品"的使用

①　杨玉芳，黄贤军，高路. 韵律特征研究 [J]. 心理科学进展，2006（4）：546－550.

②　周韧. 现代汉语韵律与语法的互动关系研究 [M]. 北京：商务印书馆，2011：63.

③　赵元任. 汉语口语语法 [M]. 吕叔湘，译. 北京：商务印书馆，1979.

都被固定为认知上的双音结构。在三音节的"1＋2"式名名偏正结构里，中心名词不可被替代，这一信息决定了其结构上重音的位置指派；而"2＋1"式名名偏正结构的中心名词具有可替代性，且修饰语具有被重点认知的趋势，因而重音指派则为前面的修饰语。

由上可见，从句法层面上来理解辅重原则有一定的局限性，此时对违反辅重原则但又合法的结构就应该进行单独处理。退一步讲，我们可以跳出辅重原则的句法框架来对理论本身进行深入探讨，比如什么才是真正的辅助成分，并试图找出新的思路来进行相关的补充。而笔者此处的探讨就是从"信息"的角度来看待汉语的偏正结构，这不仅能解决韵律上的制约问题，还能更进一步地发掘人类大脑的强大的认知思维。

二、核心靠近原则与汉语偏正结构的韵律和谐

（一）核心靠近原则的概念

我们知道美学意义上的"和谐"有形体黄金分割概念，而语言学意义上的"和谐"体现在构词的形和音上。词语搭配的结构应该是和谐的，这种和谐不是单指符合一定的语法要求，还指韵律上的对称。哈佛大学语言系教授 Susumu Kuno 认为"'和谐'的结构应该让一个序列中的上位核心和下位核心尽量靠近，上位核心可以看作整个结构的核心，而下位核心则可看作整个结构从属成分的核心"。只有当这两个核心成分彼此靠近，才能组成一个合音又合义的合法结构。

（二）童话典故中的"1＋2"式形名结构的源语翻译策略与认知

我们来看一组例子：丑小鸭/小丑鸭；小红帽/红小帽。

"丑小鸭"和"小红帽"的说法是由译者根据原著童话翻译而来的。"丑小鸭"源自《安徒生童话》，源语是丹麦文"Grimme ælling"，"Grimme ælling"中的"ælling"表示的是"小鸭"，即"小鸭"在丹麦文中是一个词，"Grimme"表示"丑"。我们的翻译策略是"直译"，即异化翻译。异化是以源语文化为归宿的一种翻译理论。异化法要求译者向作者

靠拢，译文的表达方式相应于作者使用的源语表达方式来传达原文的内容。① 显然，将"Grimme ælling"的翻译处理为"丑小鸭"是异化法的生动体现，"丑小鸭"的韵律节奏也因源语被划分为丑丨小鸭。"小红帽"源自《格林童话》，源语是"Rotkäppchen"，在德文中，"Rot"表示的是"红色"，"kleine kappe"表示的是"小帽"，但在"Rotkäppchen"中，我们并未发现"kleine"，即未捕捉到"小"，源语的"小红帽"实际上只是"红帽"，"小红帽"是译者对于"Rotkäppchen"加工处理而成的。在笔者看来，这是归化翻译的表现。归化是指源语的语言形式、文化传统和处理方式以目标语为归宿，归化法要求译者向译语读者靠拢，译文的表达方式采取译语读者习惯的表达方式来传达原文的内容。② 为了向我们的汉语文化靠拢，译者采取了增添语素"小"的方式来翻译"Rotkäppchen"。笔者认为这是基于译者认知语境下对翻译的考虑。《格林童话》的源语意图是给孩子们讲述优美的童话故事，而这些故事源自德国的民间传说。既然受众为孩童，那么译者在翻译这些整理好的故事时，除了要对民间传说的源语进行来自目标语的补充修饰外，还要考虑受众的阅读思维。

有研究者指出，翻译就是"一种在其自身目的及产出的压力和语境制约下形成的交际活动"③。即译者在翻译童话作品的时候其实就是在和受众群体（儿童）进行交流。童话读者群的特殊性决定了译者要考虑译文的可接受性。孩童的理解能力较低，难以理解和消化复杂的事物和思想。另外，儿童天真烂漫、活泼好动，喜欢接触新鲜事物，喜欢简单、充满想象力的故事。那么童话翻译就必须注意这些问题，必须考虑到儿童的阅读习惯和接受能力。④ 笔者认为对"Rotkäppchen"的翻译处理恰好符合了儿童的认知核心。我们在和儿童对话的时候，习惯将物品、事情"小义化"，如小猫、小狗、小宝宝、小花、小草等，这是因为他们本身年龄小、体型小，接触的视野窄，对生活和世界的认知也总是"小"的，"小"作为最前面的修饰语首先就能吸引小孩的关注。"小红帽"自然而然也契合了儿

① 朱风云，谷亮. 英汉文化与翻译探索 [M]. 北京：北京理工大学出版社，2017：45.
② 朱风云，谷亮. 英汉文化与翻译探索 [M]. 北京：北京理工大学出版社，2017：43.
③ 孙会军，郑庆珠. 语言学与翻译研究导引 [M]. 南京：南京大学出版社，2012.
④ 冯静. 鲁迅童话翻译方式浅析 [J]. 聊城大学学报（社会科学版），2010（2）：100–101.

童的审美倾向。译者翻译成"小红帽"是为了拉近与儿童的心理距离，更好地与其交流。在笔者看来，童话作品的翻译是对译者心灵的巨大考验。倘若译者是一个没有童心、童真和童趣的人，我们如今接触到的童话故事就不会是"小红帽"了。

既然如此，那么为何"丑小鸭"不作归化翻译的处理，而是选择直译？笔者认为，这是由翻译的核心原则决定的。在处理归化法与异化法的关系时，孙致礼指出"可能时尽量异化，必要时尽量归化"。他主张要让译文达到"形神兼备"的效果，通常需要使用异化法来完成。①

我们翻译童话作品时不能只考虑童话读者群体的特殊性，而是要在归化和异化中取折中点。虽然"丑小鸭"是完全的直译，但符合丹麦文化的特色，而且照顾到了儿童的审美认知核心。"小鸭"是直译丹麦文的"ælling"一词而来，而我们的现代汉语词典中并无"小鸭"，"小鸭"也只是作为一种临时组配的短语被运用。笔者经过查证发现，"丑小鸭"的权威译本出现在中华人民共和国成立后不久，时间上相较于"小红帽"更接近现代。"丑小鸭"中的"小鸭"直译过来并不会影响儿童的认知，且根据源语故事，"小鸭"的"小"是主人公的属性，也是表达主题的一个关键。"丑"置首修饰"鸭"，既符合源语的形式又突出了主人公的第二属性，"丑小鸭"的翻译随之成立。据笔者对译本故事的研究，"丑小鸭"这一译语契合了主题的需要。故事中的小鸭子因天生长得"丑"而遭人排挤。而且因为"小"，它无力抵抗，处境可怜，孤独无助。但它不因此自怨自艾，也不试图攻击别的鸭子，最后在水的倒影中发现自己竟是一只美丽的天鹅。"丑小鸭"经历了由丑到美的转变，它遭受的挫折是必然的。即"丑"是表达主题的需要，而"小"则是鸭子的核心特质，没有"小"，就没有所谓的长大。正因为"小"，它才能在百般磨炼后看到自己长大后的美丽模样。由此看来，笔者发现与名词"鸭"的关系最贴近的应是"小"而不是"丑"，从核心靠近原则来看，"丑小鸭"也是恰到好处的翻译。

综合以上，形名结构的核心靠近原则与我们大脑的认知息息相关。

---

① 朱风云，谷亮. 英汉文化与翻译探索［M］. 北京：北京理工大学出版社，2017：49.

"小丑鸭"从本质上来说和"小美女"在结构形式上无异，但还是不可取。一是"小丑鸭"里的"小丑"本就是一个词，会在整个韵律结构中产生歧义。二是"丑小鸭"相比"美小女"能成立，源于"丑小鸭"的本质是一个童话典故，我们需考究其来源才能进一步科学定夺。"小红帽"中的"小红"也能产生歧义，但"小红帽"的本质同样是童话典故，因此我们不能从形式本身去否定形式。

三、可别度领先原则与汉语偏正结构的定语排序

（一）可别度与可别度领先原则

可别度即可识别度。通常来讲，人类语序受可别度原则的影响，可别度高的成分在语序上要领先于可别度低的成分。陆丙甫认为："在相关成分的排列中，对说话人和听话人来说，可识别度是确定排列先后的重要原则，这一原则普遍存在于人类所有语言中，是一条语言共性规律。"①

可别度原则关注的是可识别的轻便程度，定语越容易被识别，则可别度越高。比如，表示基本范畴的"新旧""大小""颜色""形状"等概念，主观性很强，一目了然，容易识别，可别度高；而表示功用、质地等范畴的概念因其具有内在的稳定性，不易被识别，可别度低。

可别度与信息量成反比关系。可别度高的概念蕴含的信息量较少，可别度低的概念蕴含的信息量就大。袁毓林认为："在定语排序中，信息量少的单位要领先于信息量大的单位。"②

（二）多音节式形名偏正结构探析

1. 可别度原则对词和短语的处理

信息与认知始终是我们讨论的重点。我们探讨形名偏正结构的定语可识别程度，其实就是在探讨大脑对信息的处理机制。以表2为例。

---

① 陆丙甫. 语序优势的认知解释（上）：论可别度对语序的普遍影响［J］. 当代语言学，2005（1）：1－15＋93.

② 袁毓林. 定语顺序的认知解释及其理论蕴涵［J］. 中国社会科学，1999（2）：185－201.

表 2　形名偏正结构中相同定语组合顺序对比分析表

大狗	大白狗	白大狗*
大盘子	大白盘子	白大盘子*
大褂	大白褂*	白大褂

注：＊表示存在语病。

　　一般来说，表示"大小"的定语要领先于表示"颜色"的定语①，所以没有"白大狗""白大盘子"的说法。"白大褂"之所以能说，首先在于"白"不是和"大"构成联合关系来修饰"褂"的，且"褂"本身不是一个成词语素，而"大白狗""大白盘子"中的"大"和"白"均为成词语素，都能作为独立的修饰语出现，因为我们能将其拆分为"大狗""白狗""大盘子""白盘子"。当然，这里把它作为"1＋2"式讨论，仍以探讨"大"和"白"同时修饰"狗""盘子"和"褂"时的定语顺序问题为主。首先，"大"要置于"白"前，"白"先和"狗"组合成为"白狗"，最后才形成"大白狗"；"白"先和"盘子"组合成为"白盘子"，最后才形成"大白盘子"。其次，"白大褂"中的"大褂"是一个凝固性非常强的词，而且被收进了《现代汉语词典》里，而在该词典里却未见"大白狗"和"大白盘子"。"大褂"首先就给了我们认知上的紧密性，我们便不会太在意"大"和"白"同时修饰"褂"的语序问题了。"白大褂"是由形容词＋名词（白/大褂）组合构成的一个"1＋2"式偏正结构，而"大白狗""大白盘子"的内部语素自由度都较高，"白狗""白盘子"比"大褂"更像是短语，我们能说"白的狗""白的盘子"，但不说"大的褂"，也不说"白的褂"，显然"大褂"更合理，认知上我们也认为其使用频率更高，一般就不将它分开，可别度原则在此处的适用性就会相对减弱。

　　2. 可别度原则与大脑对信息的处理

　　袁毓林认为："大脑在认知的时候，总是先处理简单的信息，再处理

---

① 周韧. 现代汉语韵律与语法的互动关系研究［M］. 北京：商务印书馆，2011：69.

复杂的信息。可别度高的成分要领先，是因为我们大脑处理信息的时候，要从容易识别的成分开始，好比工作的时候要先做简单的事情，然后再做复杂的事情。"①

由于"大褂"是一个词，我们的头脑先对"大褂"进行了认知上的处理，这就将问题简单化了，即我们无须纠结"白"和"大"于"褂"的问题。可别度原则在这里则需要进行活性处理。此外，笔者认为"大褂"的"大"在"白大褂"这个结构中，其真实意义有所虚化，即我们在说"白大褂"的时候，不是想表明这件褂子的尺码大、颜色白，而是在日积月累的语言使用中，白大褂的"大"具有了展现医护人员崇高与伟大形象的色彩义。我们将"白"居首，是因为"白"较"大褂"的可别度高，信息量少，但和"大褂"相结合，在认知上便具有了明晰性。而"白"和"大"在"大白狗"和"大白盘子"中则严格遵循了可别度原则，可别度高的"大"置于"白"前，和"白"一起修饰"狗"和"盘子"，于是就有了"大白狗"和"大白盘子"。

认知心理机制理论始终贯穿于本文。本文从信息、信息量、语义核心靠近、可别度领先和定语排序等方面探讨了人类认知心理下的汉语偏正结构与韵律之间的互动关系。在前人的研究基础之上，笔者对于认知心理机制如何影响汉语偏正结构与韵律的关系得出以下结论：

（1）对认知概念的厘清。"信息"是认知领域里的一个重要概念，它对偏正结构的韵律生成有着极为重要的影响；"核心靠近"则是研究偏正结构中修饰语和定语的结合松紧的问题；"可别度和定语排序"反映的是修饰语之间的识别程度问题，而这些多样化的角度均是在认知心理机制下所作出的设定。

（2）关注语言结构的整体。认知和语言一样，遵循着一定的规律。我们所提出的认知理论是建基在语言的客观存在事实、语言的共性和语言的广泛使用程度上的。但结构和形式在语言现象中并不通用，认知机制视角下的探讨便具有了特殊的意义。首先，我们为前人的音系重音论作了相关补充；其次，从新的视野即心理学的角度，以乔姆斯基的生成语法论为借

① 袁毓林. 定语顺序的认知解释及其理论蕴涵 [J]. 中国社会科学，1999（2）：185 – 201.

鉴，紧扣韵律，为汉语的偏正结构提供了新的生成原理；最后，强调了结构与认知的相辅相成，我们既不脱离结构去谈认知，也不因为认知而忽视结构的合法性。因此"互动"成了笔者提出的认知理论的一个核心要点，即我们是在表示名词义的偏正结构中来开拓认知思路的，始终关注到了结构的整体意义。

（3）语言是动态的，问题时时新。语言是日新月异的，具有极大的生成性，有些韵律节奏要求不明显或者不严格的偏正组合，一旦被人们广泛使用，也有可能变成合乎规范的结构。

认知心理作为心理学的一部分，对于生成汉语偏正结构的作用甚大。如果说韵律影响汉语的偏正结构，那么认知理论是影响韵律的重要因素。认知理论直触人的大脑思维，强调感觉和知觉，是一个颇有价值的研究视角。学海无涯，探讨不息，关于认知心理机制对汉语偏正结构的影响，我们的研究仍在路上。

微博流行语的类型探析

凌芷柔①　费良华②

摘　要：语言中词汇系统的变动十分频繁，随着网络科技的迅速发展，新词语如雨后春笋般涌现出来。微博是网络社交媒体的典型代表，是网络流行语产生和传播的重要阵地。微博语言中的网络流行语可以分为旧词新用和新造词两大类。旧词新用包括创造同形同音词、利用原词进行词义派生和运用辞格创造新义；新造词包括运用谐音法、吸收外来词和简缩法所创造的新词，新造词在微博语言的网络词语中占比较大。微博平台应用广泛，微博流行语不仅对受众的语言应用具有深远的影响，对汉语的发展也具有比较大的影响。微博流行语的新陈代谢较快，只要流行的因素变弱，一些流行语就会被后起的新词语所替代。

关键词：微博；网络流行语；类型；作用

微博语言是以互联网语言为发展基础的，而互联网语言又是在汉语原本的系统上加以发展的。根据目前的研究成果来看，国内学者主要集中研究网络语言的性质、含义、产生原因、表达形式以及特点等。在语料方面，易文安主编的《网络时尚辞典》是我国第一部网络词典，详细记录了网络语言的语料，并进行了详细分类。2004 年 6 月，教育部语言文字信息管理司与北京语言大学共同建立了"国家语言资源监测与研究中心平面媒体语言分中心"，对网络语言实行检测和规范引导，并在该平台上发布总

---

① 凌芷柔，广东海洋大学文学与新闻传播学院汉语言文学专业 2016 级本科生。

② 费良华，广东海洋大学文学与新闻传播学院副教授。

结每一年的网络流行语的文章。

本文在大量收集微博语料的基础上，在综合分析前人研究成果后，着重运用文献研究法、经验总结法、列举法等进行研究，论述观点。本文认为，微博语言中的网络流行语具体可以分为旧词新用和新造词两大方面。旧词可以通过创造同形同音词、利用原词进行词义派生和运用修辞手法等方式被重新使用；也有不少的网络流行语是借助谐音、外语词汇、简缩等手段被创造出来的。本文旨在通过分析微博中的网络流行语的作用和发展趋势来为其未来的发展道路指明方向。

一、旧词新用

词汇是不断发展变化的，不仅表现在新词语的不断产生上，还表现在旧词新用上。词语产生出新的意义，这是词语发展的一般规律。旧词新用表现的就是新旧词义的问题。新旧词义包括两个方面：一方面是新词义与旧词义之间只是表现形式相同，实际意义上并无关联，称为同形同音词；另一方面是新词义在旧词义的前提意义上产生，两者间有关联，在学术上称为词义派生。

（一）创造同形同音词

安华林提出，同音词是语音相同而意义无联系的一组词，而同形同音词是书写形式相同的同音词①。比如，微博中的一些网络流行语利用语言中某一个词语的意义衍生出新的意义，造出新词，与原有的词语形成同形同音词。

例1：土豪。①原义指财主或农村中依仗自己地位高、财富多而恃强凌弱的恶霸。②微博网络流行语义（下文简称"网络义"）中指有钱、喜爱夸耀的人，多为戏称。

例2：囧。①东汉许慎《说文解字》中解释"囧"为"窗牖丽廔闿明"。即光明的意思。"囧"字在实际语境中使用频率低，在现代汉语中已被划分为非常用词。②网络义中，因"囧"中的"八"像眉毛，"口"像

---

① 安华林. 语言学理论与训练 ［M］. 广州：暨南大学出版社，2015：33.

一张大嘴巴，此形状能够与郁闷、难堪等心境联系在一起，表现出处境困迫、尴尬，其用法与"窘"类似。

例3：学霸。①原义为"学界的恶霸"，也指在学术上为一己私利而扫除异己的人，是贬义词。②网络义指善于学习、考试分数很高的学生，是褒义词。

网络时代，信息传播速度快，再加上现在活跃在网络上的年轻人拥有丰富的创造力和想象力，同时也在语言应用上追求标新立异，所以才会出现同形同音词的网络流行语。

（二）利用原词派生新义

派生指的是主要事物产生或发展出某个次要事物，两个对象之间有关联。而词义派生就是新词在旧词的基础上通过某种方式产生出来。

1. 旧词复用

旧词新用包含着旧词复用的情况，旧词复用是更小范围的类别。旧词复用，指的是一些旧词在长期生活中并未被使用，而在网络语言中于机缘巧合下被重新使用并赋予新义。

例1：锦鲤。①鲤鱼中的一类，该鱼体有鲜艳美丽的色彩、花色复杂的斑纹，是供人们观赏的鱼类品种，锦鲤源于鲤鱼，它的生活习性与鲤鱼无区别，较容易饲养。① 锦鲤同时代表书信，宋代诗人李泳在《贺新郎·门掩长安道》中写道："彩舫凌波分飞后，别浦菱花自老。问锦鲤、何时重到。"②网络义中，泛指小概率事情中运气极好的人，成为好运的象征。

例2：潜水。①指在携带或不携带装备的情况下为某些目的而潜入水中的行为。②网络义指在网络平台上默默地看着平台上他人发表言论而自己不发表意见的人。

例3：人肉。①人身上的肉。②网络义指运用互联网中的各种科技手段将某人的真实身份信息调查出来并发布在网络平台上，多数用作动词。

从旧词复用的几个流行语例词中可以看到，流行语的网络义与本义的某一方面具有相似之处，有些词语的网络义甚至是其本义的衍生。

---

① 徐海荣. 中国娱乐大典 ［M］. 北京：华夏出版社，2000.

2. 运用辞格创造新义

在微博流行语中，有部分词语是建立在原义的基础上，运用夸张、比喻等辞格创造出来的。词语被赋予了新的含义，也表现出人们的创新意识。

（1）比喻辞格。

例1：绿茶婊。①绿茶：原是一种清新可口的茶叶，用绿茶泡出来的茶水香气逼人、入口醇香。②绿茶婊（网络义）：来源于2013年的"三亚海天盛筵"事件，用以形容外表清纯、弱不禁风，在人前总是表现出楚楚可怜、人畜无害的样子，暗地里却工于心计、捉弄别人感情的女人。

例2：白莲花。①原指莲花，花的一种。形容外表清纯、善良的女人。②网络义指外表看上去与莲花无异，楚楚可怜但内心阴暗、装清高的女人。与"绿茶婊"用法相似。

例3：柠檬精。①柠檬：是一种自带酸涩味的能进食的水果。②柠檬精（网络义）：是酸柠檬变成精的意思，指善妒的人。网络词中，"酸"一词也可表示羡慕、嫉妒。

根据以上三个例词可以得知，流行语的网络义都是从词典义中通过比喻手法发展来的，网络义紧紧抓住了事物间的相似点，通过形象生动的比喻产生了新义。

（2）夸张辞格。

例1：高能。①形容词，常作定语。在化学的领域，指对象具备很强大的能量；在文学的领域，指才能杰出，技能过人。②网络义多使用在网络视频中。常用句是：前面高能，做好心理准备！

例2：开挂。①原指作弊。②网络义形容某人在突然间变得十分厉害，意思类似于"超常发挥"。如：小明好像开挂一样，一夜间赚了一万元。

例3：辣眼睛。网络义中，形容不堪直视、不应该看的事情，有惨不忍睹之意，具有讽刺意味。如：一组辣眼睛的晚会海报。

（三）更改色彩意义

词义分为理性意义和色彩意义，理性义是整个词汇意义的核心，色彩义是理性义的补充和说明。法国语言学家约瑟夫·房德里耶斯在《语言》

一书中提出："词语中表现出的感情色彩是词义当中的一部分。"① 尤其在网络语境中，传播速度快，传播范围广，许多具有明显色彩义的词语正在悄然转变其本来的色彩。

1. 褒义贬用

例1：真香。①原指饭菜飘香，是一个褒义词。②网络义指一个人下定决心去做或不做某件事，但最后的行为与当初所说的截然相反。该词被网友变为戏谑的用法，色彩从褒性义转为中性偏贬义。

例2：公知。①从字面意义上可知，指具有专业知识和职业素养的高级知识分子。②网络义指看似知识渊博，实则自视清高、态度摇摆不定，只会恶意抨击政府和社会的人，多含讥讽的意思。

例3：极品。①形容很优秀的物品、器物。②网络义形容令人接受不了的人或物品，贬义色彩浓厚。

褒义贬用这一方式颠覆了词语的色彩意义，使得词语的理性意义发生了变化，这种情况在网络流行语中十分常见。

2. 贬义褒用

例1：吃货。①在《汉语比喻词典》中，指只会吃而不会干活的人，具有明显的贬义色彩。②网络义中，其为中性词，指热爱美食的人。如：小明是一个吃货，他立誓不吃遍全世界不罢休。

例2：贱。①原指人卑鄙、无底线，常用词有"贱人""贱民"，含有浓重的贬义色彩。②网络义中，可用于自嘲，也包含撒娇的含义，色彩偏向中性。如：天呐，我手贱把小明家的门给关上了。

从以上两个例词可以得知，贬义褒用的流行语是网民标新立异、充分张扬个性的外在表现，贬义词语的使用不再仅代表奚落、批判，更多地转变为戏谑。

二、新造词

新造词又称为"新词"，随着社会的不断发展，大量的新事物涌现出来，这时候就需要给新事物加以称谓，于是就产生了新词。新造词在微博

---

① 房德里耶斯. 语言 [M]. 岑麒详，叶蜚声，译. 北京：商务印书馆，1992.

语言的网络词语中占比较大。

（一）谐音造词

1. 方言谐音

例1：猴赛雷。网络义：广东话"好犀利"的谐音，即"很牛""很棒"的意思，多用于广东、广西和港澳地区。来源于一名网名为"猴赛雷"的90后女生，她在微博上发布私人照片与征男友的标准，被广大网民调侃。

例2：赶脚。网络义：是东北地区方言中"感觉"的谐音。

例3：深井冰、蛇精病。网络义："神经病"的谐音。语气更为柔和，带有调侃的意味，攻击性较弱。

以上的例词都是方言流行语的典型代表，中国自古以来幅员辽阔，产生了多种多样的方言，而谐音用法多数起到了搞笑、玩弄的效果。

2. 外文谐音

汉语中吸收外来词的主要形式包含了：借音，形成音译词，直接翻译外来词的语音，用字只记音，不表义。[①] 而这里的外文谐音与传统的音译词是不同的，主要是指用与外语词汇读音相似或相同的汉字，把外语词汇读音表达出来的一种谐音用法。在微博语言中，外文谐音所对应的词语都是一些在汉语中已有意义的基本词汇，这一形式的新造词的产生是源于人们的猎奇心理以及对语言应用追求新鲜感。

例1：伐木累。网络义："family"的谐音。出自浙江卫视综艺节目《奔跑吧兄弟》中常驻嘉宾邓超之口，邓超因其口音问题将"family"发音为"伐木累"。

例2：嗨。网络义："high"的谐音，为"尽兴"的意思。

例3：雅蠛蝶。网络义：日语"やめて"的发音，日语原义为"不要"，有娇羞、撒娇的含义，多用于女生撒娇时。

3. 数字谐音

数字谐音就是利用发音相近或相同的阿拉伯数字表示汉字词语，通常

---

① 安华林. 语言学理论与训练［M］. 广州：暨南大学出版社，2015：104.

出现在网络交流的语境中，不作书面语用。

例1：666。网络义：最初起源于游戏领域，词语"溜""牛"的谐音，引申义为"很牛、令人折服"。

例2：520。网络义："我爱你"的谐音，多年前就已流行于各大社交媒体。

例3：对8起。网络义："对不起"的谐音。

数字谐音流行语因阿拉伯数字的汉语发音与汉语词语的发音相近而产生，同时由于阿拉伯数字书写的简便快捷，也成了谐音词流行的关键因素。

（二）外来词

外来词又称"借词"，王力在《汉语史稿》中指出："汉语的借词和译词可以分为两种，一种是来自中国各民族的，另一种是来自国外的。"[①]如今互联网的发展使得国际间的交流阻碍日益减少，中华文化与国外文化之间的碰撞使得新型网络流行语的发展更加迅猛，如今网络时代所产生的外来词语的数量之多，是历史上任何一个时期都不能比拟的。微博语言中的大多数外来词受英语、日语与韩语的影响较大。

1. 英语借用

例1：get。网络义：意为"明白、理解、获得"，通常出现的句式为"get……的点"。

例2：bug。①计算机行业的用语，意思是技术漏洞。指计算机在系统安全或者硬软件上的技术漏洞，电脑攻击者可通过漏洞在用户未授权的情况下对系统进行访问或故意毁坏。②网络义泛指事情在进行中有缺陷或不足。

例3：max。网络义：最大化，用在可用程度副词修饰的名词之后，表示其发挥到最大功用。常见搭配有：男友力 max、忍耐力 max。

从以上例词可知，英语借用在微博语言中的使用范围逐渐扩大，多数采用直接使用或者音译的方式，这确保了英语词汇在使用过程中的规范性

---

① 王力. 汉语史稿［M］. 3 版. 北京：中华书局，2015.

和准确性。

2. 日语借用

例1：鬼畜。①日语直译名词，日语为"きちく"，原义是形容做事残忍至极、无同情心的人，也可指佛教世界里六道中沦落畜生道和饿鬼道的人，"鬼畜"是缩写。②网络义泛指一些令人无法接受、刺激疯狂的东西，用于调侃。

例2：壁咚。①来自日语"壁ドン"，指拍打墙壁并发出"咚咚"的声音，因为日本的居住空间较小，邻里之间相隔很近，当隔壁发出嘈杂的声音时，日本人会通过"壁咚"的动作来提醒。②网络义指男生把女生逼到墙角，单手撑墙阻挡女生离开的强势行为，是一种示爱、表白的动作。

3. 韩语借用

例1：欧巴。①韩语"哥哥"的音译词，用于女生称呼比自己年龄稍大的男性。②网络义中，常带有撒娇的意味。

例2：思密达。①韩文"습니다"的音译词，无实际意义，在韩文中为语气助词，常放置在句子的末尾。②网络义中，是中国人学韩国人讲话的一种言语符号，带有恶搞成分。

韩流文化自2009年开始对汉语文化的影响加大，两国间文化交流日渐增多。但在微博中，韩语借用的流行语并不是十分盛行。

（三）简缩造词

在网络流行语中，使用简缩造词法而出现的词语数量众多。简缩造词就是将语言压缩简略，把成分复杂、长度过长的短语压缩成成分简单、音节较少的词语。简缩法不仅提高了称说的简便性，也满足了网络交际的需要。

例1：不明觉厉。网络义：是"不懂你在说些什么，但听起来很厉害的样子"的简缩用法，引申为表示对方言语过于深奥，让人不懂。

例2：人艰不拆。网络义：是"人生充满了艰辛和无奈，就不要再拆穿了"的简缩用法。类似用法有"人艰不摧"。

例3：累觉不爱。网络义：是"我感觉累了，没有再爱下去的勇气了"的简缩用法。

以上例词都是对结构复杂的句子和短语的简缩，一般简缩为三个字或四个字的组合，这是为了便于传播，但因为简缩过度而导致了语义模糊，更有部分四字流行语被误认为是成语。

三、微博流行语的作用及其发展趋势

（一）微博流行语的作用

1. 给汉语带来新活力

微博中源源不断出现的网络流行语给汉语的发展带来了新活力，激活了数千年来词语的文化力量，并且极大地扩充了汉语词汇的数量，丰富了汉语的表达形式。网络词语是一种新型的语体模式，既不是严格意义上的口语，也不是书面语，而是介于两者之间的一种语言。网络流行语与网络语境之间的关系类似于物种与生态环境之间的关系，网络流行语的出现强化了汉语的使用频率，促进了汉语的发展，加强了语言的平衡性。再者，网络流行语的发展依靠丰富的表达形式，如表情包、视频、图片等，这些形式都可以通过网络广泛地传播到世界各地，以更好地传播汉语文化。

2. 满足不同的文化需求

网络流行语的出现对于传统词汇来说既是一次革命，也是一次冲击，有利也有弊。各种形式的流行语的出现能够满足不同的文化需要，给文化带来了多元性。随着社会的发展，人的生活节奏逐渐加快，语言的使用要求变得更为简洁明了，而网络流行语同时具备了形式简洁和语义丰富的特点，更符合当代人们的日常交流需求。同时，微博作为目前国内最大的社交平台，人们能够使用合法、合理的流行语在平台上畅所欲言，体现个人价值。当然，也有很多网络流行语反映了网民盲目跟风、宣泄、模仿等心态。

（二）微博流行语的发展趋势

社交媒体盛行的时代也是用户产生网络新词语新内容的时代，在之后的时间内，随着科技的发展，网络词语的表达方式会愈加丰富，不再局限于文字、图片、音频等，如目前国内流行的抖音、火山小视频、快手等短视频交流平台，各个平台之间的交流必定会加快网络词语的传播速度。但也由于传播速度快，微博网络词语的存在时间也会越缩越短，新的网络词语如雨后春笋般涌现，时间的长河终究会淹没盛传一时的词语。网络词语是一个动态现象，它的出现、流行或消失都有一个过程。当一个词语赖以流行的主客观条件被削弱时，流行的元素也一并被弱化，它必然会被更加"生动"的词语所替代，从而大大降低使用频率，走向消亡。

四、结语

本文在收集并分析大量微博语料的前提下，对微博中的网络流行语进行了较为深入的研究，把微博流行语分为旧词新用和新造词两大类。旧词新用分为创造同形同音词、利用原义派生新义以及更改色彩意义三种，新造词可细分为谐音造词、外来词、简缩造词三类。无论是旧词新用还是新造词，都能给人带来一种新鲜生动的感受，满足受众用语求新的心理。网络流行语给汉语带来了新活力，满足了不同的文化需求。网络已成为人们最主要的交流途径，以微博为代表的社交平台将继续涌现新颖生动的网络流行语。

基于功能目的论视角的国产网络剧剧名英译策略探究

王义凡[①]　安　妮[②]

摘　要： 随着中国国际地位的提高和文化产业的蓬勃发展，国产网络剧在海外的影响力不断扩大。网络剧剧名是一张有力的名片，我们应当重视网络剧剧名的英译研究，更好地发挥它的宣传效果。本文通过收集 Netflix 和 YouTube 两个平台上近五年国产网络剧的剧名，在功能目的论的指导下，以提高网络剧收视率、传播中国文化为目的，提出译名应具有信息功能、美感功能和商业功能。通过观察优秀英译名，总结出青春爱情剧常用减译法和创译法，历史玄幻剧常用仿译法，刑侦探案剧常用直译法，改编自小说的网络剧常直接使用原著译名的国产网络剧剧名英译策略。同时，分析目前海外网络剧译名存在语言翻译错误和语言翻译失误两大方面的问题，并对具体的词汇、语法错误，机械翻译，译名跑题或空缺等问题进行修正。

关键词： 网络剧；译名；目的论；方法

20 世纪 70 年代，德国功能翻译学派兴起，其中，由汉斯·维米尔（Hans Vermeer）提出的功能目的论是本学派的一个核心理论。维米尔认为，译者在整个翻译过程中的参照系不应是"对等"理论所注重的原文及其功能，而是译文在译语文化环境所期望达到的一种或若干种交际功能。[③]

---

①　王义凡，广东海洋大学文学与新闻传播学院汉语国际教育专业 2016 级本科生。
②　安妮，广东海洋大学文学与新闻传播学院助教。
③　谢天振. 当代国外翻译理论导读 [M]. 天津：南开大学出版社，2008：136.

也就是说，翻译行为中目的语想要达到的效果和实现的功能决定翻译过程中采用的策略和方法，即目的决定方法。

对于中国影视剧剧名英译策略的研究早已有之，但早期着重运用尤金·A·奈达（Eugene A. Nida）的功能对等理论进行研究。随着研究的深入，人们逐渐发现仅运用功能对等理论无法满足实际需要，因此用功能目的论指导剧名翻译的研究开始增多。

将功能目的论引入国产影视剧名称翻译领域的研究最早见于刘丽艳的硕士论文《功能目的论视角下的中文电影片名翻译》。在此基础上，陆续有学者进行更深入的研究，并提出了具体的翻译方法，如傅恒以 TVB 电视剧英译名为研究对象，提出了直译、意译和借译①；陈奕芳增加了改译的方法②；胡琪探讨了在功能目的论下剧名应具备的信息、解释和审美功能，并提出音译的翻译方法③；饶佳欣与贾欣岚将研究范围扩大到大陆、港台的电视剧英译名，新增了创译和简译两种方法④；等等。

基于功能目的论视角下的国产影视剧剧名英译研究近年不断增多，这些学者大多选取优质译名进行分析总结，没有关注到中国网络剧市场中所存在的翻译不规范现象，这是我们可以深入研究的部分。

本文以国外两大著名视频网站即 Netflix 和 YouTube 为资料收集平台，分析这两大平台上的国产网络剧剧名，运用文献研究法、比较法和归纳法，进一步探求基于功能目的论视角下的国产网络剧剧名英译策略。

一、功能目的论下国产网络剧英译名应具备的功能

在功能目的论的指导下，我们需要重视受众特点及其需要，要想让受众对网络剧产生兴趣，达到提高收视率、传播文化的目的，网络剧剧名就需要拥有信息功能、美感功能与商业功能，其中，信息功能与美感功能服

① 傅恒. 功能目的论关照下电视剧名汉英翻译探讨 [J]. 重庆三峡学院学报，2012（2）：124 – 127.
② 陈奕芳. 从目的论角度谈中文电影片名的英语翻译 [J]. 哈尔滨职业技术学院学报，2014（2）：136 – 137.
③ 胡琪. 目的论视角下中国电影片名的英译研究 [D]. 长春：吉林财经大学，2017.
④ 饶佳欣，贾欣岚. 从功能目的论看国产影视剧剧名的英译技巧 [J]. 海外英语，2017（12）：125 – 126，137.

务于商业功能。

(一) 信息功能

译名要想使网络剧获得商业和文化的双重价值，首先要具备信息功能。

剧名作为识别不同网络剧的标志，是人们谈论交流某部网络剧的重要代称，也有着指导人们解读剧情文本的重要作用。它可以提示人们网络剧的类型，也可以暗示故事内容。语言信息功能的核心是外部情境、一个话题的事实、语言之外的现实，包括报道的观点或理论。[①] 剧名的信息功能使得人们在看到这个名称时，便能迅速获取这部网络剧的相关内容，从而判断是否对它感兴趣。

比如，网络剧《十宗罪》，观众可以根据名字迅速判断出这部剧属于刑侦探案类，且包含十个案件。剧名翻译不能与剧情内容背道而驰，也不能造成题材误解或丧失重要特色。

(二) 美感功能

美感功能即剧名应让观众获得美的享受，是一种企图影响接受者思想与行为的功能。[②] 网络剧剧名可以通过自身的形式和内容让观众获得视觉、听觉和想象上的审美愉悦。

首先，剧名以文字形式呈现给观众，文字字数、字形外观等都影响着观众的视觉感受。一般来说，标题字数不多于九个字，因为短时记忆中贮存信息的数量是有限的，为 7 ± 2 个组块。[③] 所以，在网络剧剧名英译中时也要注意长度限制。"汉字凭其象形方块字的优势有较强表现力，而英语由于单词长短不一，缺乏构型优势，翻译时也要把握好平衡。"[④]

---

① 胡琪. 目的论视角下中国电影片名的英译研究 [D]. 长春：吉林财经大学，2017：21.
② 陈奕芳. 从目的论角度谈中文电影片名的英语翻译 [J]. 哈尔滨职业技术学院学报，2014 (2)：136 – 137.
③ 王振宇. 心理学教程 [M]. 北京：人民教育出版社，1998：35.
④ 傅恒. 功能目的论关照下电视剧名汉英翻译探讨 [J]. 重庆三峡学院学报，2012 (2)：124 – 127.

其次，人们在讨论某部网络剧时，剧名以声音的形式出现，剧名的音韵节奏会影响听觉上的审美效果。对于音美的追求，汉语与英语的实现形式并不相同。现代汉语有声调，可以使音节和音节之间界限分明，使语言富有高低升降的变化，所以音乐性强。现代汉语在剧名中常常通过读音的重复、平仄变化等形成抑扬顿挫的音乐美，如《致我们暖暖的小时光》《全职高手》等。英语是以音位为基础的语调语言，常采用押韵和轻重音交替的方式达到悦耳效果，如压头韵的 *Gossip Girl*（《绯闻女孩》）、*Breaking Bad*（《绝命毒师》）等。

最后，语言是为了取悦感官而设计的。先是通过它的实际或想象的声音，然后是通过它的隐喻。修辞手法的运用将使标题产生非凡的艺术效果。[①] 中国影视剧剧名常通过使用各种修辞手法提高这部剧的艺术魅力，如《人不彪悍枉少年》这部网络剧剧名就源自清代袁枚《随园诗话》中的"天因著作生才子，人不风流枉少年"，表达出了青春就应该张扬勇敢、实现自我价值的主旨。西方注重逻辑思维，剧名习惯运用简洁直白的表达，如讲述一群生活在纽约的老友之间的生活趣事的美剧，命名为"老友记"，凝练地表达出了本剧的中心内容。

中英思维的差异决定了美感功能实现的不同表现形式，我们在翻译时要注重根据翻译目的而调整翻译思维。

（三）商业功能

网络剧既是文化产品又是商业产品，随着版权保护意识的不断增强，付费剧目增多，观众对网络剧的第一印象和了解都来源于剧名，其成为观众决定是否付费看剧的决定因素之一。因此，一个好的剧名能够带来潜在的经济效益，从某种程度上来说，剧名是网络剧的商标。

在翻译剧名时，我们要力求使用海外观众易于接受的形式，避免晦涩难懂。

---

① 聂之涵. 功能对等理论下中国电视剧片名的英译研究 [D]. 长春：吉林财经大学，2017：13.

二、基于功能目的论的国产网络剧英译名分析及英译策略总结

译者在翻译的过程中，要以功能目的论为指导思想，创新性地采用一定的翻译策略，以达到翻译目的。收集分析近五年在海外上线的网络剧，可将其分为青春爱情剧、古装玄幻剧、刑侦探案剧三大类型。本节将通过分析不同类型的网络剧优秀英译名，总结各类型网络剧常用的英译策略。

（一）减译法与创译法

功能目的论强调关注译文的使用者，为用户服务。例如：国产青春爱情网络剧的剧名有的比较口语化，如"致我们单纯的小美好"；有的具有漫画风格，如"奈何 BOSS 要娶我"；还有化典、借典的剧名，如"暗恋·橘生淮南"等。而英语国家影视剧剧名更加简洁直接，常用主人公名字或重要线索作为标题，如 *The Carrie Diaries*（《凯莉日记》）、*Young Sheldon*（《小谢尔顿》）。由此可看出，外国观众习惯于通过简单的核心关键词获知影视剧最重要的信息。所以，在剧名较长但能提取出关键词的情况时，我们可采用"减译"的翻译方法。

1.《致我们单纯的小美好》译为"A Love So Beautiful"

国产网络剧《致我们单纯的小美好》讲述的是一段由单恋到相恋的甜蜜故事。此剧剧名较长，直译易影响英译名的美感，不符合受众习惯。因此，译者采用减译法，保留了核心词"美好"，译为"A Love So Beautiful"。英译过来的剧名长度适中，充满美感，观众一看就知道是一部爱情剧，信息传递明确。

2.《暗恋·橘生淮南》译为"Unrequited Love"

《暗恋·橘生淮南》也采用减译法，保留"暗恋"，译为"Unrequited Love"。"unrequited"指"没有回报的、单方面的"，表达出了一个单相思的爱情故事。

3.《奈何 BOSS 要娶我》译为"Well-intended Love"

《奈何 BOSS 要娶我》讲述了女主因需骨髓救治而与男主协议隐婚的故事。单取剧名中的任一个词语都不能很好地表现最为重要的故事核心，面对这种情况，可用创译的方法。"创译即在无法直译或直译效果实在不佳

时所采取的方式，即把原剧名抛开，不再受到中文译名的束缚，根据剧情内容和特色，用英语另起剧名。"① 它的官方英译名为"Well-intended Love"，其中的"well-intended"表示"善意的、用意良好的"，即暗示男女主之间是因为骨髓救治而产生的爱情。

由上可知，国产青春爱情剧剧名一般较长，我们在英译时常采用减译法保留其核心意义。面对不好减译的剧名，可尝试使用创译法来使剧名简洁明了。

（二）仿译法

中国古装玄幻网络剧一直是海外观众的心头好，也是传播中国传统文化的重要载体，其剧名大多不长，但可能包含一些难译的生造词，如电视剧《凤弈》。从商业目的出发，我们可以适当仿照一些广受好评的古装剧英译名，用仿译的方法进行翻译。

例如，将《凤弈》译为"Legend of the Phoenix"。"凤弈"即使是懂汉语的人也可能不知道它的具体意思。"凤"指的是女主，"弈"指女主在皇亲贵族之间的周旋。译者根据剧情内容选择仿译国产剧《芈月传》，即"Legend of Miyue"，将《凤弈》译为"Legend of the Phoenix"，《芈月传》良好的海外口碑让《凤弈》也更易获得海外观众的好感，提高收视率。

（三）直译法

刑侦探案剧的剧名大多直白简洁，常直接使用主角名字或重要的地点、线索等作为剧名，如《法医秦明》等剧。"当译语和源语在功能上通过字面翻译就能达到重合时，直译是一种简便而又完美的翻译策略。"②

例如，将《法医秦明》译为"Medical Examiner：Dr. Qin"，长度合适，完整保留了原名信息。观众看到这个剧名，既能明白这部网剧的类型，又能知晓主人公的信息，完美发挥了剧名信息功能的作用。

---

① 饶佳欣，贾欣岚. 从功能目的论看国产影视剧剧名的英译技巧［J］. 海外英语，2017（12）：125－126，137.

② 傅恒. 功能目的论关照下电视剧名汉英翻译探讨［J］. 重庆三峡学院学报，2012（2）：124－127.

可见，我们在翻译刑侦探案剧剧名时，最常采用的方法是直译法。

（四）使用原著译名

随着网络文学的发展，不少中国网络小说受到国内外读者的喜爱，制片公司便将这些小说影视化，如《暗黑者》《陈情令》。这些网络剧的原著已有一定知名度，译名已被广泛接受，在这种情形下，我们就可以直接使用原著的英译名。

1.《暗黑者》译为"The Death Notice"

《暗黑者》是国产网剧呈爆发式增长的一个起点，开启了国产网剧元年。这部剧改编自小说《死亡通知单》，译名为"The Death Notice"，在国内外的销售成绩都很好，所以翻译时没有直译为"The Darker"，而是直接使用了"The Death Notice"。这样既可以达到宣传的效果，又能推动书的销售，使其商业价值最大化。

2.《陈情令》译为"The Untamed"

《陈情令》这部剧改编自网络小说《魔道祖师》，这本书出版发行时名为"无羁"，在国内外都具有超高人气。译者在翻译剧名时，考虑到海外观众对原著的熟悉度，于是将其译为"The Untamed"。这个名字表达出了不受羁绊的精神状态，也暗示了主人公的性格特点。此外，这个英译名来自拥有大批读者的原著，能够发挥其商业功能，吸引更多人观看。

三、国产网络剧名称英译现存问题及建议

随着中国文化影响力的上升，越来越多的影视作品向海外输出。我们发现近五年在 Netflix 和 YouTube 两大视频网站上播放的国产网络剧的英译名，主要存在语言翻译错误和语言翻译失误两大方面的问题。

（一）语言翻译错误

1. 词汇错误

根据功能目的论，翻译最本质的要求是译语能够被受众群体所接受，

能够实现一定的功能。① 如果译者自身没能正确理解源语的含义，又在没有经过查证的情况下直接使用了自认为正确的词汇进行翻译，就会造成词汇使用错误。

例如，将《大唐魔盗团》译为"Grand Theft in Tang"。

2019年李明明执导的网络剧《大唐魔盗团》，其英译名是"Grand Theft in Tang"。这个英译名将原名中的"大唐"翻译为"Tang"是不对的，"大唐"即指"唐朝"，正确翻译应该为"Tang Dynasty"。在词典和互联网中均未搜索到"Tang"代表"唐朝"这一意思，此剧英译名应改为"Grand Theft in Tang Dynasty"。

2. 语法错误

如果译者未能充分掌握英语主体知识，就有可能在翻译过程中出现基本的语法问题。一些通过用户自主上传到海外视频网站的网络剧，由于没有经过专业的翻译审核，因此很容易出现语法错误。

例如，将《大约是爱》译为"About is Love"。

青春爱情偶像剧《大约是爱》的英译名中，"about"一词使用不当。"about"在英语中只有介词、形容词和副词三种词性，位于be动词之后，均不能作为主语。英语中大体是一类词充当一类成分；汉语里同一类词可以充当多种成分，词在语法方面呈现出多功能性。我们需要注意中英两种语言在这方面的差异。"大约是爱"这个剧名反映的是女主陷入爱情之后的不确定心理，因此可以翻译为"Is It Love"。

（二）语言翻译失误

1. 英语中对应概念的空缺

汉语和英语拥有不同的历史和使用区域，这导致两种语言既有共性也有个性，甚至是两种语言拥有彼此所没有的特性。② 当目的语中没有与源语概念意义相对应的单词时，译文就可能无法完整甚至错误地传递源语言

---

① 张雪. 中国电视栏目名称英译现存问题与改进策略——目的论视阈［D］. 福州：福建师范大学，2018：21.

② 张雪. 中国电视栏目名称英译现存问题与改进策略——目的论视阈［D］. 福州：福建师范大学，2018：25.

的背景文化。

例如，将《最强男神》译为"The Strongest Men of God"。

青春爱情网络剧《最强男神》中的"男神"是一个中国网络词汇，具有鲜明的中国特色，用来指称某些优秀男性、偶像或女性的梦中情人等。《最强男神》讲述的是电竞选手刘川带领龙吟战队逐步成长为电竞超级战队的励志故事，其英译名为"The Strongest Men of God"。

由于"男神"这个文化概念在英语国家的缺失，译者在翻译时必须考虑如何最贴切地表达原名中"男神"的含义。"men of god"的中文意思确实是"男神"，但是在西方文化中，"god"是一个拥有强烈宗教含义的词语，"men of god"是指宗教中的男性神，没有其他特殊含义。我们可以根据"男神"不同的使用语境，将其翻译为"dreamboat（梦中情人）""super idol（超级偶像）"等。《最强男神》中"男神"指电竞偶像，因此可翻为"esports idol"。另外，"最强"中的"强"是指电竞技术的高超，翻译为"strongest"也不贴切，可用"best"。综上，将该剧译名改为"The Best Esports Idols"更为恰当。

2. 机械翻译

逐字对译是译者在不顾语境、文化差异等情况下，机械化地按照原文每个字的字面意义进行翻译。逐字对译出的英译名容易缺失原名带有的文化含义，且达不到提供信息的目的。

例如，将《艳骨》译为"Colorful Bone"。

古装玄幻网络剧《艳骨》讲述的是储妃静姝自幼习得画皮绝技，用一张美人皮换回一条人命，从而引起了一系列爱恨情仇的故事，英译名为"Colorful Bone"。从剧情简介可以得知，这里所说的"骨"并不是指人真正的骨头，而是指人的皮相，因此译为"bone"并不准确。《艳骨》的女主拥有的画皮绝技是本剧的一个重点，因此我们可以借鉴国内电影《画皮》的英译名"Painted Skin"，将其译名改为"Pretty Painted Face"，既保留原名中"艳"的信息，又点明了剧中最重要的线索。《画皮》在海外票房、口碑不低，利用其英译名更能激起海外观众的观看兴趣。

3. 译名与原书名不对等

译者没有充分理解网络剧剧名的含义，使得英译名表达的含义与原剧名不一致，起不到提示剧情内容的作用，从而造成信息传递的不对等。

（1）《惹上冷殿下》译为 "Provoke a Cold Palace"。

《惹上冷殿下》是一部青春爱情偶像剧，讲述了一位拥有百万粉丝的当红男歌星与一位平凡的女孩从最初的互相讨厌到后来互相倾心的故事。它的英译名为 "Provoke a Cold Palace"，其中，"provoke" 意为 "激怒、挑衅和诱导"，"cold palace" 表示 "寒冷的宫殿"，两者在语义上并不能搭配，"palace" 的使用还容易让人以为这是一部中国宫斗剧，整个译名不知所云，与原名表达的意思相差甚远。原名中 "冷殿下" 是一种夸张的说法，并不是真的 "殿下"，而是说男主是一个性情冷漠、难以接近的大明星。我们可以用 "inapproachable" 描述男主性格，指 "难接近的，不友好的"，它还有 "无可匹敌、无可比拟" 之意，正好点 "大明星" 之题。因此可把译名改为 "Love with the Inapproachable"，"love" 点明剧情主题，"inapproachable" 保存原名信息。

（2）《谁的青春不叛逆》译为 "The Youth Who Do Not Rebel"。

《谁的青春不叛逆》英译名为 "The Youth Who Do Not Rebel"，可以看出明显的翻译错误，译名表达的含义与原名相反。"谁的青春不叛逆" 是一个反问句，表达的应是肯定意味，在翻译为英译名时要将这个反问语气转化为肯定语气。另外，英语剧名强调简洁，不常用从句句式，因此，可译为 "The Rebellious Youth"。

4. 英译名空缺

有的制作者上传网络剧到海外网站上时，不重视译名或因疏忽大意而忘记将剧名翻译，直接套用中文原名，因此很难吸引不懂汉语的外国观众，达不到增加点击量的目的，如《冷案》《同居损友》等，在这里我们可以为它们加上译名。

（1）《冷案》译为 "Cold Case"。

《冷案》讲述的是一群警官通过努力破解尘封悬案的故事，英语中的词组 "cold case" 可以与 "冷案" 对应，并且 *Cold Case* 也是一部与《冷案》剧情相似的美剧，因此可译为 "Cold Case"。

（2）《同居损友》。

《同居损友》讲述的是一群同居室友之间发生的多姿多彩的生活故事，

我们可以模仿美剧《老友记》（*Friends*）的命名方式，译为"Roommates"。

中国文化产业正蓬勃发展，出口高质量的内容可以让海外观众更好地了解中国的软实力。网络剧作为以互联网为媒介的文化产品，通过其推动中国文化输出的力量不容小觑，而剧名的翻译则是输出过程中的一个核心环节。

四、结语

本文从目的论视角出发，分析优秀国产网络剧英译名，根据不同类型的网络剧剧名特点，以及同种网络剧常用的英译方法策略，总结出了常见网络剧类别的翻译策略。最后，探讨和改正了在海外上线的国产网络剧剧名现存的语言翻译错误和语言翻译失误。

受客观条件和学识所限，本文所收集到的网剧不够全面，翻译也存在不足，今后将不断优化补充，加深研究。

母语媒介语在二语教学中的定位

许秋佳① 刘连海②

摘 要：母语媒介语在二语教学中的作用一直饱受争议。分析 2010 年以来的 151 篇相关研究成果，我们得知 58% 的学者、76% 的教师和 71% 的学生赞同在二语教学中使用母语。使用母语有"满足教师和学生的要求""提高二语教学的效率""实现最优化的教学""符合认知与学习规律"的作用。因此，我们有必要在二语教学中使用母语媒介语。在二语教学中使用母语时要"针对不同班级""针对不同课程""针对不同阶段""针对不同内容"，合理使用母语媒介语，实现教学最优化。

关键词：媒介语；母语；二语教学

母语媒介语在二语教学中的地位一直是二语教学界争论不休的问题。这个问题的解决对二语教学的理论研究和实践教学都有十分重要的作用。自二语教学流派中语法翻译法和直接法对母语媒介语采用截然相反的态度开始，其在二语教学中的地位、影响、作用等就一直处于争议之中。2010—2019 年，研究媒介语、母语媒介语的文章逐步增多，母语媒介语的研究明显成为一个热点。尽管有大量的调查研究，但母语媒介语在二语教学中的地位仍然没有形成一个可信可靠的结论。它在二语教学中的地位如何？到底该不该存在？该不该使用？该何种程度使用及如何使用？这些都是值得我们探索与研究的问题。

笔者在中国知网上查找 2010 年以来有关母语媒介语在二语教学中作用

---

① 许秋佳，广东海洋大学文学与新闻传播学院汉语国际教育专业 2016 级本科生。
② 刘连海，广东海洋大学文学与新闻传播学院讲师。

的相关文章，共收集了 151 篇论文。其中，有 8 篇采用问卷调查、访谈的方式探讨教师对母语媒介语的态度，有 10 篇采用问卷调查的方式调查学生对母语媒介语的态度。这些研究呈现出"研究数量多""研究方法多""研究角度多""观点分歧大"四个特点。但是，这四个特点也暴露了母语媒介语研究有许多需要完善的地方：①虽然研究数量多，但是不成系统；②虽然研究方法多，但是很少有从实践和理论两方面同时进行研究的；③虽然研究角度多，但是几乎没有分析学者对母语媒介语的态度的；④"观点分歧大"的特点，说明母语媒介语在二语教学中的研究仍然具有重大意义，本研究亦有着一定的价值。

本文从两个方面对母语媒介语进行定位。一方面，探究、分析、总结 2010 年以来母语媒介语在二语教学中的地位的相关研究，用数据来说明母语媒介语的地位，证明大部分学者、教师、学生赞同在二语教学中使用母语媒介语。另一方面，总结使用母语媒介语的作用，并提出使用母语媒介语的策略，全面把握母语媒介语在二语教学中的定位。

一、近十年学者、教师和学生对母语媒介语的态度

（一）界定概念，明确研究对象

1. 母语

"母语"在《现代汉语词典》中有两个意思：①一个人最初学会的一种语言，在一般情况下是本民族的标准语或某一种方言。②有些语言是从一个语言演变出来的，那个共同的来源，就是这些语言的母语。① 在本文中，我们采用第一个定义，也就是一个人出生之后最初学会的语言。

2. 第二语言与二语教学

吕必松认为："第二语言是在第一语言之后学习和使用的其他语言。在习得第一语言以后学习和使用的本民族的语言、本国其他民族的语言和外国语言，都叫作第二语言。"②本文中讨论的第二语言，我们只考虑习得

---

① 中国社会科学院语言研究所词典编辑室. 现代汉语词典 ［M］. 7 版. 北京：商务印书馆，2016.

② 吕必松. 对外汉语教学概论（讲义）（续一）［J］. 世界汉语教学，1992（3）：211 – 216.

的先后顺序，即在习得第一语言后，学到的语言都称为第二语言。而只要是进行除第一语言之外的语言教学，我们都可以称其为二语教学。

3. 媒介语

根据联合国教科文组织给出的定义，教学媒介语是指"教育系统中基本课程的授课语言"。总的来说，在二语教学中，媒介语主要有两种形式，分别是语言形式的媒介语和非语言形式的媒介语。前者主要有课堂教学媒介语和教材媒介语。课堂教学媒介语大体有四种，分别是学生的母语、学生的目的语（第二语言）、国际通用语（通常是英语）以及学生和教师都熟悉的其他一种语言。本文要讨论的是语言形式的母语媒介语。

（二）学者的态度

2010—2019 年，中国知网共有 151 篇探讨母语媒介语地位、作用的论文。在对学者的态度进行分类时，我们采用了五级评分法。第一级为完全赞同，认为任何时候都必须使用母语媒介语；第二级为赞同，赞成在二语教学中使用母语媒介语，认为母语媒介语在二语教学中不可或缺，母语媒介语对二语教学有积极的促进作用；第三级为一般，认为在二语教学中应该把英语和母语媒介语相结合，在二语教学中减少使用母语媒介语，从正反两面看待母语媒介语；第四级为不赞同，认为应该使用英语媒介语或者支持零媒介语；第五级为完全不赞同，反对使用母语媒介语。

在总结上述的 151 篇论文之后，我们得出以下结论：

第一，如表 1 所示，在二语教学中使用母语媒介语这一问题上，没有学者完全赞同，有 88 篇论文赞同，有 18 篇论文不赞同，仅有 1 篇反对。

第二，从图 1 我们可以看出有 58% 的学者赞同在二语教学中使用母语媒介语，只有 12% 的学者不赞同。这个数据表明，2010—2019 年，大部分学者赞同在二语教学中使用母语媒介语。

表1　近十年学者对母语媒介语的态度（篇数）

年份	文献篇数	完全赞同	赞同	一般	不赞同	完全不赞同
2010	22	0	16	6	0	0
2011	24	0	17	6	1	0
2012	17	0	13	4	0	0
2013	17	0	12	4	1	0
2014	13	0	7	5	1	0
2015	9	0	5	3	1	0
2016	7	0	4	2	1	0
2017	17	0	6	3	8	0
2018	14	0	3	8	2	1
2019	11	0	5	3	3	0
总计	151	0	88	44	18	1

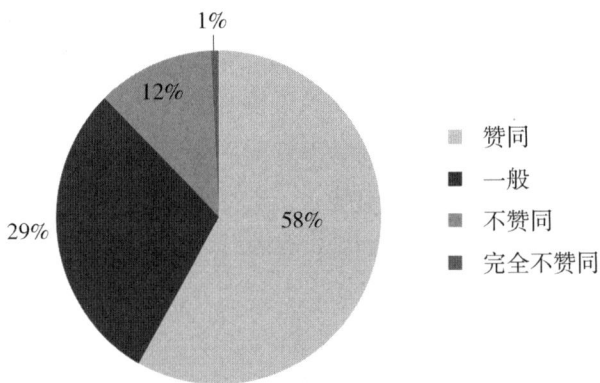

图1　近十年学者对母语媒介语的态度（占比）

（三）教师的态度

在151篇论文中，有8篇论文采用问卷调查、访谈的方式探讨教师对母语媒介语的态度，我们把调查人数进行总结并加以分析，得出以下结论：

第一，调查人数共为 110 人，其中赞同使用母语媒介语的有 83 人，不赞同的有 10 人，没有教师完全赞同或者完全不赞同（见表 2）。

第二，从图 2 可以看出，赞同使用母语媒介语的教师占比高达 76%，不赞同使用母语媒介语的教师只占 9%。这说明绝大部分教师都赞同在二语教学中使用母语媒介语。

尽管我们提倡在二语教学中要尽量使用目的语进行教学，让学生沉浸在第二语言的学习环境中。但调查结果显示，绝大部分教师肯定母语媒介语的作用，认为在二语教学中，运用母语是不可避免的。

表 2　近十年教师对母语媒介语的态度（人数）

文章	调查人数	完全赞同	赞同	一般	不赞同	完全不赞同
《试论母语对课堂外语教学的影响：一项基于目前初中英语课堂中母语使用情况的调查》	12	0	10	2	0	0
《母语在小学英语教学中的应用研究》	5	0	4	1	0	0
《大学英语课堂教学中母语使用的实证研究》	6	0	5	0	1	0
《大学公共英语课母语使用情况调查》	5	0	1	1	3	0
《大学公共英语课堂如何使用母语》	30	0	23	5	2	0
《英语专业课堂中教师母语使用的实证研究》	25	0	23	0	2	0
《二语教学中母语使用情况的调查与分析——以独立学院大学英语教学为例》	12	0	2	8	2	0
《外语课堂谁主沉浮？——基于大学英语教师在 EFL 课堂上教学媒介语使用情况的调查》	15	0	15	0	0	0
总计	110	0	83	17	10	0

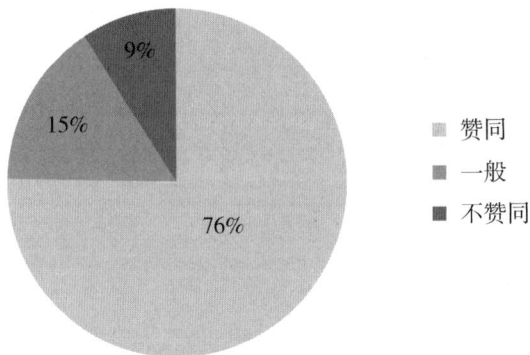

图2　近十年教师对母语媒介语的态度（占比）

（四）学生的态度

在 151 篇论文中，有 10 篇论文采用问卷调查的方式调查学生对母语媒介语的态度，对调查进行分析之后的结果如下：第一，从表 3 中我们可以看出，总共有 2 393 名学生参与了本次调查，其中有 169 名学生完全赞同使用母语媒介语，1 292 名学生赞同使用母语媒介语，363 名学生不赞同使用母语媒介语，35 名学生完全不赞同使用母语媒介语。

第二，在图 3 中，赞同使用母语媒介语的学生占 54%，而且还有 7% 的学生完全赞同，不赞同使用母语媒介语的学生占 15%，且还有 2% 的学生完全不赞同使用母语媒介语。

这说明，大部分学生赞同（赞同和完全赞同的比例为 61%）在二语教学中使用母语媒介语。在"以学生为中心"的教学原则的指导下，这个结论有一定的参考价值。同时，不可忽视的是，有 7% 的学生完全赞同使用母语媒介语，还有 2% 的学生完全不赞同使用母语媒介语。虽然这两个数据占比不大，但是对我们的教学有很重要的参考价值，必须引起我们的重视。

表3　近十年学生对母语媒介语的态度（人数）

文章	调查人数	完全赞同	赞同	一般	不赞同	完全不赞同
《试论母语对课堂外语教学的影响：一项基于目前初中英语课堂中母语使用情况的调查》	304	0	248	56	0	0
《母语在小学英语教学中的应用研究》	101	3	45	36	15	2
《大学英语课堂教学中母语使用的实证研究》	156	0	138	3	15	0
《大学公共英语课母语使用情况调查》	51	0	15	10	26	0
《外语教师课堂使用母语的调查研究》	500	35	128	221	103	13
《大学公共英语课堂如何使用母语》	200	0	141	48	11	0
《运用母语教学与运用目的语教学的比较研究．以韩国大学的汉语课堂为例》	115（韩国教师）	25	51	34	4	1
	115（汉语教师）	24	38	30	15	8
《母语在英语课堂中的角色分析》	466	0	361	0	105	0
《试析母语在大学英语教学中所起的作用与影响》	70	0	11	0	59	0
《二语教学中母语使用情况的调查与分析——以独立学院大学英语教学为例》	315	82	116	96	10	11
总计	2 393	169	1 292	534	363	35

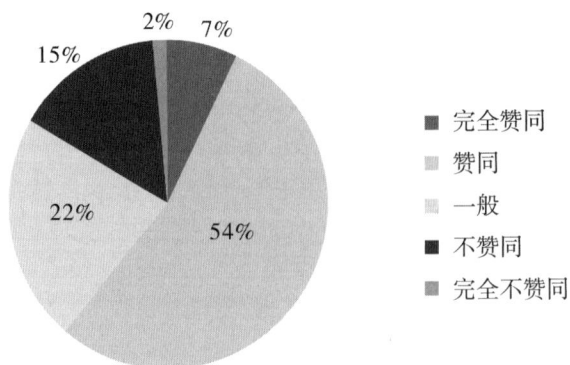

图3　近十年学生对母语媒介语的态度（占比）

　　通过分析学者、教师、学生对母语媒介语的态度，我们再把三者的数据进行整合（见图4），可发现三者赞同使用母语媒介语加起来的占比都在一半以上，这说明在二语教学中，使用母语媒介语是必不可少的。对三者的态度进行比较，可得出：赞同和完全赞同使用母语媒介语的比例是教师＞学生＞学者。这说明，在二语教学中，教师对使用母语媒介语的态度更为积极。值得注意的是，教师和学者对母语媒介语的态度集中在"赞同""一般"和"不赞同"上，而有8.5%的学生的态度分布在"完全赞同"和"完全不赞同"这两极中，这和学生本身的二语水平有极大的关系。如果学生的二语水平较高，可能希望教师在二语教学中不使用母语媒介语，追求"纯目的语"的教学，希望教师尽可能在有限的教学时间里增加目的语的输入；如果学生的二语水平较低，则要求教师能使用母语进行教学，因为如果教师完全采用目的语进行教学，他们会听不懂或者跟不上教学进度。这就要求教师在二语教学中要正确地对待、使用母语媒介语，实现教学的最优化。在教学活动中，教师起主导作用，学生是主体，学者是教学活动的研究者。他们都肯定母语媒介语的作用，由此证明了母语媒介语不可或缺的地位。

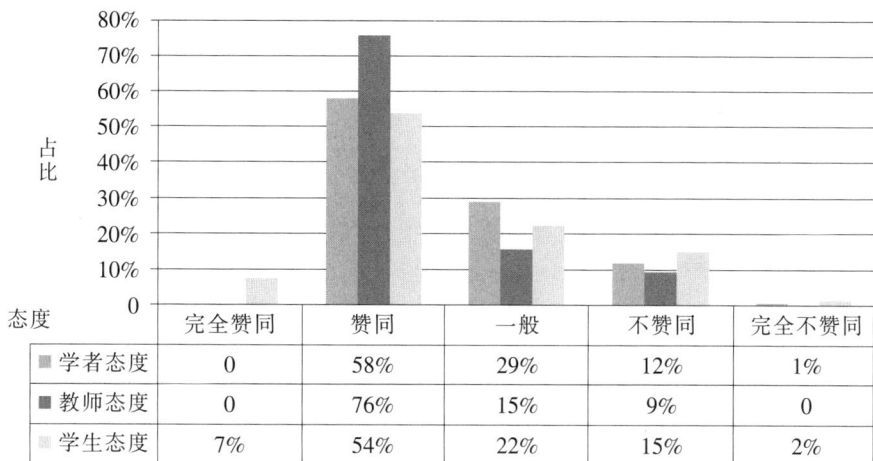

态度	完全赞同	赞同	一般	不赞同	完全不赞同
■ 学者态度	0	58%	29%	12%	1%
■ 教师态度	0	76%	15%	9%	0
■ 学生态度	7%	54%	22%	15%	2%

图4　近十年学者、教师、学生对母语媒介语的态度（占比）

二、使用母语媒介语的作用

以上的数据表明，母语媒介语在二语教学中的地位不容小觑，这为我们从理论上进一步解释使用母语媒介语的作用奠定了基础。

1. 满足教师和学生的要求

通过分析 2010 年以来的相关研究，我们得出的结论是：76% 的教师和 61% 的学生赞同（包括完全赞同）在二语教学中使用母语媒介语，即大部分教师和学生对母语媒介语的使用持积极态度。在教学中借助母语媒介语，符合教师和学生的需求。

2. 提高二语教学的效率

在二语教学中，借助母语媒介语，可以提高二语教学的效率。华东师范大学谭鸿雁的《试论母语对课堂外语教学的影响：一项基于目前初中英语课堂中母语使用情况的调查》（2010）中，对上海市的一所普通中学的 12 名教师进行问卷调查，其中"91.67% 的教师认为'使用母语能有助于学生更好地理解所学知识'；在'节省课堂时间'这个选项上，持赞同观点的教师的比例达41.67%"①。印盼《巴巴多斯汉语课堂媒介语使用情况调查分析——以西印度大学凯夫希尔分校孔子学院为例》（2019）中，对巴巴多斯西印度大学凯夫希尔分校的13名教师进行了问卷调查，结果表明"75%的教师认为在课堂教学中使用母语媒介语有利于加强师生沟通，促进教学工作的开展"②。以上数据表明母语媒介语的使用在不同程度上有利于二语教学的开展。

3. 实现最优化教学

在一个班级中，学生的水平往往参差不齐。数据表明，学生对母语媒介语的态度可能与其自身的二语水平有关。对于二语水平较低的学生，教师如果借助母语媒介语进行教学，会提高其学习效果，缩小学生之间的差距，实现教学的最优化。常晓晋《试论对外汉语教学媒介语》③中对泰国的四所私立学校的学生进行了调查，在630份问卷中，学生对教师使用泰语的态度是：有600多名学生认为教师使用泰语可以使自己心理上得到放松，而只有10名学生认为教师上课用泰语对自己的心理没有帮助，由此可知，大部分学生都认为使用母语媒介语能够使自己放松。这说明，母语媒介语在一定程度上可以降低学生的屏蔽程度，缓解学生的焦虑，实现教学的最优化。

4. 符合认知与学习规律

我们已经知道，学习者无法摆脱母语思维，母语媒介语的使用符合学生的认知规律。根据乔姆斯基的普遍语法理论，语言之间存在共性，利用这些共性来进行二语教学，是符合学习规律的。

三、使用母语媒介语的策略

"改革教学方法还需要很好地处理教学中的一系列关系问题，比如以学生为中心和以教师为主导的关系，语言知识教学和语言技能训练的关

---

① 谭鸿雁. 试论母语对课堂外语教学的影响：一项基于目前初中英语课堂中母语使用情况的调查 [D]. 上海：华东师范大学，2010：19.
② 印盼. 巴巴多斯汉语课堂媒介语使用情况调查分析——以西印度大学凯夫希尔分校孔子学院为例 [D]. 北京：中央民族大学，2019：26.
③ 常晓晋. 试论对外汉语教学媒介语 [D]. 西安：陕西师范大学，2009.

系，语言结构教学和语言功能教学的关系，听说技能教学与读写技能教学的关系，语言要素的教学和相关文化知识教学的关系，目的语和母语或媒介语的关系，语言和文学的关系，等等。在处理这些关系时，需要客观地分析，全面地考虑，避免走极端。"① 我们肯定母语媒介语对二语教学的作用，但也需要有具体问题具体分析的态度，准确地把握母语媒介语，避免走向极端。针对不同班级、不同课程、不同阶段、不同内容，母语媒介语的使用有相应的策略。

1. 针对不同班级

我们讨论母语媒介语在二语教学中的定位，是先把"国际班"排除在外的。但是，我们必须承认一个事实：随着越来越多的汉语学习者到中国学习汉语，班级的构成变得十分复杂，他们的母语也不尽相同。在此情况下借助母语媒介语是毫无意义的，因此我们要针对不同的班级运用不同的母语媒介语策略。

2. 针对不同课程

"听说读写"是学习者需要提高的基本技能。母语媒介语在不同的技能课上有不同的定位。在听说课上，我们要尽量少使用母语媒介语。因为听说课主要是提高学生的听说技能，过多使用母语媒介语将不利于学习者提高听说能力。与听说课相比，读写课使用母语媒介语的频率会比较高。因此，针对不同课程，我们需要恰当使用母语媒介语。

3. 针对不同阶段

在初级阶段，由于学习者的二语水平较低，我们会较多地借助母语媒介语。在中高级阶段，由于学习者掌握的词汇量较大，水平较高，可以减少对母语媒介语的使用次数。因此，针对学习者的不同学习阶段，我们要运用不同的母语媒介语策略。

4. 针对不同内容

我们容许在二语教学中使用母语媒介语，但并不意味着在教学中一定要使用母语媒介语。在教学中，如果可以采用直观的手段解释教学内容，我们可以不使用母语媒介语。在讲解客观实在的事物时，我们可以借助实

① 刘珣. 迈向21世纪的汉语作为第二语言教学［J］. 语言教学与研究，2000（1）：55-60.

物或者图片进行教学。

  综上，通过对近十年有关母语媒介语在二语教学中定位的研究进行总结，并结合理论分析，可得知母语媒介语是二语教学的桥梁，在二语教学中排斥母语媒介语的态度是不可取的，不使用母语媒介语只是少数人的态度，并且只适用于少数场合。母语媒介语在二语教学中是必不可少的。

对外汉语教学视角下的
现代汉语书面语词探究

杨洵蒨①　　安华林②

摘　要：文章以《现代汉语词典》（第7版）"Y"字母的书面语词为研究材料，通过对书面语词条和义项的统计，将常用书面语词分为三级，并将每一级都分为成词型单音节词、不成词型单音节语素、整体型双音节词和义项型双音节词，进而探究现代汉语书面语词在对外汉语教学中的意义和方法。从意义上来说，对外汉语书面语词教学有利于改善语体混用的情况，促进汉字教学，书面语词分级有助于教材编撰、教师教学和学生学习；从方法上来说，从构件和表达两个层面对书面语词的对外汉语教学提出了建议。

关键词：《现代汉语词典》；现代汉语书面语词；书面语词分级；对外汉语教学

书面语词指具有书面语体色彩的词语③。本文以《现代汉语词典》（第7版）（以下简称《现汉7》）中的"Y"字母下所有标"〈书〉"的词语作为书面语词的研究对象，结合CCL语料库的词频，在统计和分级的基础上，对现代汉语书面语词的类型进行分析，进而探究书面语词在对外汉语教学中的意义和方法。

---

①　杨洵蒨，广东海洋大学文学与新闻传播学院汉语国际教育专业2016级本科生。

②　安华林，广东海洋大学文学与新闻传播学院教授。

③　为了方便统计分析，若不特别指出，本文的"书面语词"是广义的，既包括成词的书面语词，也包括不成词的书面语语素。

对外汉语教学视角下的现有研究成果可以分为以下五类：针对教材及课程的研究，如《基于语料库的高级精读教材书面语词汇的考察与研究》①；针对汉语学习者的研究，如《基于语料库的韩国留学生书面语词汇习得情况考察》②；针对语体的研究，如《现代汉语书面语词和口语词差异及其对应关系研究》③；对词表的研制，如《"汉语教学书面用语词表"的研制》④；针对词汇教学的研究，如《对外汉语教学中不同阶段词汇语境的设置》⑤。这五类研究有所交叉、各有侧重，但大多数是基于特定教材、人群的研究，较少涉及书面语词分类分级的研究，同时，对于《现汉7》的书面语词分级分类的研究也较少，这为笔者的研究留下了空间。

为了限定选词范围，笔者选择了《现汉7》中"Y"字母下所有标"〈书〉"的词语作为本文的研究对象。

一、书面语词统计

（一）词条数量统计

词条数量统计即以词条为单位进行统计。

例1：【崖】②〈书〉边际：~略。（《现汉7》1 500）

例2：【淹】③〈书〉广：~博。④〈书〉久；迟延：~留。（《现汉7》1 504）

例3：【雅正】〈书〉①形合规范；纯正：文辞~。②形正直。③动敬辞，用于把自己的诗文书画等送给人时请对方指教。（《现汉7》1 501）

词条数量统计以词条为统计单位，一个词条只要有义项带有"〈书〉"的标记，不管是几个义项带标记，都计为一条。例如，以上三种标注情况，均计为一条。其中例1、例2为单音节词条，例3为双音节词条。

---

① 陈倩倩. 基于语料库的高级精读教材书面语词汇的考察与研究 [D]. 济南：山东大学，2011.

② 朱琳. 基于语料库的韩国留学生书面语词汇习得情况考察 [D]. 长春：吉林大学，2016.

③ 张安娜. 现代汉语书面语词和口语词差异及其对应关系研究 [D]. 上海：华东师范大学，2015.

④ 李培蕾. "汉语教学书面用语词表"的研制 [D]. 广州：暨南大学，2015.

⑤ 宋诚晨. 对外汉语教学中不同阶段词汇语境的设置 [D]. 长沙：湖南师范大学，2013.

经过统计,"Y"字母书面语词条共有 575 条,其中单音节词条为 328 条,占总数的 57.0%;双音节词条为 246 条,占总数的 42.8%;三音节词条只有 1 条,占总数的 0.2%。没有三音节以上的词条。

(二)义项数量统计

义项数量统计是以词条内不同的义项为单位进行统计的。根据上文所举的例子,例 1 包含 1 个书面语义项,例 2 包含 2 个书面语义项,例 3 包含 3 个书面语义项。

经过统计,"Y"字母书面语词义项共计 712 个。在 575 个词条中,含 1 个书面语义项的有 455 条,占总数的 79.1%;含 2 个书面语义项的有 105 条,占总数的 18.3%;含 3 个书面语义项的有 13 条,占总数的 2.3%;含 4 个书面语义项的有 2 条,占总数的 0.3%。没有 4 个以上书面语义项的词条。

《现汉 7》"Y"字母书面语词数量统计如表 1 所示。

表 1　《现汉 7》"Y"字母书面语词数量统计

音节	数量	占比	义项	词条数量	占比
单音节	328	57.0%	含 1 个	455	79.1%
双音节	246	42.8%	含 2 个	105	18.3%
三音节	1	0.2%	含 3 个	13	2.3%
三个以上音节	0	0	含 4 个	2	0.3%
总计	575	100%	总计	575	100%

从表 1 的统计数据中可以看出,"Y"字母书面语词中,单音节词和只有 1 个义项的书面语词数量最多,书面语词的数量和比例随着音节数、义项数的增加而减少。

二、书面语词分级

对一种语言的核心词的基本衡量标准是常用性。① 书面语词囿于自身的典雅性，大部分是非常用词，不适宜对外汉语教学。因此，本文根据常用度对书面语词进行了分类。

齐普夫定律（Zipf's Law）指出，最常用词的出现频率是第二级常用词的两倍，是第三级常用词的三倍。② 因此，为了符合语言教学的阶段性的要求③，本文以此为指导，以 CCL 语料库中的词频为衡量依据，将书面语常用词分成三级：一级常用词词频不小于 1 000，二级常用词词频不小于 500，三级常用词词频不小于 300。余者为非常用词。

结合前文数据，"Y"字母书面语词共 575 个，常用词 121 个，占总数的 21%。在常用词中，单音节词 83 个，占常用词总数的 69%；双音节词 38 个，占常用词总数的 31%。由于"Y"字母多音节书面语词仅有 1 个三音节词，且非常用词，因此在之后的统计中该词不再被纳入统计范围。

由于同类书面语词还有差异，所以笔者还将单音节词分为成词型和不成词型，将双音节词分为整体型和义项型。

（一）一级词

一级词是指在 CCL 语料库中词频大于 1 000 的书面语词，它们在所有的书面语词中最为常用。经过统计，"Y"字母一级书面语词共 56 个，如表 2 所示。

---

① 翟颖华. 面向第二语言教学的现代汉语核心词研究 [D]. 武汉：武汉大学，2012：28.
② 翟颖华. 面向第二语言教学的现代汉语核心词研究 [D]. 武汉：武汉大学，2012：15 - 35.
③ 丁金国. 对外汉语教学中的语体意识 [J]. 烟台大学学报（哲学社会科学版），1997（1）：89 - 96.

表2　《现汉7》"Y"字母一级书面语词表

类型		一级书面语词									
	成词型	也¹	因	犹	亦	抑²	矣	焉	伊¹	庸²	缘
		424 702	138 951	30 784	29 759	10 348	6 351	4 153	2 685	1 629	1 412
单音节词	不成词型	邑	殷¹	诣	吟	颖	曰	蕴	拥	讶	衍¹
		25 426	16 019	15 270	12 592	12 358	9 467	8 916	8 064	7 143	7 113
		懿	夷¹	阎	怡	绎	苑	瑶	裔	酝	莹
		6 660	5 882	5 672	5 188	4 666	4 389	4 381	4 379	3 841	2 790
		雍	荧	贻	颐¹	颐²	垣	嫣	屹	奕	俨
		2 761	2 428	2 162	共 2 510		1 999	1 813	1 718	1 654	1 622
		萦	妍	恙	弈	挹	谒	垠			
		1 504	1 467	1 447	1 426	1 141	1 108	1 053			
双音节词	整体型	慵懒	伊始	元首	翼翼	俨然	缘何	抑或	郁郁¹	郁郁²	
		3 550	2 671	2 401	2 347	1 370	1 270	1 268	共 1 437		

注：词语上所标数字与《现汉7》一致，表示不同意义的同形同音词的分列。下不赘述。

1．一级单音节词

《现汉7》中对单字条目在现代汉语中成词的标注词类，对不成词的语素和非语素字不做标注。① 因此，本文依据《现汉7》进行处理，《现汉7》有词类标注的为成词型单音节词，反之则为不成词型单音节语素。

一级单音节书面语词共47个，占一级词总数的83.9%。

一级成词型单音节词，是指词频大于或等于1 000，且可以独立运用的单音节词，共10个，占一级词总数的17.9%，占成词型单音节词总数的66.7%。

一级不成词型单音节语素，是指词频大于或等于1 000，且不能够独立

---

① 中国社会科学院语言研究所词典编辑室. 现代汉语词典［M］. 7版. 北京：商务印书馆，2016.

运用的单音节语素，共 37 个，占一级词总数的 66.1%，占不成词型单音节语素总数的 54.4%。

2. 一级双音节词

一级双音节书面语词均为整体型双音节词。

一级整体型双音节词，是指词频大于或等于 1 000，且所有义项都是书面语的双音节词，共 9 个，占一级词总数的 16.1%，占整体型双音节词总数的 27.3%。

（二）二级词

二级词是指在 CCL 语料库中词频介于 500～999 的书面语词。它们在现代汉语中是次常用书面语词。经过统计，"Y"字母二级书面语词共 29 个，如表 3 所示。

表 3　《现汉 7》"Y"字母二级书面语词表

类型		二级书面语词									
单音节词	成词型	奄	攸	云¹							
		907	855	590							
	不成词型	熠	潆	引	揖	瀛	罂	囿	湮	臃	弋
		971	961	943	885	884	878	856	800	748	694
		杳	延	舆¹	膺²						
		652	629	608	546						
双音节词	整体型	云云	熠熠	永驻	翌日	一隅	游子	仰天	伊人	旖旎	
		962	889	864	763	690	638	613	598	500	
	义项型	仰望	幽幽	遗书							
		975	730	721							

1. 二级单音节词

二级单音节书面语词共 17 个，占二级词总数的 58.6%。

二级成词型单音节词，是指词频在 500～999，且可以独立运用的单音节词，共 3 个，占二级词总数的 10.3%，占成词型单音节词总数的 20.0%。

二级不成词型单音节语素，是指词频在 500～999，且不能够独立运用的单音节语素，共 14 个，占二级词总数的 48.3%，占不成词型单音节语素总数的 20.6%。

2. 二级双音节词

二级双音节书面语词共 12 个，占二级词总数的 41.4%。

二级整体型双音节词，是指词频在 500～999，且所有义项都是书面语的双音节词，共 9 个，占二级词总数的 31.0%，占整体型双音节词总数的 27.3%。

二级义项型双音节词，是指词频在 500～999，且只有个别义项为书面语的双音节词，共 3 个，占二级词总数的 10.3%，占义项型双音节词总数的 60.0%。

（三）三级词

三级词是指在 CCL 语料库中词频介于 300～499 的书面语词。它们的使用频率比一级词和二级词低，比非常用词高。经过统计，"Y"字母三级书面语词共 36 个，如表 4 所示。

表4　《现汉7》"Y"字母三级书面语词表

类型		三级书面语词								
单音节词	成词型	已	猗							
		424	311							
	不成词型	阉	谀	赝	莠	膺[1]	揄	仪[1]	悒	滢	窈
		459	456	429	414	411	392	381	370	366	362
		妪	予	殷	优[1]	痍	宥	游			
		361	354	330	315	315	312	308			

（续上表）

类型		三级书面语词									
双音节词	整体型	优游	芸芸	引领[2]	殷殷	嫣然	仪态	已而	夜来	以降	泱泱
		475	473	443	442	438	427	416	416	407	356
		嫣红	优渥	窈窕	揶揄	一任					
		352	330	316	315	308					
	义项型	要道	援手								
		409	362								

1. 三级单音节词

三级单音节书面语词共 19 个，占三级词总数的 52.8%。

三级成词型单音节词，是指词频在 300～499，且可以独立运用的单音节词，共 2 个，占三级词总数的 5.6%，占成词型单音节词总数的 13.3%。

三级不成词型单音节语素，是指词频在 300～499，且不能独立运用的单音节语素，共 17 个，占三级词总数的 47.2%，占不成词型单音节语素总数的 25.0%。

2. 三级双音节词

三级双音节书面语词共 17 个，占三级词总数的 47.2%。

三级整体型双音节词，是指词频在 300～499，且所有义项都是书面语的双音节词，共 15 个，占三级词总数的 41.7%，占整体型双音节词总数的 45.4%。

三级义项型双音节词，是指词频在 300～499，且只有个别义项为书面语的双音节词，共 2 个，占三级词总词数的 5.6%，占义项型双音节词总数的 40.0%。

书面语词的分级如表 5 所示。

表5 《现汉7》的"Y"字母下的书面语词分级统计表

级别	类别						合计
	单音节词			双音节词			
	成词型	不成词型	小计	整体型	义项型	小计	
一级词	10（17.9%）	37（66.1%）	47	9（16.1%）	0	9	56
二级词	3（10.3%）	14（48.3%）	17	9（31.0%）	3（10.3%）	12	29
三级词	2（5.6%）	17（47.2%）	19	15（41.7%）	2（5.6%）	17	36
共计	15（12.4%）	68（56.2%）	83	33（27.3%）	5（4.1%）	38	121

书面语词的分类如图 1 所示：

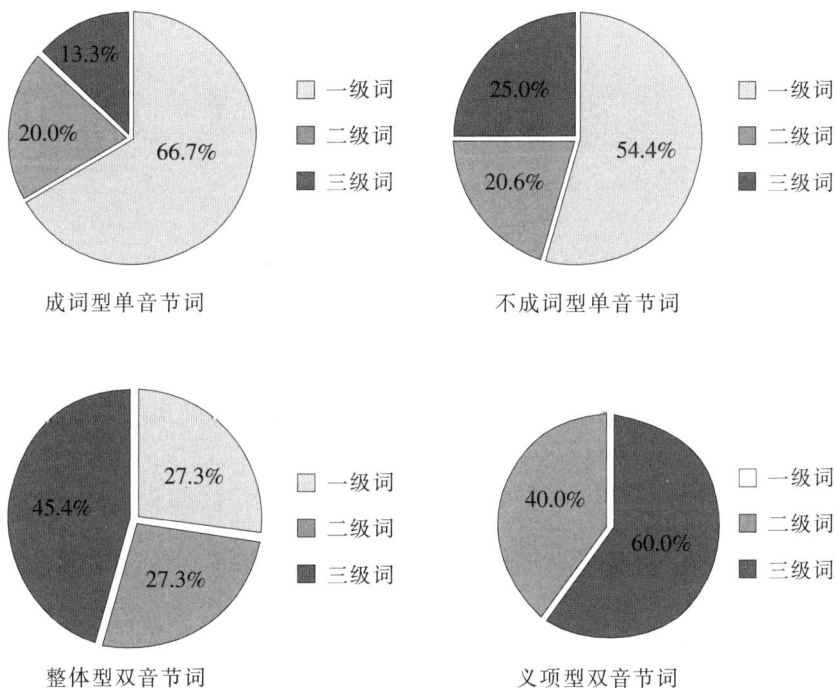

成词型单音节词

不成词型单音节词

整体型双音节词

义项型双音节词

图1 《现汉7》"Y"字母书面语词分类统计图

由此可见，不成词型单音节语素总量较多，其余依次为整体型双音节词、成词型单音节词和义项型双音节词。

（四）书面语词分级结果分析

1. 单音节词

成词型单音节词的数量从一级到三级递减。书面语词中的单音节词多来自古代汉语，结合前文以及郭翠翠对书面语词自由语素的统计可知，成词型单音节词有两个大类：其一是已经融入现代汉语中的常用词，其二是古代汉语中色彩浓厚的词。[①] 第一类词在古今语境中的使用频率都极高，它们不仅具有常用性，还具有历史稳固性和构词能产性，已经成为基本词汇的构词语素。[②] 例如，一级词中的"因"，其古今相同释义如表6所示。

表6　一级词"因"古今相同释义例表

	释义	古代汉语	现代汉语
因	凭借	因人之力而敝之（《左传》）	因势利导/因人成事/因地制宜
	沿袭	周因于殷礼（《论语》）	因循/陈陈相因

可以看到，"因"一词在古代汉语中的使用频率较高，在语言发展变化的过程中不断与其他语素组合成新的词，它的书面语含义随着新词融入现代汉语之中。这类词由于自身的常用性及能产性，它们的古代汉语色彩在现代汉语语境中已经有所减弱，但依然主要在书面语中使用。

第二类词依旧保留浓厚的古代汉语色彩，它们虽然被保留在《现汉7》之中，但是并没有现代汉语的使用范例。例如，三级词中的"猗"，它可以独立作为助词和叹词，但它仅在"猗欤休哉"[③] 这种使用古代汉语语法的句子中出现。虽然从共时角度看这类词仍然是常用词，但由于派生能力较弱，所以从历时角度看，这类词的使用频率会随着语言的发展变化而逐渐降低，且离开常用词行列。

[①] 崔希亮. 外国学生汉语书面语习得与认知研究 ［M］. 北京：北京语言大学出版社，2017：123.

[②] 安华林. 语言学理论与训练 ［M］. 广州：暨南大学出版社，2015：133.

[③] 中国社会科学院语言研究所词典编辑室. 现代汉语词典 ［M］. 7 版. 北京：商务印书馆，2016：1543.

因为第一类词在常用性和稳固性上都比第二类词更强，所以从历时角度来看，随着语言的发展，保留在现代汉语中的第一类词比第二类词更多。从共时角度来看，当下第一类词在现代汉语中的使用频率较高，所以第一类词主要聚集在一、二级词频段；第二类词的使用频率较低，主要为非常用词，少量为三级词。因此，成词型单音节词的数量逐级递减。

每一级的不成词型单音节语素都比成词型单音节词多。郭翠翠对书面语词中黏着语素的统计[①]也可佐证这一现象具有普遍性。

古代汉语由于音位数量多，组合方式丰富，所以有很多不同音的单音节词。但由于汉语发生了历史音变，音位数量减少，导致同音词的激增，为了能够更好地交际，汉语语词开始向双音化发展。[②] 现代汉语书面语词结构中数量最多的是并列式和偏正式，而语义分化和语义并合这两条双音化的途径，正是大量偏正式书面语词和并列式书面语词产生的原因。[③] 由于语义分化和语义并合，大量的单音节词变成了无法独立成词的单音节语素，只有少部分极高频的古代汉语词能够独立成词。这也是不成词型单音节语素数量较多的原因。

2. 双音节词

整体型双音节词主要分布在三级词词频段。书面语词词义较单纯，引申能力弱，因此使用频率较低。[④] 由于整体型双音节词所有义项都是书面语，所以整体型双音节词主要分布在频率较低的词频段。

义项型双音节词不仅具有书面语含义，还具有通用语含义。但正因为有多重含义，加之使用频率的不均衡，书面语意义极易被口语或通用语意义掩盖。笔者认为，义项型双音节词会逐渐转化成通用词，其中的书面语义项会逐渐消失或内化。本文中义项型双音节词主要分布在二级词词频段。但由于本文所选词中该样本数量较少，所以仍需更多的样本对义项型

---

① 崔希亮. 外国学生汉语书面语习得与认知研究［M］. 北京：北京语言大学出版社，2017：121.

② 安华林. 语言学理论与训练［M］. 广州：暨南大学出版社，2015：274－275.

③ 崔希亮. 外国学生汉语书面语习得与认知研究［M］. 北京：北京语言大学出版社，2017：127－128.

④ 崔希亮. 外国学生汉语书面语习得与认知研究［M］. 北京：北京语言大学出版社，2017：129.

双音节词的词频分布进行深入研究。

三、书面语词的对外汉语教学

（一）书面语词对外汉语教学的意义

1. 书面语词教学的意义

对书面语词进行教学，可以提高学习者的语用能力并促进汉字教学的发展。

口语词通俗而诙谐，书面语词则庄重而典雅。[①] 由于汉语语体之间没有形式上的标志，辨别起来有一定困难[②]，所以容易造成学习者对不同语体词的误用。通过对书面语词进行专门的教学，加强学习者对不同语体近义词的辨析，可以深化学习者的汉语语体意识，从而有效改善语体混用的情况，提高语用能力。

在汉字学习过程中，学习者常常会遇到认读困难，如对听说训练文本的认读和识别困难以及脱离课本之后对其他文本的认读困难等。[③] 通过专门教授书面语词，学习者可以学习字形词义，对词语的学习不会固化在语境中，这既可以解决对文本无法识别的难点，也可以解决无法脱离课本认读其他文本的难点。

2. 书面语词分级的意义

书面语词分级的意义主要体现在有益于教材、教师和学生三个方面。

在教材方面，书面语词分级便于教学内容编排由浅入深，循序渐进[④]，可以保证教材编撰的科学性；在教师方面，不同阶段的书面语词教学内容有所侧重，书面语词分级可以保证教师教学过程的顺序性[⑤]；在学生方面，分级词表能够向学习者展示在同一学习阶段内需掌握的词汇，可以保证学

---

① 安华林. 语言学理论与训练 [M]. 广州：暨南大学出版社，2015：136.

② 符淮青. 现代汉语词汇 [M]. 北京：北京大学出版社，1985：180.

③ 钱永文. 基础阶段对外汉字教学的"三段四步教学法" [J]. 国际汉语教育（中英文版），2018（3）：31−41.

④ 陈昌来. 对外汉语教学概论 [M]. 上海：复旦大学出版社，2005：92.

⑤ 泰勒. 课程与教学的基本原理（英汉对照版）[M]. 罗康，张阅，译. 北京：中国轻工业出版社，2008：24.

生学习的阶段性。

（二） 书面语词对外汉语教学的建议

本文对书面语词对外汉语教学方法的建议立足于语言构件和表达两个单位层面①。

1．构件单位层面

（1） 建立书面语词分级表。

一份适合用于对外汉语教学的书面语词分级表不仅要收词全面，还要分级科学。

《汉语水平词汇与汉字等级大纲》中有与对外汉语教学相关的书面语词表，它有分级，但没有标示语体②；李培蕾研制的词表收词较全，并且对其进行了分级，但是仍有一些不完善的地方。首先，这份词表对分级依据的描述是"人工分级"③，没有具体说明词表分级的依据；其次，出于成词性考虑，该词表舍弃了《现汉7》中标"〈书〉"的不能单独使用的字和义项标注的词，也就是本文分出的不成词型单音节语素和义项型多音节词。根据本文的分类结果，这两类在书面语词中都有其重要性，不可以被完全舍弃。

笔者认为，可以结合《中华书面语词典》和《汉语书面用语初编》等，在保证收词全面性的前提下，以齐普夫定律为分级依据，建立科学的书面语词分级表。

（2） 注重近义词语体辨析。

注重近义词语体辨析指的是教师在对外汉语教学的过程中，不仅要对近义词的词义进行辨析，还要注重对语体的辨析。

类聚法和比较法都是对外汉语词汇教学的重要方法④。不同语体的近义词习得有一定的先后顺序，在书面语词教学的过程中，可以先通过类聚

---

① 安华林. 语言学理论与训练 ［M］. 广州：暨南大学出版社，2015：18.

② 国家汉语水平考试委员会办公室考试中心. 汉语水平词汇与汉字等级大纲 ［M］. 北京：经济科学出版社，2001.

③ 李培蕾. "汉语教学书面用语词表"的研制 ［D］. 广州：暨南大学，2015：41.

④ 刘珣. 对外汉语教育学引论 ［M］. 北京：北京语言文化大学出版社，2000：364.

法，在学习者接触到新的书面语词时，教师适时地对同义或近义的已学口语词或通用词进行复习，使新旧词语产生对照效果；再通过比较法，将一对近义词进行比较辨析，使学生自主发现近义词在语体风格上的不同。这样不仅可以加深学习者对不同语体近义词的记忆，还可以强化学习者的语体意识。

2. 表达单位层面

（1）书面语体教学多样化。

书面语体教学多样化指的是对书面语体进行再分类，使学生感受到其丰富性。

对书面语体分类方法的探讨有很多，其中影响最大的是将书面语体分为公文、科技、政论和文艺语体。笔者结合了前人提出的分类方式再进行筛选，认为可以将书面语体分为文艺和应用两类，其中将应用语体分为公文、科技、政论、新闻和书信语体五类。因为中高级阶段汉语学习者应用语体写作的文体主要是慰问信、推荐信和总结报告等[①]，这一分类方式能够覆盖汉语学习者对书面语体学习的需求。汉语教师可以用更细的分类来教授书面语体，使学习者在学习时更有针对性。

（2）增加鉴别和转述训练。

增加鉴别和转述训练指的是增加学习者对不同语体文本的鉴别训练，并通过书面语和口语之间的语体转换练习，培养汉语学习者在语言输出过程中的语体意识。[②]

目前只有极少数教材中包含语体转换练习，这是现有的对外汉语教材语体练习设计的缺失。[③] 为了弥补这种缺失，教师在教学过程中可以主动加强鉴别和转述训练，有利于强化学习者在语言输出时的语体意识。

具体的训练方式为，教师可以使用口语书面语兼具的文本，让学习者练习标注不同句子的语体属性，并让学习者将句子转换为另一种语体。通过鉴别和转述训练，可以有效地让汉语学习者在潜移默化中使用书面语

---

① 徐子亮，吴仁甫. 实用对外汉语教学法［M］. 北京：北京大学出版社，2015：247.

② 冯胜利. 汉语书面用语初编［M］. 北京：北京语言大学出版社，2006：20－21.

③ 陈倩倩. 基于语料库的高级精读教材书面语词汇的考察与研究［D］. 济南：山东大学，2011：57.

词，提高对书面语词的使用能力。

本文通过对《现汉 7》"Y"字母书面语词的定量统计和分类分级，分析书面语词的类型及词频分布，并以此来探究书面语词在对外汉语教学中的意义和方法。得出如下结论：

首先，"Y"字母的书面语词共有 575 条，其中单音节词占比最大，占57.0%；义项共有 712 条，其中包含一个义项的词占比最大，占 79.1%。书面语词的数量和比例随着音节数、义项数的增加而减少。

其次，"Y"字母常用书面语词中，不成词型单音节语素、整体型双音节词、成词型单音节词和义项型双音节词的总量依次递减。成词型单音节词的数量从一级到三级递减。不成词型单音节语素的数量比成词型单音节词多。整体型双音节词主要分布在三级词词频段，义项型双音节词主要分布在二级词词频段，但本文中义项型双音节词样本较少，还需更多的样本以深入研究其分布规律。

再次，从对外汉语教学角度来看，书面语词教学可以提高学习者的语用能力、促进汉字教学的发展；书面语词分级可以保证教材编撰的科学性、教师教学的顺序性和学生学习的阶段性。

最后，对于对外汉语教学中书面语词教学的建议是，在构件单位层面，要建立书面语词分级表、注重近义词语体辨析；在表达单位层面，要增加鉴别和转述训练，并且要让书面语体教学更加多样化。

"大妈"含义的嬗变及其语用探析

袁静娴①　　沈晓梅②

摘　要：称谓语是人们进行交际活动时所使用的称呼他人的语言，分为亲属称谓语和社会称谓语。亲属称谓语的社会化（泛化）即亲属称谓语转化为社会称谓语。人们用亲属称谓语称呼社会上的人们，以拉近与对方的距离，达到良好的交际效果。本文以"大妈"为研究对象，探究其含义及由亲属称谓语逐渐演变为社会称谓语的原因，并分析"大妈"的语用环境，总结亲属称谓语社会化后的教学原则和教学方法，为良好的教学效果和交际效果服务。

关键词：大妈；含义；亲属称谓语；社会化；对外汉语教学

本文主要是对称谓语"大妈"的含义及其语用进行探析。既包括亲属称谓语"大妈"，也包括普通称谓语"大妈"。一方面分析"大妈"这个词的含义，首先通过历时的方法理顺"大妈"含义的演变过程，为分析演变原因作铺垫，其次通过共时的方法比较"大妈"在不同方言区的含义及其与相似称谓语的异同，最后分析其原因。另一方面，从语用角度入手，分析其语用环境及如何被运用到对外汉语教学中来。

"大妈"一词的使用是由亲属称谓语转向社会称谓语的。研究亲属称谓语的论著有很多，多为关注社会人文问题的。主要是针对"大妈"或"中国大妈"等词语的流行，阐述某些社会现象，如何建友《网络流行语"中国大妈"之多维分析》（2013）、徐敏《网络流行语"中国大妈"和

---

① 袁静娴，广东海洋大学文学与新闻传播学院汉语国际教育专业 2016 级本科生。

② 沈晓梅，广东海洋大学文学与新闻传播学院副教授。

"中国式×"解析：基于认知及社会文化维度》（2014）、周秀玉《对2013年度网络热词"中国大妈"的模因论分析》（2014）等，这些文献对本文探究"大妈"一词含义变化的背景及原因有重要的参考价值。还有一些文献是结合具体的事例来进行媒体形象研究，如陈宇晴《"大妈"媒体形象呈现探析》（2016）、徐晓婷与楼旭东《当代"中国大妈"的媒介形象研究——基于新浪网的框架分析》（2016）、李林容与李茜茜《"大妈"媒体形象的嬗变（2007—2017）：以〈人民日报〉〈南方都市报〉和〈中国妇女报〉相关报道为例》（2018）等，这些文献为本文探究"大妈"一词在语用方面的使用提供了借鉴。

本文在前人研究的基础上，更深入地分析了"大妈"一词的含义演变及其语用环境，对日常交际和教学尤其是对外汉语教学服务取得良好效果有积极意义。

一、"大妈"一词含义的演变

"大妈"一词起初属于亲属称谓语，亲属称谓语是有亲戚关系的亲属之间称呼对方时所使用的。[①]后来随着时代的变化，亲属称谓语"大妈"逐渐也能用来称呼没有亲属关系的年长妇女，即发生了社会化。亲属称谓语逐渐向社会称谓语靠拢，折射出人类生活状态的改变。"大妈"的含义在不同的时间、空间都有所不同，接下来将从历时和共时两个方面来进行探究。

（一）古代的含义

在古代，"大妈"一词是不存在的，经过词语的演变发展，才形成"大妈"这个词。"大""妈"这两个字很早就存在，但在古代还没组合起来。《说文解字》中有："大，天大，地大，人亦大。故大象人形。"因此，"大"最初的含义是形容体积、面积等方面超过一般事物，强调人如天、地一般大。而"妈"在《说文解字》中未提及，《博雅》："妈，母也。"

---

① 宋丹丹. 汉语亲属称谓语的社会化应用——以"大妈"为例［D］. 上海：上海大学，2015：13.

即为母亲的意思。"大""妈"组合起来是"大母亲"的意思。古代有曰："长兄如父，长嫂如母。"表示对兄嫂的尊敬。同样，对父亲的兄长的妻子，同样也需要尊敬。因此"大妈"其实在古代为"伯娘"的意思，即伯父的妻子，可见明代《初刻拍案惊奇》"这不干我伯父事，是伯娘不肯认我，拿了我的合同文书，抵死赖了"中的"伯娘"，其实就是伯父的妻子。在时代的演变中，伯娘也有了其他的叫法，如"伯母""大妈"。

（二）现代使用的主要含义

在《现代汉语词典》里，"大妈"有两个含义：一是伯母，二是尊称年长的妇女。在现代汉语中，可以称呼爸爸的哥哥的妻子为"大妈"，这是以前比较常见的用法。例如，冰心《最后的安息》"惠姑说：'你这个妈，是你的大妈还是婶娘？'"中的"大妈"，是对伯父的妻子的尊称，是有亲戚关系的。现代的亲属称谓语随着时代的变化逐渐演变为社会称谓语。"大妈"语义发生扩充，也能尊称年长的妇女。例如，茹志鹃《关大妈》"关大妈把眼一闭，心想：'大不了是个死吧！'"中的"大妈"是没有亲戚关系的，用来尊称没有亲戚关系且年长的女性。

也有称呼地位稍高的女性为"大妈"的，如"居委会大妈"。这些大妈不完全是年长的女性，有的也很年轻，之所以这样称呼，是因为"大妈"也代表了管事多、地位高的形象。

"大妈"从亲属称谓语演变为社会称谓语的作用主要有两个：一是可以拉近社会距离；二是紧随潮流，跟着时代变化。除了"大妈"，其他词如"大叔""大爷"等也都社会化了，这是符合社会发展潮流的。但"大妈"也有贬称含义，比如在很多媒体的标题中，"大妈"一词体现的是自私、爱多管闲事、八卦、弱小及迷信等负面形象。

（三）不同方言区的含义

在不同的方言区中，称呼"大妈"（伯父的妻子）的称谓语会有差异，如表1所示。

表1 "大妈"一词在中国各地方言中的比较

	北方方言	粤方言	吴方言	湘方言	赣方言	客家方言	闽方言
称呼伯父的妻子	+	－ （用"伯母"称呼）	+	－ （用"伯伯"称呼）	－ （用"婆婆"或"阿娘"称呼）	－ （多数用"阿娘"或"伯咩"等称呼）	－ （用"阿姆"称呼）
尊称年长的妇女	+	－ （偏向贬称）	+	±	±	±	±

注："+"表示"是"，"－"表示"否"，"±"表示"不一定"。

从表1中可以看出，"大妈"用于称呼伯父的妻子主要是在北方方言区，其他地区主要是用于称呼无亲戚关系的年长妇女。

在北方方言中，"大妈"有两个含义：一是称呼伯父的妻子，即伯母；二是尊称年长的妇女，如在赵本山的一则小品中，崔永元称赵本山、宋丹丹为"大叔""大妈"。除了"大妈"这个称呼，还喜欢称"大娘"，而"大娘"的使用就没有"大妈"普遍。

在粤方言中，"大妈"主要表示粗鲁的中年妇女，有时候也会指一些爱八卦的中年妇女。另外，生意人眼中的"大妈"，是一群喜欢斤斤计较、讨价还价的妇女；职场中的"大妈"则通常指做底层工作，头脑没有年轻人灵活的妇女。因此，"大妈"在粤方言中基本上是偏向贬称的。

（四）与其他称呼语比较

"大妈"和其他类似的称呼语有异同，如表2所示。

表2　"大妈"与相似称呼语的比较

称呼语	有亲戚关系	可以称呼伯父的妻子	可以称呼没有亲戚关系的年长女性	比母亲年龄大	多用于农村
大妈	±	+	+	±	±
大娘	±	+	+	+	±
大婶	–	–	+	–	+
大姐	±	–	+	±	+
伯母	±	+	+	±	–
阿姨	–	–	+	±	–

注："+"表示"是"，"–"表示"否"，"±"表示"不一定"。

下面主要比较分析"大妈"与"伯母""阿姨"的差异。

1. 伯母

"伯母"与"大妈"都能用来称呼伯父的妻子，而且其在粤方言地区的使用更为普遍。不同的是，"伯母"在普通话里多用为称呼父执之妻或朋友之母，而不会贸然称他们为"大妈"，"伯母"更含尊重之义。再者，"伯母"主要在城镇中使用，"大妈"的使用遍及城市和农村。

2. 阿姨

"阿姨"和"大妈"都可以用来称呼与母亲辈分相同、年纪差不多的妇女。不同之处体现在"阿姨"的使用范围更广泛，无论什么职业，大多都能称与母亲年纪相仿的女性为"阿姨"。"阿姨"可以是某个职业的专称，如保育员、保姆，都可以称为"阿姨"；而"大妈"前面通常会添加具体的工作才代表某一职业的称呼，如"卖菜大妈""居委会大妈"等。另外，"阿姨"常用于城镇，"大妈"则无论是在城镇还是农村都比较常用。

二、"大妈"一词演变的原因

"大妈"由亲属称谓语转变为社会称谓语的原因主要有以下两个方面：

（一）亲属称谓的社会化

所谓亲属称谓的社会化，是亲属称谓向社会称谓方向发展，即可以用亲属称谓语称呼没有亲戚关系的人。潘攀在《论亲属称谓语的泛化》（1998）中总结出了 16 个现代汉语口语中泛化较为定型的亲属称谓语，证明现在越来越多的人习惯用亲属称谓语来称呼没有亲属关系的社会上的人。

"大妈"一词符合了泛化的标准：一是无严格的辈分限制。无论是比母亲年龄大还是小，是否有亲戚关系，都能称呼年长的女性为"大妈"。二是尊称。"大妈"原是尊称伯母，称呼年长者可以泛化，其他的如"爷""奶"等，而称呼年纪小的称谓较少能泛化，除了"弟""妹"等。因此，"大妈"这一亲属称谓语进行了社会化发展。

1. 亲属称谓社会化的原因

（1）经济上，受传统小农经济的转变及家庭结构的影响。

中国古代男耕女织的家庭结构，使人们更注重家庭协作，从而影响了亲属称谓语的使用。随着社会的发展，人与人之间的社会协作性加强，亲属称谓随之社会化。

（2）政治上，受宗法等级制度的影响。

宗法等级制度影响着人们的家族伦理观，形成了以宗族为本位的社会结构。这种群体制度影响着人们的交往，血缘关系扩展到整个社会，体现着国是家、家是国的理念。① 《中庸》中所说的父子、夫妇、兄弟属于家庭，君臣、朋友为其扩展，体现着家庭关系延伸到其他群体关系。因此，政治制度影响着亲属称谓语。亲属称谓本在伦理中，因血缘关系扩展到整个社会，亲属称谓语也由此进行了社会化，使得称呼其他无血缘关系的人也能用亲属称谓语称呼。

（3）思想上，受儒家文化的影响。

受孔子"礼"的思想的影响，人们更注重礼仪，对不同人的称谓也不同，按性别、辈分、亲疏程度等进行区分，且父母双方亲戚的称呼都不同。对亲属称谓语的使用不仅出于对亲属的礼貌，经泛化后也可用于尊称

---

① 杨亭. 汉语亲属称谓语泛化问题研究［D］. 呼和浩特：内蒙古大学，2005：17-20.

社会上其他的人。

（4）社会上，受身份地位及性别的影响。

随着人们交往的日益频繁，用亲属称谓来称呼陌生人能起到拉近距离的效果。但由于受传统观念的影响，"大妈"主要用于称呼年纪比较大的妇女。与此同时，性别不同也会影响亲属称谓语的泛化。研究表明，女性交往的特点推动了亲属称谓语的社会化。[1]

（5）语言上，受语言模糊性、简洁性的影响。

亲属称谓语的泛化模糊了亲属与非亲属之间的关系，亲伯母和社会的年长妇女都能被称为"大妈"，这使得社会上的人们关系更为密切。如此一来，适应了现在的快节奏生活，弥补了社会称谓语的短缺。

2. 亲属称谓社会化影响褒贬义的原因

（1）媒体影响。

"大妈"在媒体形象中既是自私愚昧的，也是带来正能量的群体。有的"大妈"不顾邻居感受，跳舞时因音乐声量过大而扰民，也有的"大妈"乐于助人、无私奉献，充满着正能量。

（2）"大妈"这个群体中部分人自身行为的不足。

由于"大妈"这一群体大多文化水平不高，行为举止欠妥，如"抢占篮球场跳广场舞"等。在这个对个人素质要求越来越高的社会里，这种行为无疑是要受到人们的指责的。

（二）使用方面的普及性

"大妈"一词原来只在一些方言区使用，随着时代的发展，"大妈"的使用越来越普及，主要有以下四个原因：

1. 人口迁移

中国经济迅速发展，交通越来越方便，因此人口流动也在加强，这就加快了语言的传播。"大妈"原来只在北方方言里使用，现在全国各地都在使用"大妈"一词。

---

① 郑宜兵. 现代汉语中亲属称谓词泛化的影响因素和语用功能［D］. 石家庄：河北师范大学，2010：8－12.

2. 语言政策

"大妈"属于北方方言里的常用词，借助普通话的推广在政策上获得优势而易于传播普及。

3. 媒体传播

"大妈"这一词的流行，起源于 2013 年 4 月大批中国年长女性到外国购置黄金这一事件。《华尔街日报》创造了"dama"这一英文单词来形容这批中国妇女。[①]"中国大妈"已经成为一个专有名词。后来，"活动/地域 + 大妈"的搭配渐渐流行起来，如"广场舞大妈""东北大妈"等，只要是较年长的女性都能加上"大妈"一词来形容。

4. 方言传播

"大妈"一词经常出现在热播的东北小品里，如赵本山的小品《昨天，今天，明天》。"大妈"作为北方方言的特征被淡化，逐步成为南北方通用的称谓语[②]。

三、"大妈"一词的语用环境及在对外汉语教学中的应用

（一）语用搭配

"大妈"不仅可以单说，还能搭配其他词组成词组。归纳起来主要有以下类别，如表 3 所示。

表 3　"大妈"的语用搭配

搭配	例子	例句（新闻标题）
职业 + 大妈	清洁大妈、卖菜大妈	《制止乱扔垃圾，保洁大妈被小伙打骨折》（中国江苏网，2019 年 8 月 1 日）
地域 + 大妈	北方大妈、南方大妈、东北大妈	《70 多岁北方大妈受不了南方湿冷天气　在小区建土坑取暖》（中国新闻网，2015 年 12 月 16 日）

① 周秀玉. 对 2013 年度网络热词"中国大妈"的模因论分析 [J]. 学理论，2014（12）：145 – 146.

② 宋丹丹. 汉语亲属称谓语的社会化应用——以"大妈"为例 [D]. 上海：上海大学，2015：4.

（续上表）

搭配	例子	例句（新闻标题）
国别＋大妈	中国大妈、美国大妈	《社会观察："中国大妈"现象》（博客中国，2014年5月15日）
活动＋大妈	广场舞大妈	《广场舞大妈吵到小伙，小伙26万买神器对抗，大妈们反应乐坏小伙》（快资讯，2020年1月13日）
年龄＋大妈	45岁大妈、67岁大妈	《直接遣返！45岁大妈带10斤生猪肉闯澳洲海关，成新法制裁第一人！》（搜狐网，2019年10月17日）
姓氏（名字）＋大妈	钱大妈、孙大妈、苏珊大妈	《苏珊大妈，爆红10年后的她现在怎么样了?》（搜狐网，2019年2月7日）
形容词＋大妈	胖大妈、黑大妈	《微胖大妈在家秀广场舞，〈温柔与霸道〉舞曲更好听》（播视广场舞，2018年1月19日）
数字＋大妈	二大妈、三大妈	《上海龙之队专访神奇的二大妈：解说台上的"全职奶爸"》（网易，2019年8月22日）

由此可见，随着时代的发展，能与"大妈"搭配的词很多。

（二）语用范围

1. 称呼

"大妈"作为一个已经泛化的亲属称谓语，既能用于称呼伯母，也能用于称呼年长的妇女。如：

例1："你是想念我大伯大妈才回来看看呀?"（远千里《新春大喜》）

例2：李桂英向他们小两口说："回去，可再也不要惹大爷和大妈生气了，有什么问题，等处理的时候再说。"（于良志《白浪河上》）

例1、例2中的"大妈"都是用作称呼伯母的，属于亲属称谓语范畴。

例3："大妈，"他叫道，"这是您的田?"（映泉《百年尴尬》）

例4：大妈，你快来看，这不是那个卖布的白文安呀！（袁静《淮上人家》）

例3、例4中的"大妈"皆是称呼没有亲戚关系的年长妇女，作为一般交际称谓使用。

2. 尊重或亲昵

"大妈"用于称呼伯父的妻子，作为亲属称谓语时，它能表达尊重和亲昵的情感。当泛化为社会称谓语时，能拉近交际距离，表示尊重。

例5：二大妈，我可不是怕花钱，谁让他是自己的孩子哪。（崔喜跃、高洪顺《星期天插曲》）

例6：他大妈，你这话把我脸都说红了，我思想落了后，作检讨还来不及呢！（周民震《甜蜜的事业》）

例5、例6中称呼伯母时叫"大妈"，表示对伯母的尊重。例5属于"数字+大妈"的搭配，按辈分来划分大妈、二大妈、三大妈等。

例7：王老爹和张大妈吓得发抖，其余的都彼此相顾不作声。（石凌鹤《黑地狱》）

例8：田大妈爽快地："合适，合适，哪有不合适呢？"（周民震《甜蜜的事业》）

例7、例8皆是称无亲戚关系的年长妇女为"大妈"，且属于"姓氏（名字）+大妈"的搭配，这是比较常用的用法，既能表明具体的人，又能表示尊重和礼貌。

例9：快到家门口了碰上了邻居二大妈："哎哟我说牛牛他爷爷，甭问，今天是狗子他们全家又来呀。"（周民震《甜蜜的事业》）

例9是"地域+大妈"的搭配，常用"邻居大妈""隔壁大妈"等表示住在附近的年长妇女。

例10：李满姑感激地："大妈，谢谢您了。"（周民震《甜蜜的事业》）

例11：白玉珠被她看得怪不好意思，轻轻喊了声："大妈！"（崔保国《春雨滴滴》）

例10、例11是称无亲戚关系的年长妇女为"大妈"，表尊称。

例12：这时东屋居委会老主任李大妈说话了。（王决、陈连升《看"渴望"》）

例12"居委会老主任李大妈"是属于"职位+（姓氏）大妈"的搭配，表明对方的职位，而且表达了对对方的尊重。

（三）亲属称谓语泛化在对外汉语教学中的应用

1. 教学原则

亲属称谓语的社会化比较复杂，在对外汉语教学中，无论是教材编写还是课堂教学，我们应该遵循以下四个原则：

（1）实用性原则。

所举称谓应比较实用，如"大爷""大妈""大叔""大姐""哥""姐""弟""妹"等这些日常生活中比较常用的，尤其是在全球很多媒体报道中经常出现的"dama"，在教学中就可以以"大妈"为例进行说明。而其他一些已泛化的亲属称谓语可以放在日常生活中，让学生自己接触和吸收。

（2）渐进性原则。

教学时应循序渐进。如在教"大妈"一词之前，应先学习"大"和"妈"的意思，然后学习中国亲属称谓语，再引出"大妈"一词。

（3）针对性原则。

针对不同阶段中国亲属称谓语的学习，教学方法也应有所变化，可以通过画出亲属关系图或者使用人物模拟等方式，让学生更容易理解中国不同的亲戚称谓语。

（4）趣味性原则。

多样化是形成趣味性的重要因素。在教授"大妈"等已泛化的亲属称谓语时，应该结合一些新闻、视频等，呈现全国乃至全世界使用"大妈"一词的频繁性，既与教材、生活相关，具有实用性，又能激发学生的兴趣。

2. 教学策略

（1）语音教学。

已泛化的亲属称谓语的语音教学与一般的语音教学基本相同。比如教具演示、夸张发音、手势模拟、对比听辨、以旧带新、声调结合等。在教"大妈"等已泛化的亲属称谓语时，应注意是否发生音变，若没有，则按一般的语音教学教授即可。

（2）词汇教学。

一是直接法，给出年长妇女的图片，表示"大妈"。二是翻译法，如"大妈"已经用直译的方法出现在英语词典中，无须采用翻译法教学，而其他一些已社会化的亲属称谓语，如"大叔""哥"等，可以使用翻译法解释其原来的含义及社会化的含义。三是情景法，放入情景中教学，易于学生理解，如可以在教学时播放视频——一些买菜的人称呼卖菜的年长女性为"大妈"。四是语素义法，先教语素，再教整体意义。如教"大妈"时可以先教"大""妈"的含义，再教"大妈"的整体意义及社会化后的意义。五是搭配法，如"姓氏（名字）＋大妈""数字＋大妈"等，可以结合搭配进行教学。六是比较法，在教学中可以比较类似称呼语的异同，让学习者更好地用于交际。

（3）语法教学。

可用归纳法。结合语用搭配进行教学，易于学习者理解。

（4）文化教学。

在教授"大妈"等已泛化的亲属称谓语时，要注意这些词的褒贬义，引导学生了解其积极的形象，把能代表中国人精神的自强不息、正道直行、求实务实、豁达乐观、贵和持中等形象传达给学生。

在日常交际中，亲属称谓语使用比较频繁，而"大妈"作为亲属称谓语社会化的典型代表，应注重其语用环境，因为恰当得体的使用可以拉近人们的社会距离或心理距离，达到良好的交际效果。笔者希望通过分析"大妈"一词的含义演变，探索泛化的亲属称谓语如何应用于对外汉语教学，以期在以后的教学实践中进行总结和反思，研究更多泛化的亲属称谓语。

试论"叔"字的语义演变

利　丽①　黎海情②

摘　要：从历史的角度研究"叔"字的声韵以及字形、字义，可知"叔"属于会意兼形声字，在古代最初是表示"拾取"的意思，后通过假借发展为表示亲属称谓，同时也表示次序关系。从"叔"字在"叔叔""大叔"及其与其他语素的不同搭配中，可以看到它在现代汉语合成词中的语素义仍然是亲属称谓以及由亲属称谓引申出来的含义。随着时代的变迁，为适应社会发展的需要，"叔"字在词义、词性及感情色彩方面也发生了变化。

关键词：叔；指称对象；感情色彩；叔叔；大叔

"叔"字在不同时期有不同的语义，本文以"叔"为对象，从词义、词性等多角度分析，以代表性的文学作品和前人文献为辅助，对"叔"进行纵向研究，建立起一定的框架。

一、"叔"字的历史溯源

（一）"叔"字的声韵分析

《说文解字》中有"叔，拾也，从又未声"。而"未，凡未之属皆从未。式竹切"，"叔"也是式竹切。《广韵》中"叔"被解释为："季父，亦姓。《左传》鲁公子叔弓之后，光武破虏将军叔寿。又汉复姓，二氏。

---

①　利丽，广东海洋大学文学与新闻传播学院汉语国际教育专业2016级本科生。
②　黎海情，广东海洋大学文学与新闻传播学院讲师。

后汉有犍为叔先雄，《左传》鲁有大夫叔仲小。式竹切，十三。"①《广韵》中的"叔"属于声母正齿音章组，常用的反切上字为"失、始、舒、释、式、赏、伤、书、试、商、矢、施、识、诗"。韵母是屋三，常用的反切下字为"逐、六、菊、竹、宿、福、匊"。韵母是屋，韵系是东，韵摄是通，目次是入一屋，调是入声，等是三等，开口呼。

《中原音韵》和《广韵》记载的"叔"的韵母、声调、呼不同。《中原音韵》由元代周德清编撰，是我国最早的一部北曲曲韵和北曲音乐论著。在《中原音韵》中，"叔"是"叔小韵，审母，鱼模韵，入声作上声，撮口呼，韵母是鱼模撮"②。《广韵》中的"叔"，韵母是书，属于正齿音章组，在《中原音韵》中韵母是审，属于照知声母组，在三十六韵母中属于清音。《洪武正韵补笺》中有："叔，式竹切，入声一屋，叔小韵，对应广韵小韵。叔，正韵是式竹切汉昭帝纪以叔粟当赋又叔季也。"③ 后来清代的《分韵撮要》中认为"叔"审母，韵部是第六东董冻笃，笃韵，阴入，叔小韵。因此，"叔"在不同朝代读音上有相同之处，继承前朝的声韵，也有不同之处。

（二）"叔"字的字形分析

"叔"字的甲骨文字形有两种，即𝌀和𝌁，甲骨文的"叔"由两部分交叉组成，一部分像"手"的甲骨文，另一部分像弯曲的稻穗或古剑的形状。金文的"叔"有七种，且有着共同之处，像一只手在豆穗卜面拾豆粒，如𝌂和𝌃，右边是"手"，左边是豆穗。小篆𝌄，隶书叔，楷书叔，行书叔，草书𝌅。"叔"的字形逐渐方块化，平直方正，但可以从通用字体中猜测本义，而且一直由两部分组成，属于会意字。

（三）"叔"字的字义分析

东汉许慎《说文解字》中记载："叔，拾也，从又未声。汝南名收芋

---

① 陈彭年等撰. 广韵［M］. 上海：商务印书馆，1935.

② 周德清. 中原音韵［M］. 北京：中国书店，2018.

③ 杨时伟. 洪武正韵补笺［M］. 上海：上海古籍出版社，2003.

为叔。叔或从寸。式竹切。"从书中记载的来看，"叔"是会意兼形声字，是"拿起、拾取"之意，"芳"同"芋"，"叔"作为名词与"芋"同源。由此，"叔"不仅有"拿起，拾起"之意，还能充当姓名。声会意字看，"从又未声"，是"豆子"之意。"又"，手也。"又"为"叔"的形旁，像人体的手。从形声字看，"未"形旁，"又"声旁，"叔"意义与手相关。

《康熙字典》中记载了《唐韵》《集韵》《韵会》《正韵》四部韵书中式竹切，音菽。《徐曰》"收拾之也""九月叔苴"为"拾也"。春秋至东汉，"叔"有"拾"的意思。《玉篇》的"伯叔也"；《广韵》中的"季父也"；《释名》中的"叔，少也。幼者称也"；《尔雅·释亲》中的"妇谓夫之弟曰叔"，"叔"皆指某人或亲属。《玉篇》中"同未，豆也"以及《汉纪》的"得以叔粟当赋"（注为师古曰：叔，豆也），说明"叔"指豆类。在《韵会》的"鲁公子叔弓之后、汉光武破虏将军叔寿"中，"叔"是一种姓氏。《集韵》中的"昌六切，与俶同"，"俶"在《诗经》中被译为"开始"，而"叔"和"俶"在《集韵》中反切注音相同。

清代段玉裁《说文解字注》一从词义角度出发，认为"叔"是"拾也"，从声旁，证明"拾"为本义。《释名》有："仲父之弟曰叔父。叔，少也。于其双声叠韵假借之。假借既久。""叔"是被假借，作为"少"的意义。二从读音角度出发，未声，式竹切，三部。《说文解字》中的"汝南名收芳为叔"认为是"言此者，箸商周故言犹存于汉之汝南也"。此为特定地方的说法。另外从"叔"的形旁分析——"叔或从寸。又寸皆手也。故多互用"。又因"寸"和"手"在古文字形中相似，认为是互用。

王力《同源字典》："尔雅释木：小而皱榆。舍人注：小，少也。"《广雅·释诂三》："叔，少也。"《白虎通·姓名》："叔者，少也。"《释名·释亲属》："……仲父之弟曰叔父。"由此，"叔"假借"少"从而与"小"同源，年纪小的称为"叔"，以此演变为亲属称谓。

（四）"叔"字在古代汉语中的感情色彩

"叔"是"拾"，表动作，不带感情色彩，但在文学作品和日常生活的不断运用中，"叔"逐渐不使用本义而演变为称呼语、姓氏或名字，于是，"叔"以及"叔"的合成词有了感情色彩。

《诗经》"叔兮伯兮"中的"叔"指少女爱慕的恋人，带有喜爱、思恋色彩。"叔"指陌生的小伙子，则不带感情色彩，指君臣叔伯，带有尊敬、敬重色彩。《论语》中的"公叔文子"、《尚书》中的"仲叔""管叔"、《春秋》中的"共叔段""卫子叔"，《孟子》中的"管叔""虢叔"，都指贵族，受人尊敬的人。因此，被人称作"叔"是具有尊敬、高贵色彩的。《三国演义》中"叔父""叔母""叔伯"等，指称家族中的长辈，有敬爱、关系亲密的色彩。《红楼梦》中带"叔"字的词语，如"叔叔""小叔叔""二叔叔"，都带有尊重色彩，多次出现的"宝叔""永叔""琏叔"等是某个人的名字加"叔"，是某人的代号，带有亲近、密切色彩。"伯仲叔季"中的"叔"不带任何感情色彩，表示排行第三，而"养小叔子的养小叔子"则带有贬义，具有讽刺色彩①。

二、"叔"字在现代汉语合成词中的语义分析

（一）"叔"字在"叔叔"中的语素义分析

在《现代汉语词典》（第 7 版）中的"叔叔"：叔父；称呼跟父亲辈分相同而年纪较小的男子。"叔"：叔父；称呼跟父亲辈分相同而年纪较小的男子；丈夫的弟弟；在兄弟排行的次序里代表第三；姓。②

在《古汉语常用字字典》（第 5 版）中的"叔"：拾取；兄弟间排行第三的；丈夫的弟弟；叔父（后起意义）；［叔末］［叔世］末世。③

"叔叔"具有指称性，指父亲的弟弟或稍微年长的男性。指称的对象由家庭中的小辈到社会上的男性，指称范围由家庭到社会群体，感情色彩从正面过渡到中性。因此，"叔叔"既属于亲属称谓语范围，又属于社交称谓范围。④

① 郑敬兰. 汉语通用称谓语研究［D］. 济南：山东大学，2009：31.

② 中国社会科学院语言研究所词典编辑室. 现代汉语词典［M］. 7 版. 北京：商务印书馆，2016：1211.

③ 王力，岑麒祥，林焘，等. 古汉语常用字字典［M］. 5 版. 北京：商务印书馆，2016：381.

④ 郑敬兰. 汉语通用称谓语研究［D］. 济南：山东大学，2009：31.

"叔叔"中"叔"是一个构词语素，通过重叠构造出新词。"叔叔"不具备"叔"的一些意义，在不断发展中，"叔叔"逐渐泛化，通过"姓氏＋叔叔"的搭配，如刘叔叔、李叔叔等指称，范围扩大，偏中性；也可通过"职业＋叔叔"的搭配，如警察叔叔、保安叔叔等，在特定对话情景中指向个人或群体，带有尊敬、亲切色彩。"叔叔"逐渐演变成社会称谓，具有固定的标记形式，指称范围扩大。"叔叔"指特殊人群或职业时，与辈分、年龄等关系不大，完全是一个社会称谓。它可以是集体称谓表泛指，也可以是个体称谓表确指。① "叔叔"和"叔"在指称义上有共同点，都称呼比父辈年纪小的男子，但"叔"的本义和其他义都失去了，"叔叔"增加了"叔"所没有的搭配能力，如"叔叔婶婶""警察叔叔""保安叔叔"等，可以和多音节词搭配指称意义，而"叔"不具备。两者都能在前面加姓氏，"叔叔"加姓氏指年纪稍小的男士，"叔"加姓氏指年纪大的男士。

"叔叔"类和"伯伯"类经常使用，两者区别在于长幼。而"叔叔"和"叔父"的区别在于前者是面称，用于口语；后者是背称，用于书面语。② "伯仲叔季"中，"叔"在年龄上小于"伯"，"叔叔"在次序义上与"叔"有共同点，但适用方向不同。在现代汉语中，"叔叔"还可以跟其他成分进行搭配，主要有以下五种：一是前有数量短语作定语，如"这位叔叔""三位叔叔"；二是前有形容词（短语）作定语，如"大个子叔叔""中年叔叔"（中间不加"的"）；三是前有代词作定语，如"他（的）叔叔""我（的）叔叔"（"的"可省）；四是前有名词（短语）作定语，如"马戏团的叔叔""办公室里的叔叔"（"的"不可省）；五是前有动词短语作定语，如"抽烟的叔叔""让座的叔叔"（"的"不可省）③。

"叔"是面称，用于口语，在搭配上有一定的标记形式：一是数量词作定语，如二叔、三叔；二是姓氏作定语，如刘叔、王叔；三是名字作定

---

① 杨西彬. "叔叔"和"叔"——从"永成叔叔"的歧义说起［J］. 绥化学院学报，2006，26（4）：99－101.

② 郑尔宁. 现代汉语称谓名词义征研究［D］. 南京：南京师范大学，2006：13.

③ 杨西彬. "叔叔"和"叔"——从"永成叔叔"的歧义说起［J］. 绥化学院学报，2006，26（4）：99－101.

语，如宝叔、琏叔；四是"叔"充当姓氏，如叔本华。"叔叔"和"叔"在构成、组合搭配和语法功能上也存在不同。

（二）"叔"字在"大叔"中的语素义分析

《红楼梦》中的"大叔"指家族中某位长辈，不指家族外的个人或群体，指向范围扩大。"大叔"在《现代汉语词典》（第 7 版）中是用来尊称年长的男子的（一般指年纪小于父亲的），说明"叔"是亲属称谓，但"大"的意义不突出。随着时代的变化，"大叔"在生活中的运用不局限于家庭，可指称比父辈年龄大的陌生男性。受韩国文化的影响，"大叔"增添了不同的含义，如指知识渊博、幽默风趣的爱慕对象。"广场舞大叔""保安大叔"等受前面定语的影响，指称特定人群而不是个人，指称范围扩大。

近年来"广场舞大妈"这一称呼在网络上逐渐带有贬义色彩，"大叔"也受其影响，带有贬义的色彩，指年龄偏大，而为人处世不恰当、品行不端正的中老年男性，"大叔"的感情色彩不再单一。

在组合关系和句法功能上，"大叔"也有不同的搭配，主要有以下五种。一是数量短语作定语，如"这位大叔""五位大叔"；二是形容词作定语，如"油腻（的）大叔""固执（的）大叔"（"的"可省）；三是代词作定语，如"他们（的）大叔""我（的）大叔"（"的"可省）；四是名词（短语）作定语，如"广场舞的大叔""保安室里的大叔"（"的"不可省）；五是动词短语作定语，如"跳舞的大叔""买菜的大叔"（"的"不可省）。"大叔"已由个体称谓演变为群体称谓。除了"同道大叔"有专属义以外，其他都是短语，可拆分为两个或两个以上的词。

"大叔"单个词或其他词组只体现了"叔"的指称义，而"叔"的本义、引申义都没有体现。由此可见，"叔"在现代社会中称谓意义更普遍。

（三）"叔"字在其他搭配中的词义分析

搭配对象是指"叔"义项不同时，前后所搭配的词不同。"叔"作为亲属称谓具有明显的标志，通常会重叠，或与大、小或序数词组成合成词，指家族中的晚辈称呼家族中的长辈。"叔叔""大叔"成为社会称谓，为年纪小的人称呼年长的男性。而且"大叔"受韩国文化的影响，成为女性对知识渊博但年纪稍大的男性的一种称呼，类似《诗经》中女子称呼思慕的对象。"小叔子"是家中的嫂子称呼丈夫的弟弟。而"叔"作为普通称谓，指称关系紧密的人，通常是"姓氏＋叔叔"或"姓氏＋叔父"，以"姓氏（字号）＋叔"指称具有一定威望和地位的人。"叔"组成人的名字或字号时，位置不固定，除指排行外，基本无特殊意义。"叔"在演变中还出现了次序义，出现在人的名字中。当"叔"作为社会称谓时，除"叔叔、大叔"外，会在前面加职位，指称一类人，加姓氏则指称某个人。

由此，"叔"或"叔"的合成词由亲属称谓转向社会称谓时，也从家族成员扩大到社会的个体或群体，不固定于血亲、姻亲、父辈等家族称呼。在演变中，"叔"在表现某一特定含义时所搭配的对象也不同。

三、"叔"的演变过程

（一）词义的变化

西周至春秋，"叔"不具有固定的词义，在亲属、群体或个体等方面都不固定。"叔"可指君臣、小伙子或爱慕的恋人。同时"叔"能指一名男子，也能指男方带领迎亲队伍的众多小伙子，指称范围不固定，在《诗经》中体现得尤为突出。战国时，"叔"用于人的姓氏或名字，具有特指意义。东汉许慎《说文解字》中记载"叔"的"拾取"义，在之后的朝代，"叔"几乎不被当作动词使用。魏晋时，"叔"单用时指父亲的弟弟。唐代时，"叔"在指称人名或君王方面突出，指称范围缩小。宋代时，"叔"在亲属称谓和人名方面突出。明代时，"叔"具有次序义，扩大了适用范围，指称对象泛化。清代时，"叔"在亲属称谓领域使用得最为广泛，指具有血缘关系的亲戚，尤指母系亲属。到了现代，"叔"作为亲属称谓语应用十分广泛，逐渐转变为社会称谓，适用范围扩大。

文学作品反映"叔"的释义主要集中在以下五点：一是拾取，"九月叔苴"；二是家中与父亲辈分相同且年纪较小的男子；三是次序排第三的兄弟，"伯仲叔季"；四是充当姓氏和名字；五是具有威望的人。

现代汉语中"叔"的本义不再使用，而且义项三、四使用频率低。

"叔"偏向于一个称谓，和《现代汉语词典》中的基本释义一样，无论是"叔"还是"叔"的合成词"叔叔""大叔"都成为一个称谓，由个体称谓偏向于集体称谓，亲属称谓扩大为社会称谓，本义、次序义被其他词或词组所代替，因此现代的"叔"的词义不断缩小。

"叔"在古代基本上指特定的人群。作为礼貌称谓或姓名，如管叔、仲叔等，指向某个人；作为亲属称谓，如叔父、叔叔等，指向家庭成员或有亲属关系的男性。因此，"叔"在古代词义中范围较固定。在现代，"叔"扩大指称范围，如"姓氏＋叔"，不在特定对话情境中，指向不定。从亲属称谓扩大到社会称谓，"叔"或"叔叔"单独使用指称社会上的某位男士。因此，"叔"在现代社会中词义适用范围扩大了。

（二）词性的变化

"叔"最开始是作为动词使用的，如"九月叔苴"，本义"拾"。东汉后，"叔"的本义基本不再使用。在之后的文学作品中，"叔"被假借指称丈夫的弟弟，作为人称代词。而"叔父、叔叔、小叔子"中，"叔"同样作为人称代词。文学作品中出现的"管叔、仲叔"等，也是作为代词。在现代，其动词义已不再使用，"叔"作为人称代词，已经从个体称谓泛化为社会称谓而得到广泛使用。"伯仲叔季"中的"叔"被认为是"第三"的意思，充当现代汉语中的序数词。

（三）感情色彩的变化

文学作品中，"叔"在演变过程中，其本义"拾"几乎不使用，不带任何色彩；在"伯仲叔季"中表次序义也不带感情色彩。一般是"叔侄、叔父"等词作为长辈的称呼，通常由晚辈称呼，带有尊敬、敬重的色彩。在文学作品中出现的超出家族之外的"师叔、世叔"等也带有亲切、敬爱的色彩。许多以"叔"为名字的，共叔段、仲叔、管叔通常都指文韬武略的人，形象高大、正义，带有敬佩色彩。此外，"小叔子"本指丈夫的弟弟，带有亲切的色彩，但《红楼梦》中焦大益发连贾珍时说"养小叔子的养小叔子"，这里的"小叔子"带有贬义、讽刺色彩，因此在特定的对话情境中，尤其是吵架时要注意其贬义、讽刺色彩。

现代"叔"的合成词中，"警察叔叔""保安大叔"等带有尊敬、亲切的色彩，容易拉近人与人之间的距离。但"大叔"一词近年来也具备了一些负面的情感，被认为是年纪大、学历低、不近人情的中老年男性，带有贬义色彩，亦泛指固执、不讲道理的一类人。可见，"叔"的感情色彩是不断变化的。

四、结语

"叔"在现代是一个称谓语，从本义演变而来，在词义、色彩、词性方面发生了变化。本文通过溯源"叔"的历史，探究"叔"在文学作品中的释义。"拾"的本义几乎不再使用，词义消失。而"伯仲叔季"中的次序义也被序数词所代替，在现代汉语中极少使用，而充当姓名或字号的，基本只是一个称谓。"叔"被假借为"少"，指代丈夫的弟弟，为亲属称谓，直到现在也在使用，逐渐由个体称谓发展到集体称谓，由亲属称谓发展到社会称谓。在指称对象、范围、感情色彩上发生了变化，由个体走向集体，由家人指向陌生人，感情色彩也不只有正面色彩，还增加了贬义色彩，搭配对象范围也不断扩大。

秘书理论与实践

改革、创新、定制：浅论曹操公文写作

谭　衍① 汪东发②

摘　要：三国时期是公文写作的一个崭新的开始，在这个时期，国家从大一统局面走向三足鼎立，这引起了公文在文种种类、文种功能等多个方面的变化。其中，曹操就是这个时期公文写作的佼佼者，他一生共写了150余篇公文，内容涵盖政令、军事、政治等多个方面。他的公文体现了其过人的改革思想，文风清峻通脱，逻辑思维缜密，促进了官定公文制度的成熟，引领了当时整个三国时期的公文写作方向。深入研究曹操公文，可以让我们加深对古代公文的认知，帮助我们把握中国古代公文演变的历程，此外，曹操公文对现代公文写作实践也有着极强的指导意义。

关键词：曹操；公文；改革；定制

公文是公务文书的总体表述，是法定机关与组织在公务活动中，按照特定的体式、经过一定的处理程序形成和使用的书面材料，又称公务文件。我国古代，公务文书作为朝廷处理国家政务的重要文字工具，始终伴随着国家的发展而发展，其萌芽于殷商，在秦朝、汉朝以及三国时期得到了发展和完善，在隋唐时期达到了巅峰。此后，古代公文的文种内容与范围基本沿袭隋唐，无过大的创新与突破，维持着相对稳定的状况。

从发展历史可以看出，三国时期是公文重要的成长阶段，在这个阶段，公文逐渐兴起，成为权威性文书的总称。

三国时期出现了最早的"公文"字样，在陈寿的《三国志》中，公文

---

①　谭衍，广东海洋大学文学与新闻传播学院秘书学专业 2016 级本科生。
②　汪东发，广东海洋大学文学与新闻传播学院教授。

作为单独的词汇被提及："公文下郡，绵绢悉以还民。"① 这个时期公文的发展特点主要可以用以下两点进行概括：一是公文的写作指导理论系统化，即官定公文制度的发展与完善；二是公文写作的实践化，即三个国家不同风格的公文写作共同促进了公文推陈出新、不断发展。在这个阶段中，对当时公文发展的贡献较大，直接影响了后世的公文写作的重要人物就是曹操。

一、曹操的公文作品

就曹操而言，他的一生从未远离政治中心，敏锐的政治嗅觉也让其成长为一名出色的政治家。在曹操的政治生涯中，公文是其在政治上不断前进的利器。曹操被誉为"改造文章的祖师"②，他的一生写了 150 余篇公文，这些公文包括了上行文、下行文与平行文多个文种，内容涵盖了政令、军事、政治等多个方面。值得一提的是，曹操所选择撰写的公文文种是随着时间不断发生变化的，这与他的权力变化有直接的关联③。

（一）以奏、表类文书为主的上行文

以曹操的政治人生为时间轴，曹操的上行文写作大部分集中于其前半生，即在形成魏蜀吴三国鼎立之前、群雄割据之时。这个时期，曹操所写的上行文大多是向上级、皇帝禀告和求情，如曹操所写的《拒王芬辞》，就是对王芬拉拢的谢绝。曹操以敏锐的政治嗅觉察觉到冀州刺史王芬废帝之事失败的必然性，从而写出这篇公文以自保。

（二）以教、令类文书为主的下行文

此后，随着曹操权力的不断扩大，其公文逐渐从写上行文以求自保转为通过写下行文以示地位。在著名历史事件"挟天子以令诸侯"后，曹操的公文完全转向以教、令为主的下行文，以发布命令、调整国事为主要内

① 陈寿. 三国志［M］. 北京：中华书局，2019.
② 鲁迅. 而已集［M］. 北京：人民文学出版社，1958.
③ 钱钰玫. 论曹操公文写作的历史贡献［D］. 桂林：广西师范学院，2011.

容，如《合肥密教》中"若孙权至者，张、李将军出战，乐将军守，护军勿得与战"①就是曹操在军事上指导将领行军打仗。曹操一生共写了92篇下行文，在以有力的笔触促进社会变革的同时，也为自己谋求到了更大的利益。

（三）以书信类文书为主的平行文

曹操的平行文以书信为主，主要用于平时与他人沟通交流，内容上大致可划分为三个类型：第一类是与自己身边谋士的书信往来，以曹操与荀彧的书信为例，即《与荀彧追伤郭嘉书》等书信，目的有两个，一是希望荀彧能举荐人才，二是追念逝去的战友②；第二类是与对手的书信往来，东汉末年，群雄割据，曹操在军事、政治上均面临其他政敌，在这种情况下，曹操通过书信的形式合纵连横，一方面通过书信打压他人，树立起自己的威信，如《答袁绍》中谴责袁绍另立新帝的行为，另一方面积极拉拢政敌，达到分化蚕食的效果；第三类是与文人之间的书信往来，曹操作为著名的文学家、建安学派的领导者，其与文人互通书信，以探讨文学、增进感情为目的，其中与建安七子的书信交流最为频繁。

二、曹操公文趋时适治的改革主旨

曹操凭借自己的雄才大略和出色的改革思维，利用公文为社会服务，发挥公文治理国家、管理社会的作用，并以此成就了统一天下的王权霸业。曹操的公文中透露出与前朝截然不同的改革思维，他的公文贴近现实，讲究实用，根据现实情况改革，使得自己的政权更加稳固，"趋时适治"就是对其公文思想的最好概述。

（一）招贤纳士　求贤若渴

曹操能在乱世中崛起并迅速在中原占据一席之地，与其网罗天下贤士有很大的关系，他勇于打破前朝的陈规旧矩，善于用人，这在他的政令中

---

① 安徽亳县《曹操集》译注小组. 曹操集译注［M］. 北京：中华书局，1979.
② 段素梅. 三曹与建安时人书信交往研究［D］. 西安：陕西师范大学，2016.

也有所体现。

汉朝时期盛行以德选人，即重视官员的德行，并以此作为选拔人才的第一标准。但这种选拔人才的方式显然不适于乱世，因此，曹操提出了自己的改革想法。建安八年，曹操发布《论吏士行能令》，令中提出"治平尚德行，有事赏功能"，这是"任人唯贤"思想的萌芽，以才能作为选拔官员的标准，打破门第的界限。此后，曹操连下了三道求贤令，将此选拔思路贯彻到底。建安十五年，曹操发布第一道《求贤令》："若必廉士而后可用，则齐桓其何以霸世！"① 明确提出了"唯才是举"的想法。建安十九年，曹操颁布了第二道求贤令《敕有司取士勿废偏短令》，曹操在令中认为，"夫有行之士，未必能进取，进取之士，未必能有行也"，有才无德的人也应得到重用。建安二十二年，曹操颁布了第三道《举贤勿拘品行令》②，此令在唯才是举的基础上，进一步明确了求贤的方向，一是"果勇不顾，临敌力战"，二是"高才异质，或堪为将守"，三是"或不仁不孝而有治国用兵之术"。这些政令都表现出曹操对有才者来者不拒、广纳天下的胸襟与招贤纳士的超前眼光，引导中原大地走向求才重能的新局面。

（二）破除恶习　树立清风

东汉末年，时局混乱，社会风气恶劣，面对此情景，曹操制定颁布了一系列的公文法令来整顿社会风气，做到了以人为本、关注民生，为恢复社会生产力做出了　定的贡献。

针对各地不断出现带有落后性、腐朽性恶习的情况，曹操在公文中提出了自己的改革构思，即肃清社会的不良习俗，革除社会弊病。如当时冀州地区曾出现四种恶浊之气，即"结党营私、排斥异己、操纵舆论、颠倒黑白"，为此曹操颁布了《整齐风俗令》以整齐冀州之风气，树立人民之道德，其中"吾欲整齐风俗，四者不除，吾以为羞"表达了曹操革新社会风气的决心。

在注重革除恶习之外，曹操还特意引导人民建立起良好的社会道德风

---

① 马晓超. 曹操公文特点研究［D］. 长春：长春理工大学，2014.
② 温昭霞. 曹操诗文的个性追求［D］. 长春：东北师范大学，2007.

尚。首先，曹操希望人们能保持高尚的品德，以其《礼让令》为例，他在文中建议人们不要因为利益而损害自己的名声。其次，曹操重视人文教育，他曾发布《建学令》，大兴教育之风。① 他也一反前朝奢靡之风，提倡节俭简朴。曹操节俭的思想在其《内戒令》中可窥一二，在其影响下，其管辖的官吏改变了铺张浪费的恶习，树立起了节俭奉公的好习惯。

（三）振兴农业　改革旧制

我国历朝历代非常重视农业发展，汉朝时期，统治者为发展农业建立了新的制度，即屯田制，但该制度当时主要服务于军事。曹操在此基础上推陈出新，改革屯田制，将其推广到全国，以解决全国粮食紧缺的问题。

三国时期，群雄割据，各地动乱，大部分青壮劳动力都被安排充军，导致大量田地废弃，无人耕种，传统农业陷入濒临崩溃的局面。② 为解决粮食供给问题，曹操以法令的方式颁布了一系列政策，屯田兴农，鼓励耕作，恢复农业。建安元年，曹操发布《置屯田令》，他在法令中明确提出"夫定国之术，在于强兵足食"③。他指出想要国家稳定，社会井然有序，就必须发展农业，所以在前朝制度的基础上，他改革发展屯田制并在全国推行，安排田官来监督。这既能积蓄粮食，亦可保证充足的兵源。在此制度的影响下，曹操统治区域仓廪俱满，为建立曹魏政权打下了扎实的基础。

在全国推行屯田制的同时，曹操因地制宜，根据不同州的情况及时对农业政策做出调整。如在收复河北地区后，由于袁绍实行剥削政策，当地居民实在无力应付沉重的赋税，因此曹操调整租税，发布了《蠲河北租赋令》，在令中宣布免除河北人民一年的税务。此外，针对战乱时期土地兼并严重的现象，曹操也曾下令《抑兼并令》《收田租令》，在令中，曹操谴责了地主豪强的行为，严令禁止土地兼并，并规定弱民除了向政府纳税之外无须支付额外的税务。曹操用法规的形式保证了各地农业的顺利恢复，

---

① 张作耀. 曹操传［M］. 北京：人民出版社，2000.
② 陈寿. 三国志［M］. 北京：中华书局，2009.
③ 徐德龙. 从荀彧之死看曹操的"唯才是举"令［J］. 广西梧州师范高等专科学校学报，2001（1）：42-45.

也保证了自己霸业的顺利建立。

（四）严明军令　重视军风

东汉时期，由于盛世太平，战事极少，自西汉传承下来的军纪十分松散，军队缺乏一定的战斗力。根据《三国志》记载，在东汉末年，汉朝的军队在同等数量下打不过农民起义军，在这种情况下，军队改革显然迫在眉睫，曹操作为三国时期著名的军事家，早已注意到这一点，并将改革付诸行动。

曹操十分看重军队的纪律和法规，以法治军是核心要义，他的法令详细规定了将士们在军队中应该遵守的规章制度。以《军令》为例，曹操在这篇公文中规定了将士在军营中、在行军路上及扎营时的具体做法，每个地点步骤都做了详细规定，逻辑清晰，条理通顺，对整顿军纪起到了重要的促进作用。在另一篇公文《败军抵罪令》中，曹操规定了军队应赏罚分明而不是只赏不罚，共分三部分来阐述，第一部分引用古文，第二部分陈述事实，第三部分发布军令，整篇文章一气呵成，十分具有说服力。

三、曹操公文理性务实的文风

（一）清峻通脱的文风

鲁迅在《魏晋风度及文章与药及酒之关系》中称曹操是一个改造文章的祖师，用"清峻""通脱"两个词语来形容曹操文章的特色，在笔者看来，这两个词恰巧是曹操公文最大的创新之处，也是曹操公文文风的核心要义①。

曹操公文的"清峻"是指他的公文简约明了，一语中的，与前朝的公文形成了鲜明的对比。汉朝受汉赋的影响，公文以骈句为主，追求公文句式的对仗工整，辞藻华丽，形成了冗文之风。以孔融的《荐祢衡表》为例，全篇引经据典，文采飞扬，但是作为公文，又过于空洞乏味，缺乏实

---

① 李若冰. 浅谈曹操对公文文风的改革 ［J］. 文教资料，2013（35）：66－67.

用性。① 而曹操的公文简洁明了，一言概之，突出了公文的实用性，像"鸡肋"二字，就是曹操《在阳平将还师令》所写的全文，仅二字，便暗含了曹操想要退兵的决定。

曹操公文的"通脱"是指其公文不受固定格式约束，肆意洒脱，具有超前的自由意识，其公文内容涉猎甚广，鲁迅称曹操文章"通脱"，"通脱即随便之意，此种提倡影响到文坛，便产生很多想说甚么便说甚么的文章"。曹操公文文风的通脱主要表现在以下四个方面②：

一是肆意洒脱的格式篇章。秦汉时期，形成了固定的公文格式，如公文文首、文末必须有固定的句式，但是曹操并不被这种范式所约束，他的公文如《收田租令》《整齐风俗令》等，随心所欲，长短不一，极少运用固定的形式，也没有出现汉代公文常有的骈体。

二是其内容表达自由。曹操的公文一般都是有感而发，贴合生活，以写公文的形式表达自己的所思所想，因此曹操的公文中经常会出现"挂羊头卖狗肉"的现象，以《劳徐晃令》为例，看似是发出一则教令，内容却是贺表。

三是曹操的公文喜欢采用通俗易懂的修辞手法。秦汉时期的公文追求辞藻华丽，工整对仗，以美感为追求目标，但是曹操做出了创新，其令文从不避讳民间俗语，而是大胆采用，如《选举令》中的"谚曰：失晨之鸡，思补更鸣"。曹操公文虽然采用了大量的比喻、排比手法，但华丽修辞甚少，他的公文通过慑人的气势、质朴的语言来打动人心，感化民众。

四是曹操的公文具有苍劲有力的文气。这是建立在其肆意洒脱的格式、自由选择的内容、贴合实际的修辞基础上综合呈现的。他的公文融合了这些特点后，形成了浓烈的个人色彩，即行文畅达、气势豪迈。如曹操的《军令》《步战令》，通篇一气呵成，上下衔接，极具气势。

（二）理性为主的行文思维

从秦汉开始，我国古代的公文常用形象的艺术手法对文章内容进行编

---

① 侯迎华. 试论两汉公文文风的演变及其原因 [J]. 河南师范大学学报（哲学社会科学版），2008（4）：163-166.

② 仲秋融. 魏晋公牍文研究 [D]. 杭州：浙江大学，2015.

排，但是这样的公文过于冗长，缺乏逻辑条理性，而曹操的公文则是反其道行之，运用理性主义撰写公文，达到了"行文简约而含义丰富，字精句短而富有实效"的效果。

逻辑思维是指将思维内容联结、组织在一起的方式或形式。① 曹操在公文写作中就巧妙地运用了逻辑思维，以增强自身文章的说服力。如废除寒食恶习的《明罚令》，令中先是介绍存在寒食恶习的地区，然后分析寒食存在的意义，紧接着提出应该如何废除寒食恶习，整个推理过程缜密严谨，整篇文章具有很强的说理性。

此外，曹操也运用了对比思维来加强公文的理性逻辑。曹操的公文运用比较法，以古讽今，通过事物间的对比来加强文章的理性。以《拒王芬辞》为例，曹操用前人霍光等人能成功废帝的事例来做对比，反向比较了王芬废帝之事，通过二者的比较可知，前人废帝成功是建立在万全的准备之上的，而王芬势单力薄，不具备这样的条件，因此王芬废帝必定失败。事后也证明了此事的确失败了。

（三）去文学化的趋势

在中国古代，文学与公文的界限十分模糊，随着朝代更迭，它们共同发展，难分彼此。公文写作脱胎于文学创作，因此古代的公文写作一直伴随着文学化的倾向，在公文趋于完善的秦汉三国时期，公文写作文学化反而有愈演愈烈的倾向，西汉的贾谊等官员，在公文写作时，运用了赋或骈文致使公文十分华丽，缺乏内容。三国鼎立时期，吴蜀两国受前朝影响，其公文同样是以冗长为特色，带有浓重的文学化倾向，实际意义不大。而曹操摆脱了前朝的影响，另辟蹊径，其公文不追求过量的文学修辞，语言典雅朴实，去文学化，自成一派，其风格逐渐影响到后期的吴蜀两国，进而加快了古代公文去文学化的进程。

---

① 王月颖. 图形创意与设计 [M]. 长春：吉林美术出版社，2019：49.

四、曹操公文的官定形制

（一）促进官定制度的确立

曹操是中国古代公文发展历史上的一个里程碑式的人物，他的公文标志着官定公文制度的成熟完善，同时也意味着秘书机构建设的转折，为公文的良好发展做出了重大贡献。

历史上第一个秘书相关官职——秘书令就是曹操所创建的，其配备左右丞，主要的功能在于拟制、颁发教、令，处理日常公文，秘书令、秘书左丞、秘书右丞及旗下的机构共同组成了我国历史上首个秘书机构。[①] 此外，曹操发布了《选举令》《求贤令》等公文，解答了秘书人才的选拔、使用等问题，为秘书行业的蓬勃发展做出了贡献。

在秘书机构出现后，曹操更进一步，以令书的形式确定了以秘书机构为核心的公文处理程序。一是对公文处理的环节做出了规定，制定了如拟写、抬头、避讳、用字等环节的规范。二是严格规定了公文处理的期限，出现了根据事情缓急程度划分的细则，即"小事五日程，中事十日程，大事二十日程"，在此情况下，公文制作和处理已有完整的流程可遵循，大大提升了公文编写的效率和专业化程度。

（二）创造新的公文格式

曹操在公文创新上，还大胆对已成范式的公文格式做出了创新。为了使文字简约，缩减公文篇幅，曹操首次为公文添加了新的部分，即附件。这是公文发展史上的一次重大突破。附件在现代公文中占有重要的作用，是公文正文的说明、补充或者参考材料，一般位于正文之后，与正文有着紧密的联系，采用附件的形式能减少公文正文的内容，使正文看起来更加简洁有力，条理清晰不啰嗦，使得公文的实用性大大增强。曹操在《陈损益表》和《请增封荀彧表》两篇公文中都采用了附件的形式，《陈损益表》以附件的形式向汉献帝陈述了十四条政治改革措施，内容包括社会治

---

① 杨剑宇. 中国秘书史［M］. 上海：上海人民出版社，2007.

理、制度改革各个方面;《请增封荀彧表》则是以附件的形式详细列举了荀彧的事迹,以增强正文的说服力。"附件"这个形式自诞生后一直沿用到现在,是公文重要的格式要素和组成部分。

(三) 细化公文文种

三国时期是公文从文学中独立出来的一个划时代的时期,公文表现出了自己特有的文体特征,形成了自己专属的文体特色。公文最大的特色是要"量体裁衣",根据不同的行文对象而选择不同的公文文种,否则就会因为错用文种而引发误会。古代若是错用公文,轻则影响工作,重则引来杀身之祸。在这方面,曹操做得很好,他的教、令呼应公文内容,选择了正确的公文文种,也提升了曹操公文的执行力和信息的传递力,值得我们借鉴。

曹操是我国历史上的公文写作大家,其公文内容丰富而极具改革思想,利用公文畅所欲言,对社会变革提出了自己的想法。他继承发展了前朝治理社会的政策,对招募人才、发展农业、整顿军纪都提出了自己的改革想法,并以公文的手段,贯彻执行了自己的改革,使得自己统治的区域仓廪满库,人民安居乐业。

五、总结

曹操的公文写作实质上是对汉朝公文写作的革新,他的公文注重实用性,去文学化,以清峻通脱的文风引领了公文写作发展的新方向。同时,他辩证地运用逻辑思维和比较思维,增强了公文的说理性和条理性,奠定了公文的严肃性与权威性。此外,附件的发明完善了公文的格式,提升了公文的简约性。

曹操还创造性地构建了古代第一个秘书机构,为后世的秘书发展奠定了基础,规定了公文的制作与处理流程,完善了官定公文制度,使得公文更加规范化。

总体来看,曹操的公文呈现出了前所未有的特点,对公文的写作做出了历史性的贡献,在公文的发展历史上具有里程碑的意义。

基于"乔哈里视窗"视域下的
秘书沟通策略研究

岑楚瑶①　朱欣文②

摘　要： 笔者基于"乔哈里视窗"理论，运用文献、调研及案例分析等方法对秘书的沟通策略进行深入研究，分析秘书沟通的四种类型，即公开型、专制型、无用型、密闭型。针对不同的沟通类型分析秘书沟通的有效策略，即扩大开放区、缩小隐秘区、缩小盲目区、突破未知区，从而推导出秘书的沟通技巧，最终达到有效提高秘书沟通能力的目的，提高秘书人员的工作效率。本文研究提升沟通策略和沟通技巧的重要性，避免秘书在工作中因沟通失误而出现问题。除此以外，也能帮助大家明白有效沟通不是一蹴而就的，需要不断地学习方能掌握技巧。

关键词： 乔哈里视窗；秘书；沟通；策略

一、"乔哈里视窗"理论概述

二十世纪五十年代，美国心理学家乔瑟夫·勒夫和哈里·英格拉姆研究组织动力学，在沟通这一板块建立了乔哈里模型。乔哈里模型把人类之间的沟通比喻成一扇窗子，以沟通过程中的"我"为标杆，根据"我知""我不知""你知""你不知"四个维度，将自身与对方的沟通进程分为四个区域，即开放区、盲目区、隐秘区、未知区，如图1所示。

---

① 岑楚瑶，广东海洋大学文学与新闻传播学院秘书学专业2016级本科生。
② 朱欣文，广东海洋大学文学与新闻传播学院副教授。

	我知	我不知
你知	Public 开放	Blind 盲目
你不知	Private 隐秘	Potential 未知

图1 "乔哈里视窗"理论

（一）"乔哈里视窗"理论的四个区域

1. 开放区

第一象限是开放区，这个区域沟通过程中的信息是你知、我也知的开放信息。对于自身而言，是个人标签，比如"我"对外作自我介绍，"我"向他人不断输送别人还不了解的"我"的信息。对外而言，是指大家共同看到的事情的表面现象，比如说"我"处于某职位，"我"擅长哪方面的工作……他人是可以直接看到的。人与人之间真实有效的沟通只能在开放区进行，在这个区域内，双方沟通的信息都是公开共享的，是通过"我"先诉和别人看到的，沟通的结果是令双方都满意的。

2. 盲目区

第二象限是盲目区，这个区域沟通过程中的信息是你知、我不知的盲目信息。在这个区域中，别人知道的信息"我"却不知道，故用"盲目"来形容"我"的信息区域。比如，"我"的缺点，他人对"我"的评价，或者是"我"未涉及的领域。天外有天，人外有人，每个人都有自身的盲目区，如果秘书在与人沟通的时候触及盲目区，或许会陷入尴尬的沟通状态。

3. 隐秘区

第三象限是隐秘区，这个区域沟通过程的信息是你不知、我知的隐秘信息。例如，自身不想表达的想法，他人未涉及但是自身熟悉的知识领域，或者是个人的隐私、不方便透露的信息。这个区域的内容属于个人隐私，只要未涉及工作，大家都不愿意公开。但是在特殊的情况下，为了让双方关系更加密切，会适当透露一些。

4. 未知区

第四象限是未知区，这个区域沟通过程的信息是你不知、我也不知的未知信息。这个区域是沟通过程中信息的"黑洞"，对其他的区域可能有潜在影响，让沟通陷入僵局。对未知区域的了解能够更好地帮助自身把握整体局面，但是也可能存在一定的风险。

"乔哈里视窗"理论运用了"窗格"模型的方法，形象地表示了沟通双方的四个状态。在一般情况下，有效的沟通是在公开区内进行的，因为在这个区域内，双方的沟通信息可以共享，沟通的真实性和有效性也易于把控。但在实际工作中，秘书与沟通对象不一定彼此了解，从交流的开端可能就很无奈地进入了盲目区或者隐藏区，甚至进入未知区，沟通的效果可想而知。

（二）"乔哈里视窗"的理论特点

"乔哈里视窗"不但有四个窗格，而且这些窗格也不是一成不变的，我们把"乔哈里视窗"的理论特点归纳如下：

1. 窗口信息化

"乔哈里视窗"模型可以覆盖所有沟通信息，沟通双方可以将大家所知的和所不知的信息一一对应到模型的四个"窗口"中。比如，秘书与领导沟通可把相互了解的信息放在公开区，把领导不愿公开的信息放到隐秘区，把"我"不了解但领导了解的信息放到盲目区，把"我"与领导都不了解的信息放到未知区。这可以让秘书第一时间了解到哪些信息应该沟通，哪些信息不应触及。

2. 窗口可变化

在具体应用中，"乔哈里视窗"窗口大小不固定，沟通双方各有其"窗口"，而且"窗口"的大小即时形成，随着交流的深入，各自"窗口"将有相应的变化。比如，秘书在沟通中了解到对方在某个领域有深刻的见解，秘书对此也有过探究，于是主动抛出话题，再谈及的内容则是开放共享的。开放区范围变得越来越大，其他区域则相对变小。

3. 窗口互动性

沟通的信息与窗口具有互动性，信息可以随着沟通的进行而跳离原来的窗口，到达新窗口，不同象限窗口的形状大小也会随之改变。比如，秘书遇到困难向同事求助，在沟通过程中，秘书会有新的认识，而"盲目区"的信息也会转到"公开区"上。所以说，"乔哈里视窗"信息与窗口具有互动性。

4. 窗口清晰化

我们在沟通过程中，把自身所知与所不知跟沟通者的所知与所不知一一对应地放在"乔哈里视窗"模型里，呈现出简洁清晰的效果。作为沟通的主体，我们可以更快地观察到自身的优缺点，在沟通时扬长避短。比如，秘书与领导沟通时，知道领导对"我"的"隐秘区"的一些信息感兴趣，秘书可以把话题引到领导的兴趣点上，这样可以让信息更好地转到"公开区"，让后续的交流更具针对性。

总之，"乔哈里视窗"理论的四个特点，不仅让我们对该理论有更清晰的认识，对于秘书沟通策略的研究也有着至关重要的作用。后文的研究基于"乔哈里视窗"的"窗格"变化而展开。

二、"乔哈里视窗"理论下的秘书沟通类型

根据乔哈里模型，我们可以将秘书与沟通者之间的交流分为四种状态，即秘书了解沟通者的状态、秘书不了解沟通者的状态、沟通者了解秘书的状态、沟通者不了解秘书的状态。我们将对应的沟通模型展示出来，以清楚地表示秘书的沟通类型，具体如表1所示。

表1　"乔哈里视窗"理论下的秘书沟通类型

公开型（开放）	无用型（盲目）
专制型（隐秘）	密闭型（未知）

（一）公开型沟通

公开型沟通，信息开放的区域大，其他区域小，秘书与沟通者能够畅

快地交流，信息处于对等状态，这是一种非常理想的沟通状态。在这种状态下，秘书清楚对方需要的信息，准确地给予提示；沟通者明白秘书的专长。在交流过程中，沟通对象的"盲目区"逐渐变小，"开放区"逐渐变大，最终，沟通对象获得想要的信息，双方的关系更加和谐。

现实中，优秀的秘书在了解领导的基础上，被要求说出对某领域的看法，不仅要说出该领域的特点，还要进一步提出建议，使沟通达到最佳效果。这种沟通类型，对秘书和领导的工作关系有着良好的促进作用。

（二）专制型沟通

这里的"专制"是指把自身的想法强加于沟通对象。此类沟通，"隐秘区"占据沟通模型的主要位置，双方信息处于不对等状态，若提供自以为是的信息，不仅会浪费对方的宝贵时间，也会让对方产生不满情绪。

这样的沟通对秘书而言是致命的，因为秘书不仅是领导的辅助者，也是单位的"形象代言人"，是接收信息的"前锋"。比如，农民工因为被拖欠工资一事没有预约就找领导理论，第一时间接待农民工的是秘书，如果秘书主观地认为农民工仅仅是要拿回工资，却忽略了农民工需要明确解决问题的时间和具体步骤，那么为了息事宁人，秘书就会笼统地回应说工资肯定会发的，让他们回去静默等待。这样处理，农民工没有得到想要的答案，不仅会大闹单位，让单位"脸面尽失"，而且有可能破坏公物，使单位遭受一定的损失。

（三）无用型沟通

无用型沟通建立在"我不知""你知"的沟通模块上，"盲目区"占据沟通模型的主要位置。这种状态又延展出两种情况：一是沟通对象对需要交流的信息有一定的了解，但是秘书不清楚，导致秘书因不了解对方的实际需求而让沟通对象对结果不满；二是秘书与沟通对象都对某项工作有一些了解，但是，秘书的某个缺点对该工作的影响很大却不自知，沟通对象也没有在第一时间指出，导致双方在工作中南辕北辙，工作结果很糟糕。

上述第一种情况在现实生活中很常见，如当上级领导需要秘书讲述对某件事的看法并提供辅助决策方案，秘书因对该事务不熟悉及害怕被批评，回答得吞吞吐吐，甚至还出现越说越错的情况。这不仅影响沟通效果，更会让领导质疑秘书的能力。

（四）密闭型沟通

密闭型沟通，"未知区"占据沟通模型的主要位置，秘书与沟通对象处于糟糕的状态，这也是沟通的"雷点"。沟通者抛出"未知区"的信息，秘书对此也不了解，沟通对象接收的信息与理想"偏航"，沟通结果变得不妙。

比如，当秘书与同事沟通，秘书对同事的信息需求仅有片面认识就"侃侃而谈"，让同事误以为秘书对此有较多的了解，但是沟通后得不到有用信息，久而久之双方可能会互相指责，沟通变得困难，形成恶性循环，导致双方的关系变得僵硬。

综上所述，沟通模块的"窗格"可随着沟通信息的变化而同步位移，也就是说，沟通类型不是一成不变的，秘书可以根据实际情况，转变沟通方式，使专制型、无用型、密闭型沟通转变为公开型沟通。视窗模型也方便秘书人员自查沟通类型，找出对应的问题，提升沟通能力。

三、基于"乔哈里视窗"理论的秘书沟通策略

从乔哈里模型及四种秘书沟通类型中我们知道，有效沟通的本质是开放区不断扩大，其他三个区域不断缩小的过程。所以，要取得良好的沟通效果，就要不断扩大开放区，提高信息的透明度，缩小盲目区与隐秘区，突破未知区，灵活应对未知区的风险，提高沟通能力。

（一）专制型沟通应对——缩小隐秘区

在沟通的过程中，有时一方会无意识地隐藏自身所掌握的信息，这会造成沟通障碍。所以，应对专制沟通类型，秘书要缩小"隐秘区"，使"隐秘区"的信息转化到"开放区"。

有效地缩小"隐秘区"需要进行自我展示，即展示"我"所知道但是沟通对象不太了解的信息。在这一过程中，秘书主动分享有效信息，会让

对方感受到沟通的诚意，进而提升好感度，使沟通结果朝着好的方向发展。

对秘书而言，最忌讳的是跟直属领导有工作信息的"隐秘区"，因为秘书"知"而领导"不知"，导致正确的意见被否决，后果是不利的。"二战"初期，德国率先研究原子弹，这对同盟国非常不利。爱因斯坦第一时间写信给当时的美国总统罗斯福，让他赶紧把原子弹的研制提上日程，罗斯福对此不以为然。随后，亚历山大·萨克斯（罗斯福的私人顾问）向罗斯福进一步阐明原子弹的威力，并讲述了拿破仑没能征服英伦三岛是因为赶走了蒸汽轮船发明家富尔顿，从而失去了拥有一支由蒸汽轮船组成的舰队的例子，罗斯福听后马上批准原子弹的研制工程，最终，美国比德国先研制成功。总结该案例可知，秘书在沟通过程中，一定要了解领导迫切的需求，传达最有效的信息，达到理想的沟通状态。不仅对领导沟通时要如此，与同事及组织外人员沟通时亦要如此。

（二）无用型沟通应对——缩小盲目区

在沟通的过程中，每个人都有自身的盲目区，这些盲区客观存在，我们只能够在沟通中不断缩小它。

细心观察，认识自我。在沟通的过程中，秘书可能会因表达、理解等因素导致沟通效果不如预期，通常自己思考的是百分之百，表达出来的是百分之七十，被人理解到的内容则不到百分之五十。在与他人沟通时，秘书要有意识地培养自己的观察能力，仔细观察对方的神情动作或对某句话的特殊反应，要不断提醒自己，语言是否恰当、通俗易懂，是否准确传情达意。

善于倾听，接收信息。即使秘书是一个综合性的岗位，但秘书人员不是万能的，他们也有未接触过的领域。英国著名作家莫里斯说："要做一个善于辞令的人，只有一种办法，就是学会听人家说话。"秘书在服务领导时，若不善于倾听领导的需求，就会阻碍沟通的进程。即使是自己比较了解的区域，也要多听，从中接受新知识，挖掘新体会，缩小"盲目区"。本是一介草民的朱元璋亦是如此，他在一统江山时，每遇重大决定前，都要仔细聆听幕僚们的意见，因为他想扫除"盲区"；登基后的他更是如此，每天认真聆听名人儒士谈论儒家学说、治国之道，这些善于倾听的日常行为为他稳定江山提供了保障。①

（三）封闭型沟通应对——突破未知区

在沟通过程中，如果双方的"未知区"都占据主要位置，则不能进行有效沟通。想要释放"未知区"的消息，不仅需要秘书加强自身学习，还要与沟通对象共同探索，突破"未知区"。

主动学习，扩大知识面。"未知区"指的是秘书从未涉及过的信息模块，要突破"未知区"，就必须主动学习，不断扩大知识面。如白宫总管家、社交秘书德西雷·罗杰斯，她不仅把秘书工作做到了极致，还坚持不断学习新知识。在服务总统期间，她从普通早餐到国宴，从非正式小聚到正式会谈，都确保每件事不出差漏。最让人惊叹的是她"推广奥巴马总统"，把秘书职责跟工商管理"战略计划"融合在一起，创立"奥巴马品牌"，把对外宣传沟通做到极致，使白宫形象深入人心。②

现代秘书要主动学习，提高自身的业务能力。例如，通过组织提供的员工培训课、网络教程课等，学习计算机软件操作及与秘书相关的先进的管理知识，还要学习公共关系学、社会学等综合知识，成为一名横跨多领域的复合型高级秘书。只有这样，秘书才能在工作中突破"未知区"，不断挖掘自身潜力。

共同挖掘，实现共赢。随着沟通的不断深入，秘书可引导对方共同尝试探讨双方未知的内容，把双方的"未知区"释放出来，实现共赢。沟通双方都是独立的个体，大家的想法也许不一样，在共同挖掘"未知区"信息时，双方信息共享，在此过程中，保守思想与激进思想、个人主义与现实主义必有冲突，但这些矛盾正是推动秘书有效沟通的动力。

（四）公开型沟通应对——扩大开放区

虽然在公开型沟通状态下，秘书与对方沟通效果较好，但其他三个区

① 吴晗. 朱元璋传 [M]. 西安：陕西师范大学出版社，2008.
② 吴继新. 形形色色的创造思维（三十七）："奥巴马品牌"与德西雷·罗杰斯 [J]. 浙江工艺美术，2009，35（4）：119-121.

域还是客观存在的，这就需要秘书尽可能地扩大开放区。

在信息公开状态下，秘书若要使沟通效果达到更佳，就要营造良好的沟通氛围，引导信息的传递。首先，说话态度应轻松自然，让沟通对象放松；第二，话语保持有趣，吸引对方的注意力；第三，言语要真诚，唤起沟通对象内心深处的情感。这样，秘书才能引导对方说出更多的信息，达到最优沟通。

借鉴"乔哈里视窗"理论，秘书从中自查沟通类型，总结自身的优缺点，进而采取相应的策略提升沟通能力。

四、基于"乔哈里视窗"理论的秘书沟通技巧

通过上述分析，我们明确了"乔哈里视窗"的四大沟通策略，因为沟通对象复杂多样，所以秘书对待不同对象的开放区、隐秘区、未知区、盲目区的做法不同。对秘书而言，其不仅要熟知沟通策略大方向，而且要掌握沟通技巧，促使自身的沟通能力有实质性的提升。

（一）向上沟通主动积极

秘书与上级沟通时要主动积极，因为秘书是领导的辅助者，从属并服务于领导。有时候，收到最新消息的可能是秘书。而收到的信息有好有坏，若获得积极信息，秘书应第一时间主动上报领导，协助领导扩大信息的影响力；若获得消极信息，秘书更要主动上报领导，协助领导减小信息的消极影响。此外，秘书的主动积极不是被动服务，不能等领导分配工作后才陆续执行。秘书要熟悉领导的工作作风，积极向领导请示汇报，而不是被动应对。

在此过程中，秘书无疑在缩小"隐秘区"与"盲目区"，把两个区域的信息转移到"公开区"中，这样，与领导的沟通效果才能达到最佳。

（二）向下沟通守住机密

秘书在与下级单位或者人员沟通时要注意，不是所有的工作信息都需要透露，要注意"隐秘区"信息的合理运用，对于涉及组织机密和领导隐私的消息，秘书必须守口如瓶。

秘书与下级单位沟通时，要有效分配工作。秘书作为管理层，要熟知下属的特性，根据每个人的能力分配对应的工作，而不是陷入沟通的"专制区"，根据"我认为"的主观意识随意分配工作，让工作进入滞缓期。

（三）对外沟通展现诚意

彼此不熟悉的沟通双方在交流时通常会比较拘谨，秘书作为企业的"形象代言人"，不应把沟通局面弄僵。秘书应主动向沟通对象展示对方不知道但己方了解的内容，且谈及的信息都应是双方容易接受的，使沟通对象感到轻松自如。同时，秘书的言语要适度，选择开放的信息要经过深思熟虑，不能把组织的机密、内部重要消息、领导隐私等擅自传播出去。秘书还要注重细节，在沟通过程中仔细观察沟通对象的情绪变化以及一言一行。如察觉到沟通对象不自在，秘书可递上一杯热饮，让其感到温暖，展示企业的暖心形象。总之，在对外沟通时，秘书要体现诚意、注重细节，展现企业的良好形象。

五、结语

在组织中，秘书部门是"联系上下，协调左右"的枢纽部门，有效沟通是保证秘书工作顺利进行的基础，也是影响秘书工作成败的关键因素，因此，秘书人员不能在沟通方面掉以轻心。

通过研究"乔哈里视窗"与秘书沟通策略，我们知道想要达到有效的沟通，要靠自身的努力。首先，我们需要根据"乔哈里视窗"分析自己的沟通类型，判断是单一的沟通还是多种沟通风格的叠加；其次，根据上述研究方法修补自身的"沟通漏洞"；最后，根据不同的沟通对象的特性进行信息筛选，采取对应的沟通策略及技巧，提高沟通能力。本文研究的结论，不局限于秘书，对于其他行业的工作人员也有一定的适用性。只有掌握沟通策略与技巧，才能提高工作效率。

新闻·传媒·出版

海洋集

从 2019 年全国两会梅州融媒体报道
看地市级融媒体发展之路

管　汀①　龙黎飞②

摘　要：在 2019 年全国两会期间，梅州市直两家媒体机构——《梅州日报》和梅州市广播电视台首次组成融媒体报道组，一同赴京采访，这种突破性尝试在地市级媒体融合中具有一定代表性。在该模式下，其报道与之前的内容相比更丰富和接地气，时效性更强，形式更多样；与省级融媒体相较却仍显人力不够、素质不高、可视化程度低、内容不够全面和深入等弱点。未来地市级融媒体建设可从以下三方面发力：在内容上发掘当地文化，改变"搬运工"模式；在人才上做到原班人马"走出去"，新鲜血液"引进来"；在机制上实现一线幕后高度配合，媒体间相互合作，职能向"服务型"转变。

关键词：地市级媒体；《梅州日报》；梅州市广播电视台；媒体融合；全国两会报道

中共中央总书记习近平在 2018 年 8 月召开的全国宣传思想工作会议上作了重要讲话，他强调"要扎实抓好县级融媒体中心建设，更好地引导群众、服务群众"③。这意味着媒体整合工作的重点从省级以上媒体延伸到县区级媒体、从主干媒体拓宽到支系媒体④。然而，由于经济实力、人才储

---

① 管汀，广东海洋大学文学与新闻传播学院新闻学专业 2016 级本科生。
② 龙黎飞，广东海洋大学文学与新闻传播学院讲师。
③ 左志新. 打通媒体融合"最后一公里"——县级融媒体中心建设专题 [J]. 传媒，2019（2）：8.
④ 杜一娜. 县级融媒体中心建设　打通媒体融合"最后一公里" [N]. 中国改革报，2018－09－03（11）.

· 242 ·

备等客观条件的制约，目前国内许多县区没有能力去搭建融媒体中心，所以以地市级为单位的媒体融合，便成为媒体融合从省级延伸至县区级的一个有利过渡。

但就目前的地市级媒体融合状况来看，上级媒体（中央级、省级）和下级媒体（县区级）开展得如火如荼，地市级媒体却处于一个比较尴尬的位置。① 国内学者对地市级融媒体的研究集中在平台搭建、人员配置等大框架内，主要分成三个研究方向：一是阐述概括融媒体的内涵及特点，并结合地市级媒体进行分析。二是基于媒体融合的背景来分析地市级媒体的发展路径。三是分析某一地市级媒体在融合中的优缺点，提出相关的建设方向。总体而言，不管是问题分析还是意见提出，国内研究都出现了不同程度的同质化。

而全国两会作为媒体行业的"新闻盛典"，能够准确地折射出当前媒体报道的水准。在 2019 年全国两会期间，梅州首次组成融媒体报道组一同赴京采访，共发布 50 多篇新闻报道，全网阅读量超 500 万次，实现了地方党报与广播电视台、传统媒体与新媒体的同频共振，为梅州市民奉上了全国两会"新闻盛宴"。② 这种突破性尝试在地市级媒体融合中具有一定代表性，且在该背景下发布的新闻报道更能反映出地市级媒体融合的特点。

与此同时，《梅州日报》官方微信公众号运营情况优秀，根据《2019全国党报融合传播指数报告》显示，《梅州日报》官方微信公众号传播力全国排名 17、广东省排名第 2。③ 而梅州市广播电视台官方客户端——"无线梅州"App，在全国同类 App 中位列头部，是粤东地区第一手机客户端。④ 由此可见，以梅州市直两家媒体机构为范本的研究具有一定的价值，本文就梅州的融媒体进行相关研究。

———————————

① 王胜旺. "前端"如火"下头"如荼，"中段"咋办？——地市级媒体融合发展的难点及路径思考［J］. 新闻战线，2019（10）：52 – 54.

② 钟伟光. 是会场，更是"考场"——全国"两会"梅州融媒体报道工作回顾［J］. 城市党报研究，2019（5）：31 – 33.

③ 刘晓娟. 梅州日报微信传播力居全国党报第 17 位［EB/OL］.（2019 – 07 – 31）［2020 – 02 – 09］. http：//mzrb. meizhou. cn/html/2019 – 07/31/content_222406. htm.

④ 温建营. 客家地区广电媒体的转型战略分析——基于梅州市广播电视台的全媒体实践路径［J］. 视听，2019（1）：28 – 29.

一、2019 年全国两会梅州融媒体报道分析

（一）与 2017 年、2018 年全国两会梅州市直媒体报道对比

总体而言，2017 年、2018 年全国两会期间，《梅州日报》和梅州市广播电视台在传统媒体平台发布的相关报道数量较少、内容较浅、形式单一，且与新媒体平台所发布的内容大体一致。而 2019 年梅州融媒体报道组分别在传统媒体平台、新媒体平台发布了数量较多、内容丰富、形式多样的不同报道，平台内容重合率大大降低。下面就内容、时效性、形式三个方面进行具体比对。

1. 内容

（1）采访对象更丰富。

根据全国两会期间的报道内容来看，2017 年、2018 年的采访对象都只局限在梅州本土的全国人大代表和政协委员。而在 2019 年全国两会中，梅州融媒体报道组深入两会现场，除了赴京参会的 4 位代表——邓振龙、李杏玲、彭唱英、张晓之外，还将采访对象拓展到了全国政协委员卢传坚，以及梅州籍乡贤代表委员吴清平、刘伟、余国春、曾智明。

（2）选题内容更详尽、更接地气。

一是在内容报道上，细节更多，感染力更强。例如，在报道《我市 4 名全国人大代表畅谈现场聆听〈政府工作报告〉后感想"现场响起的掌声就是代表们的心声"》中，记者采访了刚听完政府工作报告的四位与会代表，其所传达出的第一感受——"心潮澎湃""感到温暖""激动"，以及一些细节性描述，"全场响起了 50 多次掌声"等都让报道内容多了许多细节，也增强了感染力。

二是在选题策划上更接地气。因为"三八"妇女节正值全国两会期间，所以报道组也策划了有关报道——《祝女代表们 妇女节快乐》，让会议新闻从原来的严肃正经变得生动活泼。与此同时，报道的方向也集中在与梅州市息息相关的选题上，如梅州作为"华侨之乡"应如何利用好侨力资源等，通过报道内容助力梅州发展。

（3）现场感更强。

在 2017 年、2018 年全国两会新闻报道中，《梅州日报》的采访形式为电话采访，而梅州市广播电视台只有等与会代表返回梅州后才有采访镜头。但这次融媒体报道组不仅能够进行面对面采访，而且有四位代表在进入会场前的合影，以及在会场内的采访镜头，以直观的形式——图文并茂的推文、接受采访的短视频等，让本市四位代表直接传递全国两会的氛围。

2. 时效性

（1）发布速度更快。

相较于之前与被访者分隔两地的情况，2019 年，在梅州融媒体报道组的跟随下，与梅州密切相关的全国两会动态都能及时地传递给受众。例如，4 位代表于 2019 年 3 月 5 日上午听完政府工作报告后，报道组立即进行了专访，并以图文、视频的形式，于 11 点 35 分依托《梅州日报》客户端——"掌上梅州" App 在北京发布了相关报道，牢牢抓住了新闻的时效性。

（2）更新频次更高。

2017 年、2018 年两家媒体关于全国两会的报道发布频次都较低，就以《梅州日报》为例，"本报讯"的稿件一般隔两天才会发布一次，且两年总计发布 9 篇。而在 2019 年，从 4 位代表启程赴北京（3 月 3 日）到大会正式闭幕（3 月 15 日），梅州融媒体报道组基本每天都会发布相关的报道，总计发出的新闻报道 50 余篇次。由此看来，在进行媒体融合合作后，新闻报道的发布效率有了很大提高。

3. 形式

（1）多平台发布。

2017 年、2018 年梅州市报道全国两会新闻内容的主要平台：《梅州日报》——开设专门的版面；梅州市广播电视台——在梅州新闻联播中插播全国两会相关内容。但在 2019 年全国两会期间，除了报纸、电视两个平台，还在官网、微信公众平台、客户端开设了"全国两会　梅州声音"专栏，力图全方位、多维度地报道全国两会的内容。

（2）多形态展现。

在两家媒体进行融合合作之前，《梅州日报》关于全国两会的报道内容大多是转载新华社的通稿，而梅州新闻联播的相关口播也多为通稿，画面则大部分需借用省台的镜头。

但在 2019 年融媒体报道组的"北上之旅"中，两家媒体联合搭建了"中央调度平台"，为远在北京的记者安排采访任务、联系采访对象、挖掘采访内容；报道组的记者提前做好准备，在完成采访任务后尽快写出稿件、拍摄好镜头并发回梅州；紧接着"中央调度平台"将稿件和镜头画面发给各个平台的编辑，结合平台的传播特点对稿件进行加工处理，例如微信推文《一分钟记住他们！》便以短视频、H5 的形式，为市民介绍了梅州的四位全国人大代表。相比以往单纯的图文、视频报道形式，在进行媒体融合之后，报道的形态更为多样化。

（二）2019 年梅州全国两会报道不足之处

综合以上几点可以看出，2019 年梅州全国两会报道在媒体融合上做出了许多创新性的突破，取得了显著成效，但还有一些不足之处。

一是依旧存在"新瓶装旧酒"的现象。虽然一些报道形式已有所创新，但仍有些报道只是单纯地从传统媒体转移到了新媒体平台上。二是部分报道仍出现内容生产次序倒置的错误，即新鲜资讯本应先通过新媒体平台第一时间发布，以更快地传播出去，却变成了新媒体平台发布的内容是传统媒体已发布过的"旧闻"。

而以上两点可能会导致即使传播渠道拓宽、传播形式多样，但传播效果并无很大提高的问题。

（三）与广东省融媒体对比

1. 优势

（1）采访对象针对性更强。

由于媒体等级差异，省级融媒体面向的是全广东省的市民，而地市级融媒体面向的范围会小很多，所以在采访对象的选取上，梅州市融媒体可以直接瞄准与本市相关的全国人大代表、政协委员等。因此，在做好采访准备工作方面相较于广东省融媒体来说会更加简单直接，可操作性和灵活性也会更强。

（2）报道内容更具有接近性。

相较广东省融媒体多为宏观层面的报道，如专题"牢记使命担当　书写时代篇章"，梅州市融媒体的报道内容从本地群众的切身利益出发，如在《人大代表为梅州发展鼓与呼——梅龙高铁、足球特区、乡村振兴是关注的热点》中提及了梅州市民最为关心的三个话题，充分显示了新闻的接近性。由此可见，在洞悉受众的信息需求上，梅州融媒体能够做到更加细致。

2．劣势

（1）人力资源方面：人员数量少，专业性较弱。

南方报业传媒集团在 2019 年全国两会报道中共派出了 88 名骨干记者赴京采访，且均为全媒体人才，但梅州融媒体报道组只有 4 位记者，文字、摄影记者各两位，相较之下，梅州市融媒体的人力在数量和专业性上都显得比较单薄。

（2）形式方面：可视化程度不高。

在 2019 年全国两会期间，南方报业传媒集团推出了许多种可视化作品：3D 动画 + 深度网评、H5、手绘漫画简史……可以看出，广东省融媒体在展现形式上创新多多，一方面吸引了受众的眼球，让大家积极参与到两会的讨论中来；另一方面彰显了媒体自身的软硬实力，有助于打响品牌名声，加深受众的喜爱程度。

相较而言，梅州市融媒体在报道形式上的突破比较常规，缺乏新意。如果说 3D 动画、手绘漫画等技术水平要求高，地市级媒体还无能力制作，那么当下较为流行且拍摄制作较为简单的短视频便可以多加尝试。例如，其所发布的两篇图文形式的记者手记可以换成短视频的形式，不但可以为大家介绍媒体工作的环境，而且可以带大家直观感受两会现场的氛围，这样一来可视性更强，传播效果也更好。

（3）内容方面：不够全面，不够深入。

第一，评论性的文章较少。广东省融媒体推出了深度解读全国两会的栏目《叮咚Ｖ评》，也在报纸上开设了相关评论专版，而梅州市融媒体没有发布一篇新闻评论，也没有开设群众投稿通道。相较之下，梅州市融媒体的报道就没有那么全面。

第二，缺少大数据思维。广东省融媒体依托大数据技术推出了脱口秀短视频节目《大湾区 Talks》，而梅州市融媒体的各项报道虽有列数据的意识，但没有抓住各类数据之间的关系，报道内容深度不够。

可以看到，相比省级融媒体，梅州市融媒体的建设和运作仍有较大的差距。究其原因：一是起步较晚，首次融合存在许多不成熟的地方，容易在配合方面出现问题；二是从业人员较少，且专业能力较差，导致呈现形式单一，部分报道市民反响平平；三是 5G 直播、VR、AI 等技术水平不够，这从侧面折射出其在媒体融合方面的资金投入力度不足。

而以上这些原因，也可以反映出地市级媒体在融合之路上可能遇到的困难。那么，下面笔者就这些困难提出一些建议。

二、未来地市级融媒体的发展方向

（一）内容方面

1. 结合地方文化打造独有特色

首先，获得受众的认同感和归属感。如打造方言类节目，利用每个人都熟悉的"乡音"来做节目，不仅使内容更接地气，拉近与当地群众的距离，而且有可能吸引身处他乡的游子来参与。

其次，要抓住城市亮点，形成自己的品牌特色。如江苏邳州广电以"银杏之乡"为切入口，围绕其成立了"银杏融媒"，并据此提出"一棵树"的概念，搭建起自己的融媒品牌。[①] 而就梅州而言，则可以利用"世界客都"这一称号来"做文章"，以客家文化为内容中心点，以客家方言为传播介质来打造特色传媒品牌。

最后，善于发现文化契机，创新专题内容。如找寻文化契机，在地方特有节日时做特色栏目，既能让受众感受到节目内容的多样性，又是弘扬地方"落寞文化"的一种途径。[②] 与此同时，我们还要顺应媒介融合发展的趋势，可采用网络直播的方式来展示，在所搭建的互联网新媒体平台上

---

① 徐希之. 县级融媒体改革这场硬仗怎么打？[J]. 新闻战线，2019（3）：34－36.
② 王靖天. 立足地方文化促进地方电视传媒发展 [J]. 新闻研究导刊，2016（13）：252.

发布信息等。

2. 改"做加法"为"做乘法"

在媒体融合当中，内容融合部分易出现堆叠的现象，而这对于媒体来说是事倍功半的。因此，我们应该改"做加法"为"做乘法"，改变内容融合的方式。例如，运动赛事、会议表决结果等注重时效性的选题，便可将简单的消息通过新媒体平台发布，后续的具体细节则可以在"深加工"后发布于传统媒体平台。而对于人物专访、文旅介绍等，则可以用长篇报道或专题的形式在传统媒体平台发布，后续则通过"再加工"以多样的形式在新媒体平台展现，同时加强与受众之间的互动。

总之，在内容融合方面，地市级媒体需要改变"搬运工"的模式，创新融合模式。

（二）人才方面

1. "原班人马走出去"

随着融媒体的运作方式慢慢渗透到传统媒体中，"老传媒人"如果不能与时俱进，就可能会跟"新传媒人"产生矛盾，影响信息传播的效率，因此，他们在融合过程中更应被重视。让"原班人马走出去"，需要的是领导层有想法、敢作为，具体而言可以从以下两个方面进行：

一方面，向优秀媒体学习"融媒"经验，在交流中碰撞出新的思路。可以定期组织外出学习交流活动，或邀请具有资深"融媒"经验的从业者来进行知识讲座，巧用"他山之石"。

另一方面，创新实践机会，提高专业水平。如在大型活动期间，可以多尝试新的报道形式，如直播现场解说等，锻炼采编人员的能力，提高其专业水平。

2. "新鲜血液引进来"

由于资金或地域等问题，地市级媒体在吸引和留住人才上显得有些力不从心，要突破这一用人瓶颈，可以从本地外流人才入手。主要原因有以下两个：一是在传媒行业，非一二线的地级市对于外地人才来说吸引力太小，用人成本比较高，且留人的难度也更大；二是家乡能够给本地人才以强烈的归属感，在留住人才上也较有优势。

想要吸引本地人才回流，应在选、用、育、留的全过程发力，主要有以下三个方面：第一，在精神上，打造家乡归属感，提高生活幸福感。本地媒体可以联合起来拍摄相关的宣传片，在毕业季、求职季进行大量的投放和宣传，呼吁本地人才回乡就业。第二，在物质上，提高待遇水平，奖金福利可适当倾斜。创新绩效考核形式，如实行"优绩优酬"制度，即工作能力强且多劳者所得报酬高，工资数额无上限但也不保底，让"固定的工资"转变成"灵活的薪酬"①。同时扩大回流人才的上升空间，让其看到自身的发展前景。第三，在氛围上，营造积极的工作环境，建立团结愉快的合作机制。可以组织员工定期开展团建活动，增进同事之间的感情和默契，让从业者享受上班的时间。

（三）机制方面

1. 听从指挥，一线幕后高度配合

在媒体融合过程中，《人民日报》"中央厨房"的理念值得地市级媒体参照、学习，即根据实际搭建起自己的"中央厨房"指挥所有"采编审发"工作，当记者结束一线采访将素材发回后方后，媒体的"大脑"将其发配给编辑技术人员进行加工整理，最终形成"新闻成品"。但需要注意的是，整个模式的运行应该建立在各方配合默契的基础上，这便要求媒体对机构部门进行改革重组，同事之间也要有一个磨合过程。

因此，在这一"转型"的过程中一定不能操之过急，应循序渐进，多学习借鉴，多创新尝试，让整个模式走向成熟。

2. 媒体间加强合作，各取所长

一座城市坐拥多家媒体，加上传媒市场机制不健全、设计不完善，可能会导致媒体之间互相抢占资源，难以最大限度地利用信息资源，造成不必要的浪费。②但从2019年全国两会梅州两家市直媒体的合作可以看到，大会期间两家媒体共享采访资源，利用各自的优势，最终省时省力、全方

---

① 刘晓梅. 北京昌平：区县级融媒体中心怎么建，如何用？[EB/OL]. (2018 - 08 - 28) [2020 - 02 - 09]. http://www.whbc.com.cn/j/201808/t20180831_780592.shtml.

② 谢新洲，杜燕. 地市级主流媒体融合发展现状、问题与对策——基于赣州市媒体融合发展情况的实地调研 [J]. 新闻爱好者，2019 (10)：7 - 12.

位地为市民呈现了两会"新闻大餐"。

事实上，作为同处一市但属不同类型的媒体，可以在各种大型活动中开展合作，发挥自身媒体的专长，如报社可以专门负责文字报道的采写，电视台可以专门负责视频画面的剪辑，双方的新媒体技术人员可以协同发力，多制作不同形式的新媒体作品。

3. 变"宣传委员"为"生活委员"

媒体在融合之路上，新闻从业者需要将以前的单向传输信息给受众的思维，转变为让信息服务于受众，并与其互动交流的思维，也就是从单纯的"宣传委员"转变成"生活委员"。该建设方向可以分成以下两个方面来理解：

一方面要倾听群众的声音。一是从舆论的角度出发，融媒体中心要做好舆情管理工作，尤其在重大突发新闻事件面前，要同时起到替政府引导群众和替群众监督政府的作用；二是从需求驱动的角度出发，"小编"要学会洞悉互动留言中蕴含的信息需求，并以此来选定可做的新闻选题。

另一方面要强化服务功能。这主要是指融媒体应该渗入受众的生活，使融媒体不仅是媒体，还是联动各部门的"黏合剂"。如在融媒体平台增添医院挂号、驾校约考、交通违章查询等政务服务。

综合这两个方面便是以用户为中心，拓宽地市级融媒体平台功能的建设思路。

地市级融媒体建设是国家媒体融合战略中的基础部分，其关系着广大基层群众，虽然在整合工作中存在资金、技术、人才、管理等多个方面的制约，但在国家政策支持以及各方的共同努力下，其发展也逐现成效。然而，要想使地市级融媒体的建设进程达到一个新的高度，还需媒体自身、政府、民众等各方的协调努力。总而言之，地市级融媒体建设及发展还有很长的一段路要走。

抖音用户模仿行为的心理动机分析

曾晓红①　赵文雯②

摘　要：抖音短视频凭借其短小、新潮、炫酷等特点走红网络，其流行也引发了诸如"学猫叫""海草舞"等模仿现象的盛行。本文采用参与观察法与深度访谈法，结合"模因论"等传播学理论与心理学理论来分析抖音短视频用户的模仿行为，探究模仿行为背后的心理动机，研究发现抖音用户存在积极意识下的主动模仿心理、消极意识下的被动模仿心理以及主动参与模仿但又害怕隐私泄露的矛盾心理。抖音短视频只有把握用户心理才能引导用户进行创新性模仿，才能持续为用户提供优质的创新性内容。

关键词：抖音短视频；模仿行为；模仿心理；模因

随着移动互联网和智能手机的普及，兼具移动、社交、娱乐、时间短等特点的短视频服务迅速崛起。近年来，快手、美拍、小咖秀等各种短视频 App 如雨后春笋般涌现。根据第 44 次《中国互联网络发展状况统计报告》，截至 2019 年 6 月，我国网络视频用户规模达 7.59 亿，其中短视频用户规模为 6.48 亿，占网民整体的 75.8%③。

抖音是今日头条旗下的一款以 UGC（User Generated Content）为主要内容生产模式的音乐短视频社交应用，其定位是音乐和创意，用户可以拍摄一段短视频，并选择自己喜欢的音乐，自由编辑快慢镜头和添加美颜特

①　曾晓红，广东海洋大学文学与新闻传播学院编辑出版学专业 2016 级本科生。
②　赵文雯，广东海洋大学文学与新闻传播学院讲师。
③　中国互联网络信息中心. 第 44 次《中国互联网络发展状况统计报告》［EB/OL］. （2019 – 08 – 30）［2020 – 03 – 05］. http：//www.cac.gov.cn/2019 – 08/30/c_1124938750.htm.

效。抖音最初的受众主要是年轻人，随着定位的调整和完善，不同年龄段的使用者共同形成了一个庞大的抖音用户群体。根据抖音官方发布的《2019 年抖音数据报告》，截至 2020 年 1 月 5 日，抖音日活跃用户突破 4 亿。抖音短视频的野蛮生长也伴随着一些全民模仿现象的发生。如曾在抖音上掀起的一股"我们一起学猫叫"式的集体模仿之风。除此之外，诸如"翻跟头亲亲""高压锅喷鸡蛋"等模仿和"用菜换肉""胶带整人"等恶搞活动也在现实生活中流行。

大量模仿行为在抖音平台的聚集和传播，又引发用户从线上到线下的模仿和狂欢，但其中有些不当模仿行为的流行也会给用户带来错误的示范，甚至对社会秩序造成不良影响。当前抖音短视频在发展中存在着大量伦理失范的低俗模仿内容，也为人们所诟病。因此，把握好用户的模仿心理对抖音的创新性发展是十分必要的。

此外，我国关于抖音短视频的研究和讨论呈现出非常"火热"的状态，学者们大多把研究焦点聚集在抖音短视频的发展状态以及受众心理上，很少有学者将抖音用户的行为作为主要研究对象来分析，且当前有关抖音用户行为的研究主要集中在"使用行为""社交行为"与"广告行为"方面，较少有学者专门聚焦抖音用户的模仿行为。笔者结合"模因论"等传播学理论和其他受众心理理论，采用参与式观察法和深度访谈法深入、细致地剖析模仿现象盛行的深层原因和研究抖音用户的模仿心理动机，分析结果可以丰富短视频用户模仿行为的研究理论，并为抖音平台提供针对性的建议，以引导用户走向创新性模仿与发挥其正能量传播的价值，从而营造健康积极的社交短视频平台环境。

一、研究方法与设计

笔者于 2020 年 1 月至 4 月间对 14 位抖音用户进行了深度访谈。通过滚雪球抽样来选取合适的访谈对象，要求受访者对抖音 App 的接触时间在一年以上并且经常参与抖音短视频的模仿拍摄、点赞、评论或转发。为了加强样本的代表性，本文根据抖音官方发布的用户画像来选择样本，按"性别""年龄段""高低线城市"来分配，并以学历、职业、模仿的类型等变量选取适当的访谈对象（抖音用户男女比例均衡，抖音男女人群画像：男性 19~24 岁、41~45 岁的用户偏好度高，女性 19~30 岁的用户偏好度高。用户年龄主要集中在 95 后。高线城市中 19~30 岁的用户偏好度高，低线城市中 19~35 岁的用户偏好度高）。样本量分配为男女各 7 位，其中，男性 19~24 岁 5 个，41~45 岁 2 个，女性 19~30 岁 7 个。具体情况见表 1。

表 1　14 位受访者的基本信息

编号	性别	年龄	城市类型	学历	职业
1	男	19	三线	中专	学生
2	男	20	二线	中专	厨房学徒
3	女	24	三线	本科	舞蹈教师
4	女	30	二线	本科	家庭主妇
5	男	21	四线	中专在读	学生
6	女	22	三线	本科在读	学生
7	男	42	一线	专科	公司职员
8	女	21	三线	本科在读	学生
9	男	43	一线	本科	公司职员
10	女	23	二线	专科	数学教师
11	女	21	一线	本科	公司职员
12	男	20	二线	本科在读	学生
13	女	25	三线	本科	公司职员
14	男	24	三线	专科	公司职员

在访谈过程中，采用半结构化的访谈提纲，围绕他们日常使用抖音的模仿经历来提问。受条件限制，大多数受访者均通过微信语音电话完成访谈，只有两位受访者采取一对一的方式进行面谈。每次访谈的时间均在 60~80 分钟。同时，在访谈的过程中进行速记与录音，访谈结束后将访谈内容整理成文字资料并采用三级编码的方法对关键词进行归纳及编码。

二、用户三重模仿心理

经过对访谈文本的整理、分析及归纳，笔者发现，与"拍原创"相比，抖音用户更热衷于加入"拍同款"中，去模仿别人的拍法或内容。促使用户进行模仿行为的模仿心理关键词主要集中于"简单""有趣""个人形象""互动""点赞""搞笑""被感染""维持关系"等。笔者将这些关键词进行编码与分类，分析得出抖音用户在进行模仿时存在主动模仿与被动模仿的心理，也存在着"主动模仿"与"保护隐私"的纠结心理。因此，笔者将用户的模仿心理概括为以下三大点：

（一）积极意识下的主动模仿心理

积极意识下的主动模仿心理是指用户自发地采取积极主动的态度对模仿范本进行二度模仿创作的心理，这种心理能给用户带来自我满足与自我认同。

1. 呈现理想的自我形象

抖音的兴起，为社交时代的网民提供了新的表现舞台。学者戈夫曼将展示个人形象的特定表演场所称为"前台"，个人前台是由各种刺激构成的，有时我们可以把这些刺激区分为"外表"和"举止"①。抖音 App 无疑具备了"前台"的性质，用户可通过线下的拍摄、剪辑之后再选择上传至"前台"，作品一旦上传至前台，就有被其他用户观看到的可能。

2 号受访者想通过模仿搞笑动作来塑造滑稽、有趣的个人形象。

2 号受访者表示："我也比较喜欢模仿搞笑动作，最近在老家的田野边拍了一个搞笑视频，挑着两个簸箕在田垄上走来走去，配上《猪八戒娶媳妇》的音乐片段，喜感十足，想让别人看到我的视频时觉得我就是一个搞笑博主。"

在 14 位受访者当中，有 6 位热衷于加入特效的"拍同款"，这些用户

---

① 戈夫曼. 日常生活中的自我呈现［M］. 冯钢，译. 北京：北京大学出版社，2008.

都是想通过模仿热门特效来呈现独特的个人形象。

　　1 号受访者表示："我也比较喜欢特效类的视频，上次在抖音上看到好多人都在用'哪吒'的特效，我也跟着拍，我感觉这个特效用在我头上还挺可爱的，有点'蠢萌蠢萌'的。"

　　3 号受访者表示："最喜欢模仿舞蹈类，特别是手势舞，我觉得自己的手指长得挺好看的，表演手势舞的时候也比较有优势吧，所以每次有热门的手势舞我都会去模仿一下。"

　　用户虽将抖音当作记录生活的工具，但并非完全客观、真实，很多视频都是通过精心策划、拍摄录制和剪辑之后才变成作品上传至抖音"前台"的，这些用户在模仿拍摄时尽量展现自己的特点，都是为塑造一个他者眼中的理想化的形象。

　　2. 保持社交互动

　　互动仪式链理论是由美国社会学家兰德尔·柯林斯在 2003 年提出的。互动仪式链理论认为互动（即仪式）是社会动力的来源，每一个个体在社会中所呈现的形象是在与他人的社会互动中逐渐形成的。[①] 用户在模仿时也是出于融入"共同话题"的心理需要，而基于模仿的表演容易给用户带来社交互动的满足感。4 号受访者谈到自己会模仿抖音上一些"宝妈"在镜头前化妆，她认为通过化妆能让自己从一个朴素的"宝妈"蜕变成一个年轻的漂亮姑娘，融入当前"颜值即正义"的时代。还有些用户通过模仿偶像的行为，与偶像产生精神上的互动，在抖音这个舞台上表达自己的追星观、价值观，在同一个粉丝群体中建立起互动链，实现用户的社交需求。9 号受访者和 10 号受访者表示自己在好友圈中看到有趣的模仿行为，因此也主动加入模仿潮。模仿好友的行为，不仅是对好友的认同与支持，也是一种与好友之间自我形象塑造的"较量"，这种"较量"就是模仿群体之间的社交互动。

---

　　① 彭兰. 场景：移动时代媒体的新要素 [J]. 新闻记者，2015（3）：20－27.

3. 寻求身份认同

"身份认同"主要包含两种含义：一种是同一性，是将自我与群体中的他人归为同类，是对与自己有相同性、一致性的事物的认知，主要表述其与他人的共同性；另一种则是个性，即"我是谁"的认知，是某个个体在群体中有着不同于他人的特质。① 美国学者米德提出了"主我与客我"理论，米德认为人的思维、内省活动就是一个"主我"和"客我"之间双向互动的传播过程，互动的介质是信息②。这个信息即来自他人的"点赞"及"评价"，个人的"前台表演"需要获得他人的认同以实现自我身份的认同。有的用户通过模仿自己关注的网红和明星来表达崇拜与认同，以实现追捧"爱豆"的心理满足感和获得作为粉丝群体的身份认同。如喜欢模仿明星的6号受访者和8号受访者都认为在模仿偶像时能够获得群体身份认同。12号受访者很喜欢在网上模仿剪辑一些自己喜欢的明星的影视片段，并从粉丝群体中获得归属感。

"模仿"也可以展现自我观点和创意，使自身在参与话题并进行表态时获得被认可与成名的想象，以此来获取准确的自我定位与身份认同。如2号和5号受访者均认为不管是出于什么心理去模仿，最终目的都是为了收获"赞"与出名。

2号受访者表示："前段时间看到朋友模仿'菜换肉'的视频获得了不少赞，我也就拉上家人一起拍，配上比较搞笑的音乐和'震惊'的声音，效果还不错，收到了一百多个赞，比我平时的原创作品还多。"

5号受访者表示："我拍视频主要是想获得点赞和评论，如果点赞和评论多会让我很有成就感，就是有一种很受人欢迎的感觉。我也可以通过'赞'和'评论'来调整我拍摄的内容……想当职业网红，但是感觉自己目前的实力不够，我视频的点赞量一般都在一两百个，可能是看点不足吧。"

---

① 李友梅，肖瑛，黄晓春. 社会认同：一种结构视野的分析——以美、德、日三国为例［M］. 上海：上海人民出版社，2007.

② 郭庆光. 传播学教程［M］. 北京：中国人民大学出版社，2011.

通过对朋友圈转发的抖音视频、抖音热门视频的模仿，不仅可以获得网络语境下的强烈参与感，还可以收获赞、评论与转发，"赞""评论"与"转发"意味着他人的认同和支持，用户通过此种互动形式来获取他人认同，以实现个人理想化的身份认同。

4. 追求高报偿

在人的本性作用下，新媒体用户依然表现出很强的惰性，或者说他们依然是"懒"的。这里所说的"懒"，指的是人们总是愿意以最小的成本获得最大的报偿。施拉姆曾提出选择或然率公式，即：

选择的或然率 = 报偿的保证/费力的程度

该公式可改造为：

选择的或然率 = 获得的报偿/付出的代价

用户在各种新媒体环境中，也会遵从这样一个公式，即更倾向于通过各种方式降低成本，特别是在信息过载的情况下。[①] 相较于精心设计的原创视频，用户模仿拍摄网红、热门的视频显得更为便捷和更容易走红，因此，模仿是一种费力程度低且回报效果好的高报偿的操作方式。在 14 位受访的抖音用户中，经常模仿教学制作类视频的用户有 8 位，用户大多选择模仿热门内容或有用技巧，以达到不费力气就能够收获高效回报的目的。

3 号受访者表示："我觉得学习一些拍摄技巧能拍出看起来比较炫酷的画面，比自己瞎拍好多了。"

5 号受访者表示："我经常模仿自己喜欢的网红的动作姿势，跟着拍很简单，也容易'吸粉'吧。"

6 号受访者表示："有时候已经想好怎么拍了，但实际操作起来又很

---

① 彭兰. 新媒体用户：更主动还是更被动 [J]. 当代传播，2015 (5)：12 - 15, 45.

难，半天都拍不出来，只好放弃，最后干脆学习和模仿别人的创意和作品了。"

著名社会学家安东尼·吉登斯在《现代性的后果》中提出了"脱域"概念，指"社会关系从彼此互动的地域性关联中'脱离出来'"①。在互联网时代的信息传播中，"脱域"机制也重构了信息生产与接收的主客体关系和时空关系。也就是说，在抖音短视频模仿行为的影响下，任何人在任何地点都可能成为下一个模仿者。因此，抖音中的模仿学习行为不仅在线上流行，抖音短视频的"脱域"机制使这种费力程度低的模仿也呈现一种从"线上模仿"到"线下模仿"的蔓延式传播。如2号受访者和4号收访者均表示在家经常学习和模仿制作美食的抖音视频。6号受访者表示自己会去网红打卡点并做相关的攻略，"如果去旅游也会去一些网红打卡点，比如去一些网红拍照圣地或网红奶茶店"。

（二）消极意识下的被动模仿心理

消极意识下的被动模仿心理是指用户发生模仿行为时并不是自发的，而是受到一些客观环境的影响与制约，这种情况下发生的模仿行为是受"被刺激""被迫"心理的支配而产生的。

1. "魔性旋律"牵动下的模仿欲

许多短视频的背景音乐，即使不看视频画面，只要音乐旋律萦绕在用户耳旁，也会引发用户不自觉地哼唱，身体也有一种想跟着节奏摇摆的冲动。② 当一个简单、易记且容易"上头"的音乐或视频流行开时，大量用户的竞相模仿也随之不断涌现。例如：

1号受访者表示："比如之前流行的海草舞，我和弟弟都会学着跳。海草舞的音乐太洗脑了，刷了几个不同的人跳的海草舞，最后自己也跟着跳起来。"

---

① 吉登斯. 现代性的后果 ［M］. 田禾，译. 南京：译林出版社，2000.
② 任蒙蒙. 模仿与创新：抖音用户的去个性化表达 ［J］. 青年记者，2018（26）：109-110.

洗脑的音律、魔性的动作、全民模仿的氛围模式极大地刺激了狂欢群体的模仿欲望,一些用户往往会无法区分虚拟与现实,无法保持清醒和理智去判断屏幕后的行为的安全性,跟风模仿一些高难度动作。

2. 社交义务引发的"被迫营业"

在社交媒体时代,个人仍然存在"被孤立"的恐惧心理,有些用户为了融入群体,不得不跟从好友圈或是特定群体的模仿行为。

2号受访者表示:"模仿网红玩法有时候是朋友们的想法,有一次用高压锅蒸汽喷鸡蛋,还挺危险的,看到朋友们个个都准备好录制视频了,不操作感觉不好意思。"

6号受访者表示:"像有一些转发行为,看到朋友圈刷屏了,我不转发的话似乎就表明了我另类的立场,不跟风转发就会感到社交压力,当然,谁都不想被当成异类。"

显然,这几位受访者将模仿行为当作一种社交义务,跟风模仿只是为了融入朋友圈,避免受到排挤和被"边缘化"。用"沉默的螺旋"理论解释,即社交圈里出现某种刷屏行为时,随着模仿者越来越多,不加入模仿队伍的人会感受到社交压力,这些人为了使自己不陷入孤立境地,也开始跟风模仿的实践,以此构建起共同的话题。这种被动的模仿行为,是用户为了在抖音、微信等好友圈中"生存"下来的维系社交关系的举动。拥有5 000多名粉丝的8号受访者表示自己的模仿行为并不全是积极主动的,很多时候更新视频只是为了维持前期与粉丝构建起的互动体系。

(三)"主动模仿"与"保护隐私"并存的矛盾心理

用户在模仿时也会经历"主动模仿"与"保护隐私"的心理博弈。为了融入集体的狂欢,获得参与感与满足感,抖音用户在网络空间同其他用户一起模仿、"表演"同一内容,但用户也面临着因个人特征、性格暴露而带来"不安感"的纠结。如11号与13号受访者均表示会主动去模仿别人拍一些特效露脸的视频,但因担心隐私问题,所以都不会将模仿的作品上传至抖音任人欣赏与评论。而14号受访者却经历了从主动模仿到"前台"沉默的心理与行动的转变。

14号受访者表示："我听说抖音平台上用户隐私泄露的问题很严重，所以现在很少在上面上传视频了。之前经常模仿一些热门挑战动作，如模仿'学猫叫'，都是为了表现自我。……现在总感觉在'大庭广众'之下露脸会非常不安，我就把一些露脸的视频都改为私密视频了。现在偶尔跟风拍的一些视频基本都是不露脸的。"

三、结语

从访谈的结果可知，用户的跟风模仿行为是为了获得参与感、获取身份认同和圈子认同，用户在模仿时同时存在着主动性与被动性的心理博弈，也存在担心隐私泄露而线下模仿、线上"沉默"的心理纠结。主动模仿是用户为了获得认同而采取积极的态度去对模仿范本进行的二度创作，但主动模仿也需警惕用户对不良行为的模仿及其带来的社会危害。被动模仿是用户以一种消极的态度采取的模仿行为，无感情的盲目跟风不利于创新性模仿的发展。狂欢下的盲目跟风模仿行为也隐藏着种种安全隐患，屡见不鲜的"模仿抖音受伤""模仿网红翻车"等新闻报道正是盲从现象的生动写照。而用户因担心隐私问题选择不在平台上分享模仿作品，说明模仿行为存在的问题远不止在网上呈现出来的那样多。

因此，抖音要想获得长远发展，必须致力于为用户提供优质的服务内容和完善相关管理与推荐机制。首先，抖音短视频平台要加强内容审核流程，将伦理失范的低俗、恶俗的模仿行为"拒之门外"。其次，完善推荐机制，应多推荐有趣、有创意的视频，减少大量同质化内容的传播，避免造成用户的审美疲劳。再次，发起新颖的挑战话题，鼓励用户创新，培养新时代的网络意见领袖。最后，切实完善保护用户隐私的举措，消除用户关于隐私泄露的忧虑，引导用户进行主动的创新性模仿。主动的创新性模仿会反过来推动模仿潮流和新的创意模因视频的发展，有利于完善抖音平台的内容生产机制，推动抖音短视频的长远创新发展和正能量的传播。

本文也存在很多不足之处。首先，在模仿行为视频的分类上，因为分析的难度比较大，笔者需要根据自己的观察和理解加以解释说明，有一定的主观性。因抖音短视频平台经过内容整改，很多模仿行为缺失增加了资料收集的难度。其次，在对深度访谈法的运用上，笔者选取的访谈对象的代表性有待商榷，同时由于观点的饱和程度难以辨别，导致样本量的确定也存在困难。因此，在研究方法上还可以进行补充和完善，如采用定量与定性相结合的方法，综合两种方法的优点，或许能够得出更为准确、客观的观点。

基于5W理论分析KOL
对网络消费意向的影响
——以李佳琦为例

陈雪梅^①   徐海玲^②

陈雪梅[①]   徐海玲[②]

摘　要：电商平台的发展是KOL影响网络消费者消费意向的环境基础。同时，KOL对消费者消费意向的影响在5W经典理论中均有体现：传播者方面表现为KOL角色的全新打造；传播内容方面表现为精品内容的珍贵性和内容的娱乐化特征；受众群体明显年轻化且更注重女性群体；传播渠道在多样化的基础上努力扩大兼容性；传播效果方面表现为消费者黏性的增强和思维定式的影响。而且，KOL影响消费者的过程不是一种简单的单向传播，KOL们的创意输出、福利给予、镜头表现力既是吸引受众接受劝说的手段，也是受众衡量KOL信任度的指标。KOL与受众的关系只能保持动态稳定，并不是固定不变的，因此，KOL在凭借媒体平台向受众扩大影响力的同时必须注重受众的理性批判能力，学会换位思考。

关键词：KOL；内容输出；5W理论；李佳琦；网络

KOL是营销学领域的概念，与传播学领域关系紧密。KOL是随着互联网技术发展兴起的一批人，他们有影响力，有人格魅力，且自带流量，凭借当前发展得如火如荼的自媒体平台渐渐走入了大众的视野。KOL可分三个级别，即名人、垂直领域的自媒体以及高质量的达人用户，本文主要研究的是第二层级的KOL，即垂直领域的自媒体。KOL能够影响消费者的消费意向，这是一个不争的事实。KOL是如何说服消费者购买商品的，或者

---

①　陈雪梅，广东海洋大学文学与新闻传播学院新闻学专业2016级本科生。
②　徐海玲，广东海洋大学文学与新闻传播学院讲师。

说在看直播的过程中，消费者的心理发生了哪些变化，其中许多以往被我们忽略的问题都值得深究。

从中国知网的搜索结果来看，大多文章都是从积极的方面来撰写KOL，对其局限性以及未来的发展等方面却很少有人探讨。总体来说，作为一个新兴行业，大家对其的关注度高却不深入，在大多数文章中，KOL经常与社群经济、粉丝经济这两个概念联系起来。

信息大爆炸的社会已然到来，信息泛滥成为常态，人们接受信息的能力逐渐趋于饱和。目前来看，KOL利用短视频带货在过滤无效信息方面具有可借鉴的地方，而5W理论正是KOL开展工作的落脚点，因此，研究5W理论与KOL利用短视频有效影响消费者之间的关系，从理论意义上讲，加强了5W理论与新技术的联系；从实践意义上讲，对传播工作也有一定的指导意义。

本文中，笔者并不去片面地评判KOL与消费者之间关系的现状以及未来的趋势，而是在5W的综合框架中寻找两者之间变动的微妙关系。

一、KOL 职业概述

（一）KOL 的定义

随着中国直播行业如火如荼的发展，人们使用移动互联网的方式正在被重塑：受众喜欢接收动态的视频多于静态的文字，媒体和自媒体发布信息的形态也逐渐倾向于感官化的图片、音乐和动画制作。在这样的大环境下，KOL应运而生。KOL是英文"Key Opinion Leader"的简称，翻译成中文是"关键意见领袖"，统称为"大V"。

关键意见领袖被定义为在社交网络上有一定数目的追随者，并且借助网络做推广的人。准确地说，KOL是营销学领域的概念，它与产品的关联密不可分，KOL必须掌握大量准确、详细的产品信息，同时发挥着意见领袖与生俱来的传播作用。

（二）KOL 的起源

KOL发展至今经历了三个重要阶段，分别是网络文学风靡的20世纪

90 年代，草根文化流行的千禧年代，以及如今人人都能成为自媒体的移动社交时代。

KOL 最开始出现在文字领域，网络写手们以文字的形式在互联网上表达自己的想法。如创作《盗墓笔记》的南派三叔、创作《明朝那些事儿》的当年明月等都是典型的网络文学创作者。

千禧年之后，中国互联网的发展速度大大加快，用图片在网络上表达自我成为一种流行。"犀利哥"原本是大街上的流浪汉，因为"新潮"的打扮被网友拍下来并上传至互联网，从此一炮而红。

接着，"草根文化"成为社会关注底层人士现象的赞美词，"大衣哥""草帽姐"凭借中央电视台的《星光大道》节目成为大众眼中积极弘扬正能量的代表人物。

从某种程度上来说，网络文学促进了第一代网络红人的萌芽和发展，他们是第一批真正意义上依靠网络平台获得关注内容的网络红人。①

（三）KOL 的现状

能够吸引大众眼球的 KOL 有两个重要的特质，或是高颜值，或是输出优质的内容，二者必占其一。而且颜值的优势在逐渐减弱，相比天使般的脸庞，有趣的灵魂更加深入人心，因此，"内容为王""优质输出"成为自媒体实现长远发展不变的铁律。

KOL 的总体发展呈现 5 个趋势化：视频化、垂直化、密集化、整合营销化以及向 KOC（Key Opinion Consumer）方向外延发展。KOL 的目标是建构拥有完整闭环的种草消费圈，减少商品的成交路径，简化消费环节。在此基础上整合营销，对广告进行多维度、多频次、多样化的曝光，与目标用户建立长期稳定的情感关系，帮助广告主在公域流量中触达用户，形成属于品牌自己的私域流量，私域流量是企业寻找的具有高性价比的营销传播渠道和工具，私域流量就是用户私有化②，能弥补公域流量价格日趋昂贵的痛点。

---

① 宋江龙. 直播：造就网红星工场［M］. 北京：中国经济出版社，2018.
② 刘春雄. 私域流量做大，只有一条路［J］. 销售与市场（管理版），2019（11）：50－52.

KOL 趋向于将自己打造成为人格化的品牌，其对产品的营销能直接为商家们创造利益，比起生硬的广告，顶级 KOL 的推荐更有说服力①，不少名不见经传的产品经过 KOL 的卖力推荐后，秒变热销单品。

二、网络消费意向的变迁

消费是一种行为，是消费主体出于生存和发展的自身需要进行的有意识的消耗。在 KOL 兴起之前，大家购物偏理性，购物的便捷性以及产品的品质和实用性是消费者考虑的主要因素。但在 KOL 兴起之后，影响消费者消费的因素变多了，如产品性价比、促销折扣、活动力度、产品包装颜值等。针对消费者的消费特点，商家们会制定出相应的营销策略，如对产品进行个性化包装设计，设置调价提醒功能，扩大促销力度等，以满足消费者网络消费的需求，通过 KOL 的宣传，将产品的最新信息传递给受众。人们通过消费的象征意义来获得自我与他人身份的认同。②

而且，网络直播与受众之间的互动是一种感官互动，是实时的互动交流③。KOL 有意或者无意暴露在镜头下的任何一个细节都可能引发受众的消费行为。直播间的受众来自不同的地方，得益于技术发展的便利，跨越地理空间的限制相聚在一起。④ KOL 通过直播，为受众塑造"在场感"，提升受众对产品的体验感，同时，受众利用评论和弹幕进行互动，从而对同一内容进行多元解读，在互动中碰撞出有趣的新奇点，甚至挖掘出产品的新卖点。谁吸引了受众的注意力，谁就能将受众转化为消费者，并潜移默化地影响消费者的消费意向。

---

① 黄雨薇. 浅析 KOL 模式下的网络营销——以美妆为例 [J]. 现代商业，2020（4）：64 – 65.
② 陈力丹，陆亨. 鲍德里亚的后现代传媒观及其对当代中国传媒的启示——纪念鲍德里亚 [J]. 新闻与传播研究，2007，14（3）：75 – 79 + 97.
③ 牛方奕. 5W 理论视阈下奥斯卡体育电影多模态话语分析研究 [D]. 武汉：武汉体育学院，2019.
④ 曹勇. 情感与交往：互动仪式链视角下网络直播中用户行为分析 [J]. 戏剧之家，2020（7）：191 – 192.

三、5W 理论对 KOL 工作机制的影响路径

5W 理论是由美国政治学家拉斯韦尔提出的经典理论，在此特指 KOL 向受众们传递的内容，首先是抖音、一直播等短视频、直播平台，其次是受众、网络消费者，最后是传播效果。

（一）传播者

90 后、00 后是 KOL 领域的主力，他们既是创造者，也是受益者，更是推广者。[①] 相比普通人，KOL 拥有完善的专业知识体系，他们了解、熟悉产品，并在大众已有知识的基础上提出自己的独特见解。

李佳琦，中国的"口红一哥"，凭借一句"Oh my god，买它"便魔力般地成为女性受众心中神一般的存在。李佳琦毕业于南昌大学艺术与设计专业，后成为南昌市一名化妆品专柜的美容顾问。[②] 在工作期间，因为顾客对专柜销售的刻板印象，不愿相信他的推荐，于是李佳琦开始用自己的嘴巴为顾客试色，用直白的方式为顾客展示口红的质量。从默默无闻的销售员到行业顶尖，李佳琦仅花了三年的时间。

KOL 的内容输出离不开社交平台，工作平台的限制要求他们必须更加合群且健谈，他们的一举一动都会对他人产生强大的影响力。

（二）内容制作

KOL 可生产高质量的内容，但生产效率低下、成本高，内容生产的范围涵盖各个领域，每个领域都有相对应的产品进行推广。制造新概念是内容输出的一种常见方式。

内容生产的主体也逐渐从 PGC（Professionally Generated Content）偏向 UGC，如果仅靠一部分专业人士输出内容，不仅精力有限，内容的创意性也会受限，只有激励大量的用户积极输出原创内容，内容才能更多元化、

---

① 黄雨薇. 浅析 KOL 模式下的网络营销——以美妆为例 ［J］. 现代商业，2020（4）：64 － 65.

② 徐嘉敏. 美妆短视频的传播特点与受众心理——基于李佳琦案例分析 ［J］. 新媒体研究，2019，5（13）：51 － 53.

更有创意。此外，KOL 的生产内容越来越注重"场景"的重要性，如何让消费者不反感地、自然而然地看完一则广告，成为这个时代一个重要的课题，院线广告、商场迷你唱吧是"场景营销"的经典案例，但对于 KOL 来说，让概念更加"场景化"又是完全不同的形式。

1. 从 PGC 到 UGC

UGC 指用户生产内容，由于视频平台的低门槛，普通人在平台上生产内容不具有任何难度，通过算法机制，平台会对内容进行筛选推荐，内容成本低，流量吸附能力强，能有效激励用户生产原创内容。

李佳琦的抖音置顶视频标题是"挑战 30 秒给最多人涂口红"，口红挑战操作简单且能激起大众的好奇心，其挑战低成本、极易模仿的特点使其一经发布便迅速引发大量网友的转发、评论和参与，形成病毒式传播，扩大了李佳琦的个人影响力。①

在视频化的平台上，用户产生的内容在新奇度和深度上会有所欠缺，"独特"是用户生产内容最大的特点，讲话风格、讲话神态、引入话题时的一些动作，都是一个人独特的标签，其他人无可替代。相比 PGC，UGC 的优势在于其拥有大家在短视频平台中所寻求的参与感，类似于"你说的我也经历过"的熟悉感。

2. 制造概念，社交营销

社交营销是以社会交往为基础的病毒裂变式传播，强调信息服务及输出内容的整合，"极致的产品服务"和"可接受的价格"是社交营销的命脉。将线上社交流量转化为推荐；经社交推荐来影响对此内容产生共识的用户群体；线上用户裂变产生更广泛的内容传播，从而逐步达到个体分享的目的，并自我赋权成为所谈话题的权威，在一定程度上影响受众对于有关商品的认知。②

本质上，社交营销是在消费和利用社交关系，经过分享环境，将各种商品符号化，由 KOL 自我赋权使之成为部分人讨论的中心议题，影响受众

① 姚榕. 浅谈短视频的病毒式传播——以抖音红人李佳琦为例 [J]. 2019（14）：145 – 147.

② 蒋建国，陈小雨. 网络"种草"：社交营销、消费诱导与审美疲劳 [J]. 学习与实践，2019（12）：125 – 131.

对部分商品的认知。因此，中心议题在营销过程中有着至关重要的作用，因为"话题"能够总结和概括传播内容，具有话题效应的信息往往能引发公众的关注和讨论①，影响了内容在受众心中留下印象的深刻程度。

3. 场景化营销

"直播+营销"的方式成为趋势。如果说直播的目的是及时地向受众传播相关信息，实时互动，而场景化模式为受众提供了真实感，潜移默化地影响着受众所接受的营销内容。

李佳琦十分善于运用场景化营销，他会在固定的化妆间进行直播，以大型的口红柜作为直播背景。这些生活化场景自带真实性特质，使得在此场景中美妆博主的化妆技巧、爱用好物分享等传播内容更加容易与用户的现实生活相契合，继而获得用户的心理认同。②

直播能帮助品牌造势，在短时间内收到可观的效果。直播营销的即时性能让受众在最短的时间内接收到主播想要传递的信息，观众通过与主播的实时互动，能够提升对品牌的忠诚度。

（三）受众群体

我国网络消费者中女性占主导地位，女性在家庭中的分工使得她们的消费行为相对较多，主要包括家居用品和婴儿用品。③ 学生、年轻女性白领、三四线城市消费者是受 KOL 影响的最主要的三个群体。

1. 学生

学生群体是使用网络的主要群体，也是观看直播的主要人群。泛娱乐化是当下传媒业普遍的现象，学生可以成为观看他人视频内容的受众，也可以成为影响他人的 KOL。学生在受众和传播者这两个角色之间有极强的转换性。

---

① 关亚婷. 基于5T模型分析网红口碑营销策略——以"口红一哥"李佳琦为例. 新媒体研究 [J]. 2019, 5 (10)：56-58.
② 彭程. 性别文化的媒介多元再现及反思——基于传统、现代、后现代三重视域 [D]. 长春：吉林大学，2019.
③ 刘春利. 浅析电子商务中的女性消费行为与网络营销策略研究 [J]. 中国市场，2020 (7)：139, 147.

笔者调查发现,吸引学生观看视频的因素主要有以下三个:防止购物踩雷;KOL 能提供有效的意见;刷视频的时候顺便刷到。毫无疑问,学生是 KOL 劝说消费的主要群体,但学生对 KOL 能否帮助自己这一问题有一定的理性评判,学生与 KOL 之间是相对独立的关系,其并不完全依赖KOL。但是由于学生群体的消费观还不成熟,经常冲动消费,所以部分KOL 的人设是为了学生群体而特别打造的。学生群体注定是 KOL 最欢迎的受众。

2. 年轻女性白领

在消费市场上,女性是消费的主力军,得女性者得天下。有一定收入的年轻女性充满对美的向往,并有能力购买相关的产品。相较于年轻男性,女性更愿意消费于自己身上,如选购衣服、化妆品等。

女性偏于感性,冲动消费的概率较大,且由于工作与生活压力的影响,她们更喜欢选择轻松便捷的电商购物方式。女性消费习惯容易适应网上购物的简便性和娱乐性,据淘宝数据显示,商品购买者七成以上为女性。对 KOL 来说,抓住女性消费者,就是抓住了主力消费军[①]。因此,女性群体,尤其是有一定收入的年轻女性,是受 KOL 欢迎程度仅次于学生的群体。

3. 三四线城市消费者

KOL 推广商品主要面对的是下沉市场,所推广的商品多数属于低端产品。无论是买卖一个产品还是一种服务,都是为了用最低成本找到目标客户,成交商品。相比之下,高端产品品质口口相传,不仅能留存用户,还能传留拉新,而低端产品有做不完的售后工作,且用户不留存,因为三四线城市的中下层消费者对产品会有更多诉求。

中下层消费者具有强大的消费潜力,在三线城市甚至四五线城市,普遍收入高于支出,没有一线城市高房价的压力,没有高物价,日常开销低,闲暇时间多,且人口密度大。根据长尾理论,在零售领域,未来最有市场的不是头部高净值消费者,而是人口占比规模大,收入普通却能带来

---

① 丁晓冰. 2020 年女性消费群像(中国直销)[J]. 知识经济, 2020 (4): 72 – 77.

极大流量的人群①，从 2017 年开始，下沉市场的优势已经逐渐显现。因此，中下层消费者是 KOL 的主要服务人群之一。

（四）传播平台

众所周知，KOL 的工作主要利用直播、短视频平台，内容创作具有很大的兼容性，不会局限于圈层，可横跨各个领域，斗鱼早在 2016 年就提出了"直播＋"的策略，就是直播＋产业的模式②。直播的领域可以覆盖游戏、户外、财经、教育等生活中的方方面面，短视频配合人们社交传播的功能，可以使直播的边界越来越广，相比其他的传播平台，直播和短视频平台在引导消费者购物方面有着得天独厚的优势。

1. 强兼容性

短视频和直播平台的内容创作以个人为中心，视频内容可以广泛涵盖各个领域，如音乐、舞蹈等，这些内容或贴近人们的生活，或是人们曾经想要学习却苦于没有机会学的，平台成为人们了解周围世界、认识世界的一扇窗户。

除了内容方面的广泛性，技术兼容也是视频平台的一大亮点，淘宝、京东等社交与销售平台可以分享关联，如某位博主在抖音上推荐了一款产品，有受众想立马购买，直接点击屏幕左下方的链接便可跳转付款，省略了一系列类似"退出视频平台—打开购物软件搜索产品—寻找可靠店家"等复杂的操作，省时便捷。

2. 算法机制精准描绘用户画像

拟态环境在算法推荐机制建构下，逐渐变为双重拟态环境③，抖音等短视频平台会根据大数据对用户在互联网上的浏览痕迹进行分析，从而推荐用户感兴趣的内容，短视频平台会采用基于用户基本信息协同过滤的算

① 雷思洁. 男性美妆短视频内容生产及其价值变现研究——以李佳琦为例 [J]. 新闻研究导刊, 2019, 10 (20): 134, 157, 171.
② 刘战伟, 刘蒙之. 编辑、社交和算法: 信息分发路径、权力格局与未来图景 [J]. 城市党报研究, 2020 (2): 46-53.
③ 贺艳, 刘晓华. 算法推荐机制建构的双重拟态环境 [J]. 西南政法大学学报, 2020, 22 (1): 50-58.

法推荐①，用户画像可以精准到性别、年龄、喜好和需求，将用户信息标签化，用户画像向平台和企业提供了足够的信息基础，后续便能获得用户需求等更为广泛的信息，平台取悦用户的模式与偶像迎合粉丝的心理模式如出一辙，算法向受众推荐喜欢的 KOL 及商品，以达到精准营销的效果。在此基础上，受众再产生一点裂变，便会引发小规模的粉丝经济。

（五）传播效果反馈

人们通过观看直播或短视频的营销内容来购买商品，节约了大量选择商品的时间。KOL 为受众缩小了挑选的范围，免去货比三家的烦恼，还用亲身体验的测评方式检验商品的效果，让受众看到效果后再自行决定。在价格相当的情况下，高效率的商品筛选更能获得人们的青睐。

四、结语

在越来越符号化的消费主义观念下，人们对电商平台各种商品的辨别能力有退化的趋势，KOL 帮助人们在 5W 方面重新塑造对商品的认知，本文重点阐述了 KOL 是如何利用 5W 因素最大限度地发挥对消费者的说服传播效果的。在 KOL 对传播内容、传播环境、传播受众的精心编排和挑选以及有力传播下，消费者的购买行为不再是单纯地追求商品的功能意义，更多的是追求商品被 KOL 所赋予的意义。

---

① 支海燕. 从"口红一哥"李佳琦的爆火看直播营销［J］. 大众文艺，2020（5）：132－133.

"一带一路"背景下中国出版
"走出去"战略研究
——以中国出版集团为例

黄燕亭[①] 刘才琴[②]

摘　要：本文以中国出版集团为研究对象，运用文献研究法和个案研究法，从主题出版、学术出版、数字出版、成立国际编辑部、面对的困难、建议六个方面进行论述和分析，分析其针对"一带一路"沿线国家复杂国情以及在对外传播使命的基础上所采取的一系列有效的发展措施，总结其经验，分析其面临的一些问题，并试图为我国出版企业在"一带一路"沿线国家传播优秀的中华文化和民族精神提供具有借鉴性的建议。

关键词："一带一路"；中国出版；对外发展；战略研究

2017 年 10 月，习近平总书记在十九大报告中更加明确地提出了实现文化强国的具体实践方法，其中包括提高文化软实力，讲好中国故事。在国家政策的指引下，中国出版"走出去"是大势所趋。中国出版集团作为"走出去"的先驱模范，研究其在"一带一路"倡议背景下的"走出去"战略能更进一步地了解我国出版事业"走出去"的现状，同时为其他出版企业提供参考，更好地促进我国文化事业的对外传播与发展。

那么，出版企业应该如何加快"走出去"的步伐，开拓路径、贡献中国智慧呢？对此，很多学者提出了不同的意见，如王晓荣认为主题出版不

---

①　黄燕亭，广东海洋大学文学与新闻传播学院编辑出版学专业 2016 级本科生。
②　刘才琴，广东海洋大学文学与新闻传播学院助教。

仅能帮出版企业实现经济效益，也会产生重要的社会效益。① 同时，也有很多学者指出了我国出版"走出去"进程中存在的诸多问题。如姚宝权指出，我国关于出版"走出去"的政策比较单一且都是临时、短期的决策，没有从整体出发做到长远而系统的规划。② 任文京则认为制约中华学术外译项目"走出去"的原因主要是没有与国外出版机构进行合作。③ 而对于解决办法，陈捷则强调数字出版有利于拓宽出版商"一带一路""走出去"的渠道。④

综上，本文主要研究中国出版集团在"一带一路"背景下的"走出去"战略。研究其打造主题图书的内容、种类以及传播方式，专注学术高质量出版与打造对外学术品牌，与"一带一路"沿线国家共同成立国际编辑部，运用新技术创新数字出版等一系列促进企业"走出去"的举措，总结其发展经验。此外，试图发现其所面临的一些问题，结合国家政策与中国出版集团的情况提出一些具有针对性与可行性的建议，为我国其他有志于"走出去"的出版企业提供一些参考。

一、中国出版集团概述

中国出版集团是中国最大的大众出版和专业出版集团，旗下包括商务印书馆、中华书局、生活·读书·新知三联书店、人民文学出版社、中国大百科全书出版社、中国图书进出口（集团）总公司、中国对外翻译有限公司等。本文将以它们为例做进一步阐述。

---

① 王晓荣. "一带一路"视域下主题出版走出去路径探究 [J]. 中国出版，2019（5）：54-57.

② 姚宝权. "一带一路"视域下出版走出去的问题、优势与路径选择 [J]. 中国出版，2015（17）：51-53.

③ 任文京："一带一路"视域下中华学术外译项目现状与推进路径 [J]. 中国出版，2018（15）：63-66.

④ 陈捷. 出版业应对"一带一路"数字出版物阅读热的总体构想 [J]. 中国出版，2017（23）：25-28.

二、中国出版集团"走出去"战略

（一）打造主题出版，讲好中国故事

"'一带一路'主题出版指的是我国出版界结合国家'一带一路'重要倡议部署，围绕'一带一路'议题而组织策划的出版行为"①，中国出版集团"走出去"战略注重出版弘扬我国优秀文化和民族精神的主题图书。

1. 内容＋种类，丰富主题出版

（1）以传统价值观和传统文化为主的主题出版。

在传统价值观和传统文化方面，生活·读书·新知三联书店出版的《中华文明的核心价值：国学流变与传统价值观》围绕中华传统价值观和国学进行探讨，关注其对当今社会发展的影响，已输出20多个语种。中华书局出版的《中国文化的根本精神》则探讨传统文化在互联网时代为中国谋发展的可能，目前已经输出俄语等13个语种。

（2）以弘扬民族精神为主的主题出版。

在弘扬民族精神方面，生活·读书·新知三联书店出版了《生死关头——中国共产党的道路抉择》，讴歌了中国共产党伟大的革命领袖精神和红军吃苦耐劳、坚强勇敢的抗战精神。人民文学出版社则出版了王树增的《朝鲜战争》《长征》和《解放战争》。生活·读书·新知三联书店出版的《邓小平时代》则赞扬了邓小平改革开放的精神，目前该书已累计出版80万册。

2. 内容＋形式，增效主题出版

（1）内容＋"微博体"的表现形式。

商务印书馆的主题出版以"走出去"为目标，使用140字篇幅大小的"微博体"结合传统图书的精髓和新媒体技术，用中英文把真实故事和情感传递给读者，其出版的《微观西藏》《微观西安》与《微观新疆》就通过这种表现形式以提高读者的阅读体验。

---

① 罗红玲."一带一路"相关图书海外出版发行分析——兼谈对"一带一路"主题图书走出去的启示［J］. 中国出版，2018（5）：5－9.

（2）内容 + "中国书架"的表现形式。

"中国书架"以各国著名的书店、大学图书馆、国家图书馆、艺术馆和文化馆等作为平台，采用集中展销的方式出售反映中国当代建设、传统文化、民族精神等的图书。2018 年 7 月，中国图书进出口（集团）总公司与泰国南美有限公司合作，"中国书架"项目落地泰国，其中《习近平谈治国理政》最受泰国读者的欢迎。自"中国书架"项目开展以来，中图公司已在 13 个国家设立了 41 个"中国书架"。

（3）内容 + "双线媒体"的表现形式。

作为中国出版集团旗下的中国民主法制出版社成立了主题出版项目部，专注出版反映我国当前建设理念和经验的主题图书，先后运营了《"一带一路"：共创欧亚新世纪》《复兴之路》《大国崛起》《国企改革备忘录》等一批优秀电视节目的同期图书项目，通过线上视频和线下图书相结合的模式让读者更直观地了解图书内容。

（4）内容 + "国际书展"的表现形式。

国际图书博览会是中国出版集团主题出版"走出去"的另一种方式。如《生死关头——中国共产党的道路抉择》在第 69 届法兰克福书展输出泰语版权等。人民文学出版社的《朗读者》在第 70 届法兰克福书展上成功输出印地语、阿尔巴尼亚语等 8 个语种的版权。中国大百科全书出版社的数字影像展《穿越时空的中国》在第 71 届法兰克福书展上与英国 DK 公司达成同名图书的版权协议。2019 年，在第 26 届北京国际图书博览会上，中国大百科全书出版社的《故宫里的大怪兽》发布罗马尼亚语版，人民出版社的《中国梦·复兴路》签约孟加拉语版和波兰语版，生活·读书·新知三联书店与罗马尼亚出版社签约包括《现代汉语词典》等一批版权输出项目。

（二）注重学术出版，打造学术品牌

"学术出版是一个国家软实力的重要体现，代表着国家的学术地位和国际形象。"① 因此，我国出版"走出去"还需要注重学术出版的布局，打

---

① 任文京："一带一路"视域下中华学术外译项目现状与推进路径［J］. 中国出版，2018（15）：63 - 66.

造学术品牌。

1. 生活·读书·新知三联书店的学术出版"走出去"布局

针对学术品位与受众群体的不同，生活·读书·新知三联书店的学术出版"走出去"布局可分为学术高端路线的"走出去"和学术普及路线的"走出去"。

（1）高端学术作品的版权输出。

与中国人民大学出版社在哲学社会科学高端学术出版领域所形成的品牌特色不同①，生活·读书·新知三联书店着重耕耘人文社科领域，并形成了自己的品牌特色，其高端学术作品呈现"少而精"的特点。以茅海建《天朝的崩溃》、唐文明《隐秘的颠覆：牟宗三、康德与原始儒家》等为代表，在"一带一路"沿线国家和剑桥大学出版社等都有版权输出合作。

（2）普及学术作品的版权输出。

普及学术图书的版权输出是生活·读书·新知三联书店学术出版的重要组成部分。其中《中华文明的核心价值：国学流变与传统价值观》让外国读者深刻了解了中国文化，翻译输出了泰语等20多个语种。李开元教授的《秦崩》《楚亡》等因内容简洁明快、通俗易懂，在中亚等国输出了多个语种的版权。同样作为学术普及的《转折年代——中国的1947年》《向开国领袖学习工作方法》输出了韩语等语种。

2. 商务印书馆的学术出版"走出去"布局

（1）重理论传播的学术出版"走出去"。

商务印书馆以学术研究为基础和根本，不仅强调阐释学术思想，也重视传播研究理论。出版了诸如《世界是通的——"一带一路"的逻辑》《"一带一路"——引领包容性全球化》等学术著作，揭示了"一带一路"倡议所展示的中国智慧与世界智慧，引起了广泛关注。

（2）重实践研究的学术出版"走出去"。

商务印书馆不仅注重"一带一路"理念的研究与传播，也主张让"一带一路"的实践成果来证明倡议的正确性。为此，商务印书馆出版了

---

① 左健，卢忆."一带一路"背景下大学出版社"走出去"的经验与思考——以中国人民大学出版社为例［J］. 现代出版，2019（1）：61－64.

2016—2019 年《"一带一路"年度报告》。根据每年度知名学者对"一带一路"所做的理论研究和企业实践案例，从中选取最具代表性的有关我国企业在"一带一路"实践中取得的成果作为案例，通过鲜活的实例，展现"一带一路"的具体进展，让更多人看到了企业"走出去"的可行性。

三、成立国际编辑部，实现本土化运营出版

与国外知名出版社共同成立国际编辑部是中国出版集团推动文化"走出去"的另一种新尝试。本土化是指出版社按照所在国当前的社会发展情况以及普遍存在的社会问题，策划出版迎合读者心理需求的书籍。"'一带一路'沿线国家众多，地域广阔、海岸线长，各国之间风俗习惯、文化传统与意识形态不同，人们的思维方式与生活习惯差异较大。因此，本土化策略旨在获得目标国读者最大程度的理解和支持。"① 如中国出版集团旗下的中译出版社、中国大百科全书出版社等，自 2016 年以来，先后与国外知名出版社共同成立了 25 个国际编辑部，加快了其"走出去"的步伐。

截至 2018 年底，中译出版社已与 16 个国家和地区的出版社共建国际编辑部。在国际编辑部所出版的图书中，最受国外市场和读者欢迎的是介绍中国经济发展与优秀文化的主题图书。如"中译出版社—罗兰大学'一带一路'研究中心—科舒特中国主题国际编辑部"共同出版的匈牙利语版《小沙弥》《誓鸟》《放生羊》，"中译出版社—普拉卡山中国主题国际编辑部"合作出版的印地语版《尘埃落地》，"中译出版社—罗奥中国主题国际编辑部"合作出版的罗马尼亚语版《生命的呐喊》《空山1》等，"中译出版社—海王星中国主题国际编辑部"合作出版的僧伽罗语版《尘埃落地》。

中译出版社根据目标国读者的需求策划图书。如中译出版社与英国里德出版社共同成立国际编辑部后，出版了包括《马云与阿里巴巴》等图书，迎合了英国读者想要了解中国经济发展的需求。又如，印度腐败问题严重，民众倡导反腐倡廉。据此，"中译出版社—普拉卡山中国主题国际编辑部"共同策划了由中国作家何建明写的代表人民群众根本利益的图书

---

① 谢清风. "一带一路"倡议与提高中国出版国际竞争力分析 [J]. 科技与出版，2018（1）：20 – 25.

《根本利益》，该书一经出版发行，因迎合了当地读者的心理需求而获得了良好的市场反响。

新技术造就新革命，中国出版集团旗下的出版社引用新技术，增强了自身的出版能力，更好地实现了"走出去"的目标。

1. 人民文学出版社的 AR 技术运用

AR 技术即增强现实技术，其作为信息延伸和拓展的技术与手段，目的是提升读者的阅读体验。人民文学出版社根据电视节目《朗读者》打造的 AR 同名图书，把与图文有关的详细信息隐藏在书中的图片中，读者扫描图片，相关视频就会显示出来。这不仅提高了图书对读者的吸引力，也让读者获得了沉浸式的阅读体验。《谢谢了，我的家》《开学第一课》《经典咏流传》等节目也被制作成同名 AR 图书。《经典咏流传》实现了 8 个语种的版权输出，《谢谢了，我的家》签约了 5 个语种的版权输出协议，而《朗读者》也在法兰克福书展上签署了阿尔巴尼亚语等 8 个语种的版权输出协议。

2. 中国图书进出口（集团）总公司的 AI 技术应用

为了解决在"走出去"过程中读者对优质内容"发现难、购买难、使用难"的问题，中国图书进出口（集团）总公司采用 AI，即人工智能技术打造了内容服务平台"易阅通"，整合优质内容，实施数字化阅读。目前中国图书进出口（集团）总公司利用"易阅通"建立了自己的内容服务平台与渠道服务平台。作为内容服务平台，中国图书进出口（集团）总公司与英国牛津大学出版社等十几家出版商签署协议，共同开发数字资源。作为渠道服务平台，中国图书进出口（集团）总公司与中华书局和中国社会科学院签署合作协议，将中华经典古籍库和国家哲学社会科学学术期刊数据库上传到"易阅通"，让国内数字资源走向海外。

3. 中国图书进出口（集团）总公司的按需印刷（POD）

为了解决"走出去"运输成本高、库存压力大的困境，中国图书进出口（集团）总公司运用物联网、大数据、人工智能等前沿技术发展按需印刷业务，为读者定制个性化的服务。与安徽出版集团、浙江大学出版社签署全球按需印刷协议，通过组建中国图书"走出去"全球按需印刷联盟，以提高印刷品质。目前，中国图书进出口（集团）总公司的按需印刷业务已经覆盖100多个国家和地区，推动了中国优质数字资源"走出去"。

四、中国出版集团在"走出去"过程中面临的困难

中国出版集团在"走出去"的过程中取得了一定的成绩，但在集团外部与集团内部也面临着一些客观问题，具体表现在以下四个方面：

1. 恐怖主义和宗教信仰冲突对"走出去"的威胁

"一带一路"沿线国家众多，中东地区恐怖主义和宗教信仰冲突时有发生。以巴基斯坦为例，从2005—2014年，针对油气管道的袭击就有220多起，对中巴贸易造成重大损失。虽然目前中国出版集团"走出去"战略多以中心城市为主，但恐怖主义和宗教信仰突冲的存在不仅会造成经济损失，而且会对外派人员的人身安全造成潜在威胁。

2. 西方媒体鼓吹"中国威胁论"

西方媒体鼓吹"中国威胁论"由来已久，在我国提出"一带一路"倡议以来，更是多次在国际社会鼓吹中国借此实行经济扩张，想借此打压我国与沿线国家的友好合作关系。随着中国出版集团与沿线国家合作的深入，势必会吸引美国等有关官员或主流媒体的注意。而新加坡、菲律宾和印度尼西亚多以美国的主流媒体为风向标，所以也会出现潜在威胁。

3. 缺少面向读者的图书翻译质量评价机制

针对中国出版集团的"走出去"成果，目前缺少面向读者的图书翻译质量评价机制，中国出版集团只是根据图书的销量判定图书的好坏，缺少读者对图书内容和翻译质量的评价，读者反馈的信息量不足。

4. 缺少基于图书出版产业链的复合型人才

中国出版集团缺少培养复合型人才的相关措施。图书出版涉及市场调查、策划选题、出版、发行等多个环节，而新时代对人才素质提出了更高的要求，企业对复合型人才的需求愈发迫切。复合型人才工作更高效，有利于企业发展。而中国出版集团目前还是以专才为主，对复合型人才的培养还不够重视。

五、建议

（一）综合考量外部环境，因地制宜谋发展

综合考量外部环境，中国出版集团应以国家的对外政策为制定"走出去"战略的准则。中国出版集团可以组建市场风险评估团队，针对目标市场，从外交、政治等方面展开调查评估，制订针对该区域的发展方案，争取做到"评估在前，发展在后"，把风险与损失降到最低。

在面临恐怖主义和宗教信仰冲突的潜在威胁时，在出版图书之前应该充分了解所在国的宗教信仰和民族风俗。提前做好风险规避措施，确保财产安全和外派人员的生命安全。如在"走出去"之前组建调研团队，就目标国的风俗习惯和宗教信仰进行实地调研，也可以与当地宗教团体或组织机构合作，聘请当地宗教组织负责人作为顾问，做到"有备而去"。同时，集团应与我国当地的大使馆保持密切联系，若发生危险冲突，可在第一时间向大使馆求助。

在面对"中国威胁论"时，集团应与国家的立场保持一致，这既关乎集团"走出去"的成败，更代表了国家形象。中国出版集团可以组建公关团队，提高集团的话语权。还可以聘请熟悉当地法律的律师组成法务团队，以便发生冲突时用法律武器捍卫合法权益。

（二）建立基于翻译质量的读者评价机制或平台

"只有建立了完善的以读者作为评价主体的翻译评价机制，了解读者对图书翻译质量的评价，翻译的图书质量才能得到足够的保障与提升。"[1]读者能够表达对图书的感受，以及对内容题材、翻译质量进行评价等，机制和平台负责人可据此改进下次的图书策划，更好地满足读者的需求。出版企业在"走出去"过程中，不仅要看发行数量，还要注重读者对图书翻译质量的评价，这是"为了摆脱读者对传统出版企业利用图书形成'宣传模式'和'说教模式'的刻板印象，从注重出版企业为主体的'传播本

---

① 尹飞舟，谢清风. 图书翻译出版的五 R 评价 ［J］. 出版发行研究，2019（6）：87 - 90.

位'向以注重读者利益为主体的'受众本位'转变，出版企业不再是高高在上'自说自话'的'单向传播'，而是转变为与读者进行平等'交流对话'的'双向沟通'"①。因此，建立一个以翻译出版质量为评价对象的评价机制或平台尤为重要。

（三）重视复合型人才，多渠道培养复合型人才

中国出版集团可以在集团内部实行奖励机制，以年度业绩为考核标准，考核优秀的职员可以带薪到国外进修，这样能够提升外派职员的基础素质，对其他职员也起到激励作用。对集团而言，这不但是储备人才，而且发展了集团的企业文化。

中国出版集团可以在集团内部开展对职员的理论与技能培训，以季度为单位，聘请高校教授或行业内的权威专家给职员授课，以丰富职员的理论知识。此外，还可以开展技能挑战赛，以市场调查、策划选题、版面设计等为比赛内容设置不同的赛制规则，并给予相应奖励，提高职员的实践技能。

"一带一路"对提升国家文化软实力至关重要，中国出版业"走出去"不只是文化"走出去"的重要组成部分，更是讲好中国故事、展示中国形象、提升中国软实力、加强中国国际话语权的有效途径。② 本文以中国出版集团为例，分析了其在"一带一路"背景下"走出去"的具体措施、成绩及存在的不足。当前，我国出版业"走出去"仍然任重道远，还需全体出版业从业者的共同努力。

---

① 谢伦灿，杨勇. "一带一路"背景下中国文化走出去对策研究［J］. 现代传播（中国传媒大学学报），2017（12）：110 – 114.

② 郑锦晶. "丝路书香工程"重点翻译资助项目的国际话语权建构研究［D］. 兰州：兰州大学，2019.